Brigitte Kanitz

# Fahr zur Hölle, Schatz!

*Buch*

Svea hält sich für unscheinbar, arbeitet als Rechtsanwaltsgehilfin, und nach acht Jahren Beziehung ist sie vor kurzem von ihrem Freund Martin verlassen worden. Nicht wegen einer anderen, sondern weil er das Leben mit ihr langweilig fand. Sie findet, das ist noch schlimmer als eine Geliebte. Nun lebt sie allein in ihrer Wohnung in einem schmalen Häuschen, eingeklemmt zwischen einem Buchantiquariat unter ihr und dem seltsamen Buchhändler über ihr. Der sehr verschusselt ist – und eines Tages vergisst, die Dusche auszustellen. Svea fühlt sich wie vom Pech verfolgt, als sie bei ihren Eltern einziehen muss, bis ihre Wohnung wieder bewohnbar ist. Doch gerade als sie meint, es könnte nicht schlimmer kommen, findet sie im Buchladen unter ihrer Wohnung ein Buch, das all ihre Wünsche Wirklichkeit werden lässt …

*Autorin*

Brigitte Kanitz, Jahrgang 1957, hat zunächst lange in Norddeutschland gewohnt. Inzwischen lebt und schreibt sie seit vielen Jahren in ihrer Wahlheimat Italien. Sie war Redakteurin bei diversen Printmedien, bevor sie sich ganz der Belletristik widmete. Bei Blanvalet veröffentlichte sie bereits erfolgreich einige Familienkomödien und einen Regionalkrimi.

*Außerdem von Brigitte Kanitz bei Blanvalet lieferbar:*

Immer Ärger mit Opa (37869)
Oma packt aus (38072)
Mord mit Schnucke (38219)
Onkel Humbert guckt so komisch (38191)

Brigitte Kanitz

# Fahr zur Hölle, Schatz!

Roman

blanvalet

Die Handlung und alle handelnden Personen sind frei erfunden.
Jegliche Ähnlichkeit mit lebenden oder realen Personen
wäre rein zufällig.

MIX
Papier aus verantwortungsvollen Quellen
FSC® C014496
www.fsc.org

Verlagsgruppe Random House FSC® N001967
Das für dieses Buch verwendete FSC®-zertifizierte Papier
*Holmen Book Cream* liefert Holmen Paper, Hallstavik, Schweden.

2. Auflage
Originalausgabe Juni 2015 bei Blanvalet, einem Unternehmen
der Verlagsgruppe Random House GmbH, München.

Umschlaggestaltung: www.buerosued.de
Umschlagmotiv: Gerhard Glück
Redaktion: Rainer Schöttle
ES · Herstellung: sam
Satz: Uhl + Massopust, Aalen
Druck und Einband: GGP Media GmbH, Pößneck
Printed in Germany
ISBN: 978-3-7341-0005-5

www.blanvalet.de

*Ich glaube, dieses Buch widme ich jetzt mal niemandem. Könnte falsch aufgefasst werden. Und ich wünsche keinem, dass er zur Hölle fährt. Ehrlich nicht!*

*Es gibt zwei Tragödien im Leben.*
*Die eine: dass dir dein Herzenswunsch nicht erfüllt wird.*
*Die andere: dass er es wird.*

George Bernard Shaw

# Prolog

Der Moment war günstig. Ich war allein. Zur Sicherheit schaute ich mich noch einmal genau um. Niemand da. Niemand, der mich bei meinem gewagten Experiment beobachten konnte.

Kurz trübte sich mein Blick, als ich das Ausmaß des Schadens in mich aufnahm. Meine Wohnung sah aus, als wäre eine Naturkatastrophe über sie hereingebrochen, was ungefähr hinkam. Hie und da gab es aber schon erste Spuren der Renovierung. In jedem Raum stand ein großer Lufttrockner, an den Wänden hatte man begonnen, die Tapeten abzureißen. Ein Teil der Möbel war bereits weggeschafft worden, damit die Böden trocknen konnten, der Rest sollte am Nachmittag folgen. Es würde Wochen dauern, bis alle Feuchtigkeit verschwunden war, und ich würde von Glück sagen können, wenn ich im Spätherbst wieder einziehen konnte. Aber wenigstens durfte ich heute die Wohnung zum ersten Mal wieder betreten, und ich hatte die letzte Stunde damit verbracht, einige persönliche Dinge zusammenzusuchen, bevor aus dem Schlafzimmer auch der Kleiderschrank und die Kommode hinausgetragen wurden.

Noch ein prüfender Blick. Alles klar. Die Handwerker waren zur Mittagspause gegangen.

Also los, Svea! Nur Mut!

Ich zögerte dennoch. Das war ja ganz und gar verrückt, was ich da vorhatte. Und es konnte nicht klappen. Im Leben nicht.

Oder doch?

Ganz fest dachte ich an die Shampooflasche und an Papa, der auf einmal ganz weit weg gewesen war. Das eine hatte mit dem anderen nichts zu tun, konnte man meinen. Irrtum. Es gab eine Verbindung, und was für eine!

Auch zu Mamas Fahrrad und Omas neuer Puppe.

Ich merkte, dass ich mich nur ablenken wollte, und zwang mich zu höchster Konzentration.

»Ich liebe das Leben«, murmelte ich.

Lauter!

»Ich liebe das Leben! Ich liebe das Leben! Ich liebe das Leben!«

»Freut mich, Kindchen«, antwortete die Stimme einer alten Frau.

Ich schrak zusammen, wirbelte herum, konnte jedoch niemanden entdecken. Aber das Wohnzimmerfenster stand weit offen. Die Stimme musste von der Mühlengasse heraufgekommen sein.

Hoffentlich war die Frau ahnungslos weitergegangen.

Ich schloss die Augen.

Etwas veränderte sich.

Hörte ich ein *Plopp*? Oder zwei? War aber vielleicht auch nur Einbildung.

Was fühlte ich? Schwer zu sagen. Einer meiner innigsten Wünsche ging in Erfüllung, aber jetzt bekam ich es mit der Angst zu tun. Als ich hörte, wie die Handwerker zurückkamen, verwandelte sich die Angst in helle Panik.

Ich riss die Augen auf, bemerkte dicke Nebelschwaden, die durch die Wohnung zogen, und überlegte, wie viele Knochen ich mir brechen würde, wenn ich aus dem Fenster sprang.

Was mussten die Männer denken? Wie würden die gucken?

Ogottogott!

Blöderweise hatte ich vor Schreck schon mehrfach tief Luft geholt und konnte die Sache vorerst nicht rückgängig machen. Ich erkläre später noch, was es damit auf sich hat. Und mit der Wünscherei, dem Nebel und überhaupt mit dem ganzen Chaos, das an einem ganz normalen Montag im September begann.

Vor drei Tagen, um genau zu sein.

# 1. Oma Lina weiß Rat

Nicht der schon wieder! Still blieb ich im Treppenhaus stehen und wünschte mir ganz fest, der Typ würde zurück in seine Wohnung gehen. Er wohnte direkt über mir, und – na ja – er war mir ein bisschen unheimlich. Ich bin kein furchtsamer Mensch, aber dieser Alexander König hatte etwas an sich, das mir regelmäßig einen eisigen Schauder über den Rücken jagte. Wenn ich nicht so genau hinschaute, konnte ich ihn für einen normalen Mann halten. Aber sobald meine Augen versuchten, ihn zu fixieren, verschwamm seine Erscheinung zu einer Art durchsichtigem Nebel. So als sei er nicht real. Alles an ihm war farblos und diffus.

Kurz überlegte ich, die Hände zu falten und dem lieben Gott ein Gebet in den Himmel zu schicken. Aber der hatte Wichtigeres zu tun und hörte bestimmt nicht auf eine einzelne junge Frau unter Milliarden. Also hielt ich bloß den Atem an und horchte auf die schlurfenden Schritte, die jetzt ein paar Stufen der alten Holztreppe zum Knarzen brachten.

Mist! Er kam näher.

Ich war zwar schon im Parterre angekommen, aber der Flur bis zum Eingang war gute zwanzig Meter lang. Und um das schwere Portal aufzuziehen, brauchte ich mindestens zwei Minuten.

Oder drei.

Bis dahin würde mich mein Nachbar erreicht haben. Und mich aus diesen mittagshellen, praktisch farblosen Augen anstarren.

Echt gruselig.

Und albern. Alexander war doch bloß ein einsamer Typ, der vielleicht Lust auf ein Schwätzchen hatte. Genau. Ein unscheinbarer, geradezu durchscheinender Mann. Einer, der nie normal sprach, sondern einen merkwürdigen Flüsterton anschlug. Einer, der niemals lächelte und dessen Gesicht auf mich starr wie eine Totenmaske wirkte.

Boah!

Nichts wie weg hier!

Mir blieb nur noch ein Fluchtweg. Ich musste durch die Hintertür ins Antiquariat schlüpfen und dann raus auf die Straße laufen. Die Tür befand sich direkt neben mir, und ich wusste, dass sie nie abgeschlossen war. Außer mir und Alexander König wohnte niemand in diesem schmalen Altbau, und er selbst war der Besitzer des Antiquariats.

Mir vertraute er, und es schien ihm nie aufzufallen, dass ich ihn nicht besonders mochte. Ich stöberte gern mal in seinem Laden nach alten Schätzen. Zu meinem eigenen Erstaunen war meine Schwäche für Raritäten stärker als meine Abneigung gegen Alexander König. Na ja, in gewissem Sinne war er selbst auch eine Rarität. Irgendwie nicht von dieser Welt, und so fochten in meinem Inneren oft Faszination und Widerwille einen Kampf aus. Meistens gewann der Widerwille. Wie an diesem Morgen. Mich hielt Alexander übrigens für einen grundehrlichen Menschen, der niemals etwas stehlen würde. Mir war nicht klar, ob das ein so tolles Kompliment sein sollte, und als er mir vor ein paar Wochen mit seiner rauen tonlosen Stimme diese Meinung über mich mitgeteilt hatte, musste ich an die Geisterkassetten aus meiner Kindheit denken. Die hatten sich ganz ähnlich angehört. Nach Alexanders kurzer Rede sah ich mal wieder zu, dass ich von ihm wegkam. Genau das war mein Dilemma mit dem Antiquariat. Ich hielt mich gern dort auf, wollte aber dem Mann aus dem Weg gehen. Kein leichtes Unterfangen in so einem kleinen und vollgestellten Geschäft, das schon mit zwei Leuten darin überfüllt wirkte. Zum Glück war der Mann meistens so gut wie unsichtbar.

Ich streckte die Hand aus und machte einen halben Schritt zur Seite. Dann glitt ich durch die Tür in den lichtlosen Raum. Einen Moment blieb ich lauschend stehen, atmete leise ein und aus und fragte mich wieder einmal, warum ich bloß in dieses Haus gezogen war. Ich hätte auch eine bequeme moderne Wohnung in den Außenbezirken der Stadt haben können. Zwei helle Zimmer, traumhaft schönes Bad, Küche mit allen Schikanen. Bloß – irgendwie seelenlos, hatte ich entschieden, als ich letztes Jahr endlich von zu Hause ausziehen wollte. Bis dahin war mein Leben eher vorläufig gewesen. Vorläufig wohnte ich bei meinen Eltern, vorläufig schloss ich meine Ausbildung ab und sparte dann mein Gehalt für etwas Eigenes, und vorläufig wartete ich ab, wie sich die Beziehung zu Martin entwickeln würde. Für eine Frau, die ihren dreißigsten Geburtstag bereits gefeiert hatte, war das ziemlich viel Vorläufigkeit. Andere in meinem Alter hatten ihr Leben schon bis zur Rente durchgeplant, zogen ihre Kinder groß, wechselten höchstens ein Mal den Ehemann und machten Karriere im Job.

Na, und dann hatte ich mich auf einem Spaziergang mit meinem Liebsten in dieses schmale Fachwerkhaus in der Altstadt verliebt. Eingequetscht zwischen einem Betonbau der Nachkriegszeit und einer potthässlichen Stahlkonstruktion neueren Datums sah es aus, als müsse es jeden Morgen seine bröckelnden Ellenbogen ausfahren, um seinen angestammten Platz in der Mühlengasse zu verteidigen.

Auch Martin war davon angetan gewesen, glaube ich zumindest. So genau kann ich mich an manche Begebenheiten mit ihm nicht mehr erinnern.

Meine Oma Lina hat dazu ihre eigene Meinung. Sie behauptet, ich würde das Gute verdrängen, weil es zu schmerzhaft ist.

Herzlichen Dank.

Oma Lina liest leidenschaftlich gern die psychologischen Ratgeberseiten in den Illustrierten und terrorisiert die Familie mit ihren Weisheiten. Auf ihre Art half sie mir sehr bei der Entscheidung auszuziehen.

Wie auch immer. Ich stand mit Martin vor dem Haus. Arm in Arm, glaube ich. Könnte es jetzt aber nicht beschwören. Im Parterre gab es ein Schaufenster, vollgestopft mit alten Büchern, die aus einem rissigen Überseekoffer quollen. Drum herum drängelten sich ein dreibeiniges Schaukelpferd, eine Stehlampe ohne Schirm und ein Bilderrahmen ohne Bild. Immerhin schienen die Bücher einigermaßen komplett zu sein. Aber diese ganzen Gegenstände ohne einen wichtigen Bestandteil hätten mich warnen müssen. Taten sie aber nicht. Ich stand weiterhin auf dem schmalen Bürgersteig und schloss das kleine tapfere Haus in mein Herz.

Über dem Schaufenster stand in schwungvollen Lettern: ANTIQUARIAT KÖNIG.

»Trödelladen würde besser passen«, meinte Martin. Das weiß ich noch genau. »So etwas sollte in unserer Altstadt abgerissen werden.«

Ich hörte nicht weiter hin, denn ich hatte schon das handgeschriebene Schild neben der Eingangstür entdeckt. »Wohnung im ersten Stock zu vermieten.«

Silberne Glöckchen klingelten leise, als ich den Laden betrat. Tief atmete ich den wunderbaren Duft von uraltem Wissen ein. Nachdem ich eine Tonne Staub ausgehustet hatte, ging ich auf den kleinen alten Mann hinter dem Tresen zu und fragte nach der Wohnung. Er hieß Oskar König und erklärte mir, er werde ins Altersheim ziehen. Haus und Geschäft wolle er seinem Neffen Alexander übergeben. Dieser wohne bereits im zweiten Stock, während die Räumlichkeiten im ersten Stock dann leer stünden.

Den Neffen bekam ich an jenem Tag nicht zu Gesicht, sonst hätte ich mir die ganze Sache höchstwahrscheinlich noch mal überlegt. Oder auch nicht. Wie gesagt – Faszination und Widerwille. So hingegen marschierte ich durch die drei überraschend geräumigen Zimmer der Wohnung, übersah die kleinen, flinken mehrbeinigen Bewohner, erklärte Bad und Küche für pittoresk und mietete mein neues Heim. Ich wünschte mir nichts sehnlicher, als hier mit meinem Schatz glücklich zu werden.

Martin sprach von einer mit Ungeziefer verseuchten Bruchbude und einer nötigen Komplettrenovierung. Oder war das meine eigene Stimme der Vernunft, die mir dies zu Bewusstsein bringen wollte, weil zum Beispiel das

Bad ohne Dusche und die Küche ohne Herd auskommen musste? Wo war Martin abgeblieben? Während ich meinen Rücken noch gegen die Hintertür des Ladens drückte, runzelte ich die Stirn. Nein, ich konnte Martin in meiner Erinnerung nicht finden. Ich weiß nur noch, dass ich beschlossen hatte, drei Zimmer wären gut für den Fall, dass wir zusammenziehen wollten. Aber die umfangreichen Renovierungsarbeiten erledigte ich zusammen mit Papa und ein paar guten Freunden. Martin tauchte in meiner Erinnerung nirgends mit verdreckten Arbeitsklamotten, lustigen Farbtupfern auf dem Kopf oder erschöpftem Gesicht auf.

Als alles fertig war, gab es Martin aber noch in meinem Leben. Er kam mich besuchen, verbrachte den einen oder anderen Abend bei mir, wirkte manchmal, als müsse er eine wichtige Entscheidung treffen, und war dann plötzlich nicht mehr da. Sosehr ich versuche, mich zu erinnern, so schnell verschwimmt alles in meinem Kopf.

Und so lebte ich schließlich ohne meinen Freund in der Mühlengasse und fühlte mich dem dreibeinigen Schaukelpferd, der schirmlosen Lampe und dem leeren Bilderrahmen sehr verbunden. Mir war, als fehlte mir ebenfalls ein wichtiger Bestandteil, und ich schwor mir, nie wieder etwas so sehnlich herbeizuwünschen wie ein Leben mit Martin in dem alten Haus. War ja sowieso sinnlos. Als ob Herzenswünsche einfach so in Erfüllung gingen! Ja, für ein süßes unschuldiges Mädchen im Märchen vielleicht, aber nicht für Svea. Dabei hatte unsere gemeinsame Zukunft einladend wie eine blühende Blumenwiese vor uns gelegen.

Dummerweise musste sich Martin auf dieser Wiese

mit einer anderen Frau wälzen. Rein bildlich gesprochen, denn er verließ mich mitten im Winter und hätte sich mit seiner neuen Flamme höchstens im Schnee wälzen können.

Ich hasse Klischees! Und ich hasse es, Teil eines Klischees zu sein!

Draußen verharrten die Schritte.

Hilfe! Hatte ich einen Fluch ausgestoßen? Oder auch nur einen klitzekleinen Seufzer? Alexander würde doch nicht durch die Hintertür hereinkommen wollen? Er musste vorn raus, zum Bäcker, und dann mit Kaffeebecher und Plundergebäck von außen den Laden aufschließen und den Tag beginnen. So gehörte sich das!

Jetzt schlurfte er weiter.

Danke, Gott! Auch wenn du Wichtigeres zu tun hast.

Ich zählte Alexanders Schritte, dann hörte ich das Quietschen des Portals und wartete noch drei Minuten ab. So lange brauchte er, um die Bäckerei zu betreten.

Derweil eierte ich durch den Laden, wich hier einem wankenden Bücherstapel aus, ließ dort die Hände von einem schiefen Regal und hielt mir ein Taschentuch vor Mund und Nase, um nicht laut niesen zu müssen. Eine solche Erschütterung hätte die ganze Bude zum Einsturz bringen können. Endlich an der Eingangstür angekommen, fischte ich den Ersatzschlüssel unter einer Erstausgabe von Schopenhauers Aphorismen hervor, schloss auf, legte den Schlüssel zurück und lief mit großen Schritten über die Straße. Sollte Alexander doch denken, er habe gestern Abend vergessen abzuschließen. Kam oft genug vor, machte aber nichts. Die Kriminalitätsrate in unserer norddeutschen Heimatstadt war nicht sonderlich hoch, und die wenigen Einbrecher, die es überhaupt gab und die etwas auf sich hielten, zogen den Elektronikmarkt oder den Juwelier vor.

An der Haltestelle fuhr mir mein Bus vor der Nase weg. Der Umweg durch das Antiquariat hatte mich zu viel Zeit gekostet. Wie an jedem Morgen dachte ich voller Bedauern an mein altes Auto. Eine knallgelbe Ente, Baujahr 1988. Seit drei Jahren verschrottet. »Ente« als Kurzform für »das hässliche Entlein« war der in Deutschland übliche Spitzname für den vor allem bei Studenten beliebten Citroën 2 CV; in Frankreich sprach man weniger liebevoll von »le mauvais deux cheveaux«, was wohl so viel wie »die Mistkarre mit den zwei PS« bedeuten sollte. Für einen neuen Wagen reichte derzeit das Geld nicht. All meine Ersparnisse waren in die Wohnungsrenovierung geflossen. Ich schaute auf den Fahrplan. Zehn Minuten würde ich warten müssen, aber ich konnte es trotzdem noch pünktlich zur Arbeit schaffen. Nur ein schnelles Frühstück in der Kaffeebar neben der Kanzlei Strassberg, Fischer & Sonders würde ausfallen müssen. Ich holte mein Smartphone aus der Tasche, um meiner Kollegin Maike eine SMS zu schicken. Sie wartete schon in der Bar auf mich und würde mir bestimmt einen Cappuccino und ein Hörnchen mit ins Büro bringen. Als es klingelte, ging ich ran, ohne auf das Display zu schauen.

»Gerade wollte ich dir simsen«, sagte ich.

»Was ist das?«, fragte meine Oma Lina zurück. »Rede nicht so neumodisch mit mir, Svea.«

Ich stieß einen lautlosen Seufzer aus. An einem Morgen, der fast mit einer Begegnung der dritten Art begonnen hätte, war meine Oma nicht der Mensch, mit dem ich am liebsten reden wollte. An allen anderen Morgen auch nicht, und das galt auch für den Rest eines jeden Tages. Manchmal erinnere ich mich daran, wie ich sie als Kind angehimmelt habe. Mit sechs oder sieben Jahren war ich hingerissen von ihren spannenden Geschichten aus der alten Heimat Sizilien. Von bitterer Armut, Schießereien und wilden Liebesaffären. Wobei ich mir unter Letzterem in dem Alter nicht viel vorstellen konnte. Mama verdrehte jedes Mal genervt die Augen und erinnerte ihre Schwiegermutter daran, dass sie bloß Halbitalienerin und überhaupt nur zweimal im Urlaub in Palermo gewesen war. Oma Lina ließ sie reden und zwinkerte mir verschwörerisch zu. Dann band sie sich eine große Küchenschürze über ein knallrotes, himmelblaues oder nachtschwarzes Etuikleid und stöckelte auf hohen Absätzen in die Küche, wo sie Nudelteig knetete, Fleischfüllung zubereitete und schließlich mit flinken Fingern kleine perfekte Tortellini drehte.

Ich durfte helfen, und mit den Jahren brachte ich es zu einigem Geschick in der Nudelherstellung. Irgendwann wurden mir aber Omas Geschichten langweilig, und ich zog es vor, mit Gleichaltrigen zusammen zu sein.

Lina hat sich seitdem nicht viel verändert. Zwar ist sie inzwischen achtzig Jahre alt, ihr einstmals blondes Haar muss nun gefärbt werden, und ihre stattliche Größe ist um mindestens zehn Zentimeter geschrumpft. Aber sie stellt mit ihren leicht geschwollenen Fingern noch immer die besten Tortellini diesseits der Alpen her, trägt enge Etuikleider im Fünfzigerjahre-Look und an den Füßen hohe Schuhe. Nur ihr Kopf scheint nicht mehr so gut wie früher zu funktionieren. Behauptet jedenfalls Mama. Neuerdings spricht sie sogar von einer beginnenden Demenz bei ihrer Schwiegermutter.

Meiner Meinung nach ist das kompletter Blödsinn. Oma Lina ist eine ausgefuchste alte Dame und weiß ihr angebliches Gebrechen perfekt zu nutzen. Mir ist rätselhaft, warum Mama immer wieder auf sie hereinfällt. Papa ist da auch nicht besser. Er fürchtet, der Geist seines italienischen Großvaters sei in seine Mutter gefahren und bringe sie durcheinander.

Ich grinste vor mich hin, hielt Ausschau nach dem Bus und ließ Linas Geplauder an mir vorbeirauschen.

Papa ist ein bodenständiger pflichtbewusster Mann, der ganz nach seinen deutschen Vorfahren kommt. Dieser Sizilianer in seiner Ahnenreihe macht ihm Angst, und auf seine Mutter ist er nicht gut zu sprechen, sozusagen seit seiner Geburt. Wahrscheinlich wäre es ihm ganz lieb, wenn Lina alles vergessen würde, was sie in ihrem Leben so angestellt hat oder noch anzustellen gedenkt.

Hm. Ziemlich komplizierte Gedanken für einen solchen Morgen. Ich bin von zu Hause ausgezogen, um mich weniger mit meiner Familie zu befassen. Klappt noch nicht so ganz.

Der Bus näherte sich, und ich konzentrierte mich kurz auf meine Oma, damit ich sie an der richtigen Stelle unterbrechen konnte.

»Und deswegen darfst du nicht zulassen, dass dein Chef dir den Po tätschelt«, sagte sie gerade.

»Was?«

»Kaffee solltest du ihm auch nicht mehr kochen. Und keinen Kuchen holen.«

»Oma, wovon redest du?«

Offenbar hatte ich meine Stimme gehoben, denn ein älterer Herr im grauen Anzug schaute mich strafend an. Entschuldigung, ich mag es ja auch nicht, wenn ich um mich herum Privatgesprächen lauschen muss. Ich ging ein kleines Stück zur Seite.

»Das habe ich heute früh im *Goldenen Blatt* gelesen«, fuhr Lina energisch fort. »Weibliche Schreibkräfte sollen sich von ihren männlichen Chefs nicht alles gefallen lassen. Sonst artet das schnell in sexuelle Belästigung aus oder in Mopsing.«

»Mopsing?« Im Geiste sah ich die Anwälte Strassberg, Fischer & Sonders mit kleinen, schwarzen eingedrückten Gesichtern vor mir.

»Du meinst Mobbing.«

»Mobbing, ganz recht. Habe ich doch gesagt.«

Sie kicherte, und ich ahnte, wie stolz sie darauf war, im zweiten Anlauf ein neumodisches Wort korrekt ausgesprochen zu haben.

»Oma, ich bin keine Schreibkraft, sondern Rechtsanwalts- und Notarfachangestellte.«

»Ja, ja«, sagte sie nur. Nicht nur mit ihren Kleidern, auch in ihrem Weltbild war Lina in den Fünfzigerjahren hängen geblieben. Frauen, die in Büros arbeiteten, waren ausgebeutete Tippsen.

»Mein Bus kommt, ich muss jetzt Schluss machen.«

»Du telefonierst auf der Straße? Das gehört sich nicht.«

»Oma, du hast mich auf dem Mobiltelefon angerufen, und ich bin auf dem Weg zur Arbeit.«

»Papperlapapp. Du hast kein Benehmen, Dickerchen.«

Der alte Spitzname machte mich zornig, und mein Daumen näherte sich dem Display, um sie zum Schweigen zu bringen. Als kleines Kind war ich mal mollig gewesen, weil Lina mich mit zu viel fetter Wurst, Pasta und süßen sizilianischen Küchlein gemästet hatte. Aber die Zeiten waren längst vorbei, mal abgesehen von der einen oder anderen winzigen Problemzone.

Oma war noch nicht weg. Ein jahrzehntelang eingetrichterter Respekt vor dem Alter ließ mich zögern. »Die Jugend mit ihren neumodischen Geräten! Du musst zu Hause telefonieren, genau wie ich.«

»Dann solltest du mich auf dem Festnetz und nicht auf dem Smartphone anrufen.«

»Wieso hast du zwei Telefonnummern? Bist du der Bundespräsident?«

Mein Smartphone rutschte mir vor Lachen halb aus der Hand, während mein Daumen endlich hinabsank. »Tschüs, Oma.«

»Denk dran!« Sie schrie jetzt. »Keinen Klaps auf den Popo!«

Der ältere Herr wurde rot, ich auch. Hatte die Lautsprecherfunktion erwischt.

Schnell drückte ich das Gespräch weg und übersah bewusst die teils grinsenden, teils empörten Gesichter der übrigen Fahrgäste.

Als ich in den Bus stieg, hätte ich schwören können, dass da ganz kurz etwas an meinem Po war. Aber als ich wütend herumwirbelte, schaute ich nur auf die sich schließende Tür.

## 2. Sizilianisches Feuer

Während der Busfahrt machte ich mich so unsichtbar wie möglich und atmete auf, als der ältere Herr und die übrigen Zeugen meines Gesprächs mit Oma nach und nach ausstiegen. Erst dann entspannte ich mich und ließ es zu, dass meine Gedanken zu unserer Familiengeschichte zurückkehrten. Besser jetzt als während des Arbeitstages. Ich hatte die Erfahrung gemacht, dass ich den sizilianischen Geistern augenblicklich schön viel Platz in meinem Kopf einräumen musste, wenn sie sich meldeten. Sonst verfolgten sie mich tagelang ohne Pause.

Ich glaube, Papa ergeht es ähnlich. Er hat oft so einen gequälten Ausdruck im Gesicht. Dann steht ihm ein kleiner schwarzhaariger Clown mit roter Knollennase und dichtem Schnurrbart vor Augen. Sein Großvater.

Arnaldo Amore war in den Zwanzigerjahren des letzten Jahrhunderts mit einem Wanderzirkus in die deutsche Tiefebene gelangt und hatte sich in die blonde und blauäugige Tochter eines Fabrikanten verliebt. Else Hanken war einen Kopf größer und in der Schulterpartie um einiges breiter als er. Dafür war sie von ruhigem Charakter und bildete vermutlich einen ausgleichenden Gegenpol zu seinem sizilianischen Temperament. Niemand im ganzen Ort hätte sich vorstellen können, dass sie dem Charme eines heißblütigen Sizilianers erliegen würde. Doch es zeigte sich, dass in Else ein geheimes Feuer brannte, das sie bislang nur gut hatte verbergen können.

Welch ein Skandal!

Immer wenn ich diese alte Familiengeschichte höre, frage ich mich, wie diese verwegenen Menschen bloß einen so langweiligen Nachkommen wie mich hervorbringen konnten.

Ein wahres Rätsel.

Und ein geheimes Feuer ist in meinem Innern bisher auch noch nicht ausgebrochen. Wenn ich krank bin, bekomme ich noch nicht einmal vernünftiges Fieber. Immer bloß eine leicht erhöhte Temperatur. Das einzig Außergewöhnliche an mir ist mein Nachname. Amore. Er zaubert manchmal ein Lächeln auf die Gesichter der Menschen, und in ihren Augen stehen dann die Erinnerungen an mondhelle Nächte am Strand, an heiße Küsse mit einem Latin Lover oder wenigstens an lustige Abende mit viel Chianti. Das Lächeln verschwindet erst, wenn ich meinen Vornamen nenne. Svea. Da hat man definitiv etwas Rassigeres erwartet. Mindestens eine Gina, besser noch eine Sophia.

Ebenso wenig lädt mein bisheriges Leben zum Staunen ein. Eher zu einem gelangweilten Gähnen. Da sind meine Vorfahren ganz anders drauf gewesen. Abenteuerlustig, mutig und – leider, im Falle meines Uropas Arnaldo – am Ende auch übergeschnappt. Seitdem wird in der Familie Amore jeder noch so kleine Verdacht auf Geisteskrankheit sehr ernst genommen. Wie derzeit Linas angebliche Vergesslichkeit.

Selbst ich, das unauffälligste Familienmitglied, bin ausgiebig unter die Lupe genommen worden, als ich die Altbauwohnung mietete. Unsere Svea? Diese brave Tochter, die immer nur geduldig an der Haltestelle des Lebens steht und darauf wartet, dass jemand vorbeikommt, der aus einem magischen Füllhorn bunte Farben in ihren bleichsüchtigen Alltag schüttet?

Ähm – ist nicht meine Wortwahl. Hat Oma Lina mal so gesagt. Leider ziemlich treffend.

Diese langweilige Svea also stürzt sich in das Abenteuer einer Altbauwohnung? Na gut, ist mit den Abenteuern ihrer Urgroßeltern nicht zu vergleichen, aber immerhin. Fast ein wenig beängstigend. Da wird doch nicht der alte Arnaldo seine langen Gespensterfinger im Spiel haben?

Die Erleichterung war groß, als nach dieser einen verrückten Entscheidung schnell wieder die altbekannte Svea zum Vorschein kam. Bloß ohne Freund. Dabei hatte es doch Hoffnung gegeben, dass sie es noch mal zu was bringen würde. Zu einer eigenen Familie. Stattdessen sitzt sie nun allein im historischen Fachwerk und lässt die Zeit verstreichen, während ihr Herz langsam ergraut.

Ja, das ist *meine* Wortwahl. Genauso fühle ich mich nämlich. Einsam mit einem grauen Herzen. Vielleicht färbt auch nur der viele Staub aus dem Antiquariat auf mich ab, der regelmäßig zu mir in die Wohnung zieht, wenn Alexander mal ein Fenster öffnet.

Genug! Während der Bus sich meiner Haltestelle näherte, schob ich alle Gedanken an meine Familie und mich doch lieber schnell beiseite. War nicht der richtige Morgen dafür. Die sizilianischen Geister mussten sich eben gedulden.

Kurz schloss ich die Augen und murmelte meine geheime Beschwörungsformel. »Genug für heute.«

Dann stand ich auf, drückte auf den Halteknopf und stieg direkt vor einem mehrstöckigen modernen Bürogebäude aus dem Bus. Die Kanzlei lag im dritten Stock, und ich erreichte das Büro, das ich mir mit Maike teilte, um genau eine Minute vor neun.

»Hab mir schon gedacht, dass du den Bus verpasst hast«, sagte sie mit einem strahlenden Lächeln und wies auf meinen Schreibtisch. Dort warteten ein großer Cappuccino in einem Pappbecher und ein knuspriges Hörnchen auf mich.

»Danke. Ich musste mich eine Weile vor Alexander verstecken.«

Maike schüttelte sich. »Das Gespenst der Mühlengasse«, raunte sie und klapperte dazu mit den Zähnen. Sie teilte meinen Widerwillen gegen Alexander König, seit sie ihn während eines Besuchs bei mir mal getroffen hatte. Die Faszination, die mich manchmal überkam, war ihr hingegen fremd.

Ich lachte, trank einen Schluck Kaffee und fuhr dann meinen Computer hoch. »Was liegt an?«

Sofort wurde Maike ernst. »Um zehn ist große Besprechung. Vorher müssen wir noch die Gerichtstermine von Dr. Strassberg durchgehen. Da gibt es zwei Überschneidungen.«

Doktor Olaf Strassberg ist der Seniorpartner der Kanzlei und kann sich oft vor Fällen kaum retten. Dann müssen die beiden Juniorpartner einspringen.

»Ich könnte versuchen, Doktor Fischer für den Termin am Freitag einzutragen«, erklärte ich und bemühte mich dabei um einen sachlichen Tonfall. Ich sagte auch ganz bewusst Doktor Fischer und nicht Martin. Das klang professionell und sachlich. Kein Stück nach weinendem Herzen. Rasch konsultierte ich die Tabelle auf meinem Monitor. »Am Vormittag ist er noch frei. Am besten frage ich ihn noch vor der Besprechung.«

Aus den Augenwinkeln bemerkte ich Maikes schnellen Blick. Ein Hauch von Mitleid lag darin.

»Das wird nicht nötig sein, Svea. Ich habe Doktor Sonders bereits vorgewarnt, dass er gebraucht wird.«

»In Ordnung.« Ich sah nicht auf, sondern biss vor lauter Verlegenheit in mein Hörnchen und erstickte daran.

Na ja, beinahe.

Ich lief dunkelrot an, röchelte eine Weile vor mich hin und bekam erst wieder Luft, als Maike mir kräftig mit dem Handballen zwischen die Schulterblätter schlug. Der Teigbrocken flog in hohem Bogen aus meinem Mund und landete in Brusthöhe auf dem Talar von Doktor Martin Fischer, der in diesem Moment das Büro betrat.

Schlechtes Timing, lieber Exfreund. Sei froh, dass ich kein Heringsbrötchen frühstücke. Rührei mit Krabben wäre ebenfalls suboptimal.

Angeekelt knöpfte er den Talar auf und ließ ihn zu Boden gleiten. Maike brachte ihm schnell einen frischen. Davon hatten wir stets ein paar als Reserve im Schrank. Es ist kaum zu glauben, wie schnell Anwälte es schaffen, ihre Berufsbekleidung mit Flecken zu übersäen. Wer gern Gerichtsserien im Fernsehen schaut, glaubt das vielleicht nicht. Da sehen die Herren in Schwarz immer so adrett aus. Aber die Wahrheit kennen Maike und ich und all die anderen »Tippsen«, wie meine Oma sie nennt. Kaffee, Eigelb, Rotwein, Sekt, Senf, Ketchup, Mayonnaise, Lippenstift und so einiges andere, was jetzt nicht unbedingt in Worte gefasst werden muss. Kurzum: Die Reinigung im Parterre macht ausgezeichnete Geschäfte mit dem halben Dutzend Anwaltskanzleien im Haus. Und in diesem speziellen Fall war das jetzt mal meine Schuld.

Ich hüstelte vor mich hin, Martin würdigte mich keines Blickes, Maike knöpfte ihm dienstbeflissen den frischen Talar zu.

Mein Herz wummerte laut und heftig, während ich hoffte, er würde noch ein freundliches Wort für mich finden. Gleichzeitig erklärte ich mich selbst für peinlich. Nach acht Monaten hätte ich über diesen Mann hinweg sein müssen. Über diesen großen, dunkelhaarigen, braunäugigen, muskulösen, intelligenten, erotischen …

Stopp!

Kopf senken, auf die Schreibtischplatte starren, in sachlichem Tonfall sagen: »Die Mappe mit deinen Terminen liegt bereits auf deinem Schreibtisch.«

Hatte gestern Abend extra Überstunden gemacht, um alles perfekt für ihn vorzubereiten.

Martin ließ sich zu einer Art Grunzen herab. Ich übersetzte es für mich: Wunderbar, liebe Svea, herzlichen Dank, das hast du fabelhaft gemacht. Es tut mir übrigens leid, dass ich dich verlassen habe. Ich liebe dich immer noch. Darf ich dich küssen? Die paar Krümel an deinen Mundwinkeln stören mich auch nicht.

Ja, okay, die letzten vier Sätze musste ich streichen. Und auch das Du aus dem ersten Satz. Nach dem Ende unserer Beziehung hatte er darauf bestanden, dass wir uns wieder siezten. Wegen des Eindrucks, den wir auf Kollegen und Klienten machten.

Stronzo!, hätte Oma Lina ihn daraufhin genannt. Ist ein

ziemlich fieses italienisches Schimpfwort und heißt so viel wie »Kerl« – mit einem äußerst unappetitlichen Ausdruck davor.

Ausnahmsweise wäre ich mit meiner Oma mal einer Meinung gewesen. Und ich dachte gar nicht daran, Martin zu siezen. Bei Gelegenheit müsste ich dann »Sie egoistischer Sch...kerl!« zu ihm sagen. Ich fand, das klang nicht so überzeugend.

»... deswegen wird mir Frau Klein in Zukunft zur Seite stehen.«

Was? Hatte ich was verpasst? Wer ist Frau Klein? Ach so, Maike.

Ich sah auf. Maike starrte Martin an, der klopfte einen nicht vorhandenen Fussel von seinem frischen Talar.

»Wieso ich?«, fragte Maike.

»Nun, Doktor Sonders braucht mehr Unterstützung, daher habe ich ihm angeboten, dass Frau Amore ihm ganz zur Verfügung stehen kann.«

In meinem Kopf machte es klick, und ich dachte: Du! Stronzo! Sch...kerl!

Äh, und gleich darauf dachte ich: Wie dumm von ihm! Eine bessere Assistentin als mich konnte er sich kaum wünschen. Ich war absolut zuverlässig und vertrauenswürdig, da kam ich ganz nach meinem Vater.

Aber offenbar war Martin zu dem Schluss gekommen, er müsse selbst unsere beruflichen Berührungspunkte auf ein für ihn erträgliches Mindestmaß reduzieren.

Bei dem Wort Berührungspunkte wurde mir ziemlich heiß, und ich starrte schnell wieder auf die Schreibtischplatte.

»Wie Sie meinen«, sagte Maike hilflos.

»Gut, gut. Die Damen entschuldigen mich.«

Weg war er.

»Arschloch«, murmelte Maike.

Auch nicht schlecht.

»Ist doch egal«, gab ich zurück und unterdrückte ein Schluchzen.

Maike seufzte. »Dabei habe ich mal gedacht, ihr würdet heiraten.«

Ich auch. Und ich hätte gern Fischer geheißen. Svea Fischer. Den wundervollen Namen hatte ich damals eine Million Mal geübt. Papa hätte sich auch darüber gefreut. Der war nicht so gern ein gebürtiger Amore. Aber dazu später.

»Und dann zieht er los, schnappt sich diese Tussi aus Hamburg und vernascht sie beim Picknick.« Maike schlug mit der Faust auf den Tisch.

Ich war ihr dankbar, dass sie in meinem Namen wütend wurde, aber ich hätte jetzt ganz gern über etwas anderes geredet.

Ach, ich wünschte, ich könnte die Zeit zurückdrehen. Dann hätte ich selbst nämlich Martin verlassen, bevor er mein lustiges buntes Herz zu einem grauen Klumpen hätte zusammenquetschen können.

Oha! Manchmal fand ich meine eigenen bildhaften Gedanken leicht übertrieben. Die hatte ich bestimmt meinem Achtel sizilianischen Blutes zu verdanken. Arnaldos Geist kicherte in meinem Innern. Vielleicht kratzten mich auch nur ein paar Hörnchenkrümel in der Luftröhre.

Maikes geballte Faust schlug noch einmal zu. »Es ist so schrecklich, dass du wegen einer anderen Frau verlassen worden bist.«

»Eigentlich war es noch viel schrecklicher«, flüsterte ich und klang dabei ein bisschen wie Alexander König.

Die Faust, schon bereit für den nächsten Schlag, blieb in der Luft hängen.

»Wie meinst du das?«

Ich sah sie an und entschied, dass es Zeit für die Wahrheit war. Maike war nicht nur meine Kollegin, sondern auch meine Freundin. Wem, wenn nicht ihr, sollte ich endlich alles erzählen?

*Niemandem!*, warnte mich jemand in meinem Innern. Vielleicht war es Oma Lina oder der alte Arnaldo. Das Kichern war ihm jedenfalls vergangen.

*Das geht niemanden etwas an! Du machst dich nur unglücklich! Und du wirst Spott und Hohn ernten! Halt den Mund!*

Auch Uroma Else mischte jetzt mit: *Denk an den Abend, an dem du fest geglaubt hast, Martin würde dir einen Heiratsantrag machen. Weißt du noch? Er hatte diese ernste, beinahe entrückte Miene aufgesetzt, wie ein Mann, der endlich seine Pflicht erfüllen muss.*

Was? Seine Pflicht erfüllen? Indem er mich heiratet? Hallo?

Ich weiß noch genau, also ziemlich genau, dass er ein feierliches Gesicht aufgesetzt hatte. Ein *glückliches* Gesicht. Glaube ich. Und ich bin mir sicher, dass sich da so ein kleines quadratisches Kästchen in seiner Jackentasche abzeichnete.

*Ja, und?*, erkundigte sich Else. *Hat er dir einen Antrag gemacht? Hast du einen Ring bekommen?*

Äh, nein. Ihm … ist wohl etwas dazwischengekommen.

*Soll ich dich daran erinnern?*

Lieber nicht.

Ich bemerkte, wie Maike mich irritiert anschaute, und brachte mal schnell die Stimmen in meinem Kopf zum Schweigen. Nur ein fernes Rauschen war noch zu hören.

Muuuuund haaaalten …

Die hatten mir gar nichts zu sagen, entschied ich. Ich musste mal mit jemandem darüber reden. Vielleicht würde es mir danach ein wenig besser gehen.

Als ich jedoch loslegte und sah, wie alle Farbe aus Maikes Gesicht wich, kamen mir erhebliche Zweifel.

## 3. Wer ist hier langweilig?

Das Telefon auf Maikes Schreibtisch klingelte. Vielleicht ein neuer Klient mit einem Eine-Million-Euro-Fall. Sie hörte es gar nicht. Auf ihren bleichen Wangen bildeten sich hektische rote Flecken.

»Habe ich das eben richtig verstanden? Doktor Fischer hat dir den Laufpass gegeben, weil du ihm zu *langweilig* warst?«

»Hm. So ungefähr.« Ich hätte mir die Zunge abbeißen können.

Zu spät.

Maikes Blick wanderte von meinem praktischen Kurzhaarschnitt über mein ungeschminktes Gesicht über den Kragen meiner weißen Bluse und die hellgraue Jacke meines Kostüms bis zu meinen kurzen, polierten Fingernägeln.

»Hey!«, rief ich beleidigt aus. »Du kennst genau die Kleidervorschrift fürs Büro. Dezent, seriös und keine Extravaganz.«

»Aber nirgends steht geschrieben, dass schöne volle dunkelblonde Haare nicht wenigstens bis auf die Schultern fallen dürfen, und ein leichtes Make-up ist meines Wissens auch erlaubt. Es gibt einen gewissen Unterschied zwischen dezenter Pflege und null Pflege.«

»Ja, schon gut. Ich glaube, Martin meinte weniger mein Aussehen.«

Stimmte nicht so ganz. In den dreizehn Monaten unserer Beziehung hatte mir mein Freund wieder und wieder gesagt, ich könnte bildhübsch sein, wenn ich nur ein bisschen was aus mir machen würde. »Eine Blondine mit blauen Augen und langen Beinen, die rumläuft wie eine graue Maus, ist mir auch noch nicht untergekommen. Das ist wirklich Verschwendung.«

Seine Worte.

Daraufhin hatte ich mich bemüht. Ehrlich. War zu einer Kosmetikerin gegangen und hatte mich beraten lassen. Und sie hatte mich richtig toll geschminkt. Nur dass ich es allein nie so hinbekam wie sie. So war ich über einen hellen Lidschatten, etwas Wimperntusche und Lipgloss nicht hinausgekommen.

In meinem Kleiderschrank fehlten auch weiterhin tief ausgeschnittene Tops, superkurze Röcke und knallenge Jeans. Keine Ahnung, warum. Ich bin einfach nicht der Typ, der sich aufbrezelt. Und tiefe Ausschnitte sind sowieso nicht mein Fall. Dort, wo es drauf ankommt, fehlen mir nämlich die Pölsterchen. Körbchengröße A heißt das in der Fachsprache. Sogar doppeltes A, um ganz ehrlich zu sein.

Martin hatte es irgendwann aufgegeben, mich ändern zu wollen, aber ich glaube, auf Partys, die wir gemeinsam besuchten, schämte er sich vor seinen Freunden und Kollegen für mich. Zweimal war er sogar ohne mich weggefahren und hatte anschließend behauptet, es wäre ihm gar nicht aufgefallen. Wenn bei ihm zu Hause gefeiert wurde, stand ich oft allein in der Küche, und niemand vermisste mich.

Maike legte zweifelnd die Stirn in Falten. »Wenn ich deine Figur hätte, würde ich nur in Hotpants und trägerlosen Oberteilen rumlaufen.« Sie war im Gegensatz zu mir klein und dünn mit ziemlich kurzen Beinen. Ihr Blick fiel auf meinen flachen Busen, und sie schien sich das mit den trägerlosen Oberteilen noch einmal zu überlegen. Rutschgefahr.

Ich grinste schwach. »Du kannst gern was von meiner Größe abhaben, aber dann nimmst du auch ein bisschen Speck von meinen Hüften.«

»Jederzeit, wenn ich mir aussuchen kann, wo der hinsoll. Aber ich verstehe wirklich nicht, wieso Doktor Fischer…«

Ich hob die Hand, um sie zu unterbrechen.

»Er fand meinen Charakter langweilig. Ich hatte ihm keine Dramen zu bieten, und ich war auch nicht besonders unternehmungslustig. Mir gefiel es, wenn wir gemütlich zu Hause waren, schön gekocht und den Tatort geguckt haben.«

»Ach so.« Sie schwieg einen Moment und seufzte dann. »Deine wilden Urgroßeltern haben wirklich kein Stück auf dich abgefärbt.«

»Hm.«

»Ich finde das furchtbar, Svea. Verlassen zu werden, weil dein Freund sich mit dir langweilt.«

War mir auch klar.

»Das ist ja so erniedrigend.«

Okay, okay.

»Und tausendmal schlimmer, als betrogen zu werden.«

Hey, ist ja gut. Ich weiß das selbst!

»Dabei hat er dann zusätzlich noch mit der Hamburg-Tussi rumgemacht.«

Einen Moment lang zweifelte ich an Maikes Freundschaft. Sie sah aus, als würde sie es genießen, mir den Todesstoß zu versetzen. Aber eine Sekunde später hatte sie sich wieder im Griff.

»Du tust mir echt leid, Svea.«

Danke, kann ich drauf verzichten.

Es hat eine Zeit gegeben, da hat Maike mich brennend beneidet. Den schicken Doktor Fischer hätte sie sich auch gern geangelt.

Stattdessen muss sie damit klarkommen, dass sie überhaupt keinen Freund vorzeigen kann. Nicht mal einen langweiligen mit niedrigem Status. Schon seit einigen Jahren nicht. Vor anderen tut sie gern so, als sei sie ein glücklicher Single. Nur ich weiß, wie einsam sie manchmal ist. Aber jetzt hatte sie Oberwasser, und ich stellte fest, dass mir Neid besser gefiel als Mitleid.

»Bin längst drüber weg«, erklärte ich laut und deutlich. »Martin interessiert mich nicht mehr.«

Fast war ich selbst davon überzeugt. Bloß dieser kleine dumme Schluchzer, den ich noch hinterherschickte, verriet mich.

»Arme Svea. Ich wünschte, ich könnte dir helfen. Aber ich sitze ja auch auf dem Trockenen. Kein Typ in Sicht.« Maike verdrehte die Augen.

»Wünsche gehen sowieso nicht in Erfüllung«, erklärte ich.

Wieder klingelte ihr Telefon, und endlich antwortete sie dem Eine-Million-Euro-Klienten. Vermutlich war es aber nur ein Kleingärtner, der den Typen nebenan mit dem Laubbläser wegpusten und sich vorher rechtlich absichern wollte. Oder ein Villenbesitzer, der behauptete, sein Nachbar habe bei Nacht und Nebel den Gartenzaun zu dessen Gunsten versetzt. Haben wir oft, solche Fälle.

Mein Apparat legte ebenfalls los, und ich war froh darüber. Konnte ich doch für die nächsten Stunden mein Privatleben vergessen.

Das klappte bis kurz vor Feierabend ganz gut. Ich hatte die große Besprechung überstanden, ohne Martin auch nur ein Mal anzuschauen, hatte den ganzen Tag über Akten auf den neuesten Stand gebracht, Schriftsätze in den Computer eingegeben und Klienten empfangen. Nun arbeitete ich mich sorgfältig in Doktor Sonders' Terminkalender ein.

In Gedanken ganz bei seinen wichtigsten Beratungsgesprächen, ging ich wieder mal ans Telefon. Es war einer dieser Tage, an denen es ständig klingelte, und auch gegen Abend riss der Strom der Anrufe noch nicht ab.

Eine Flüsterstimme sagte: »Es tut mir so leid.«

Ich stieß einen kleinen Schrei aus. Maikes Kopf schnellte hoch. *Alexander König*, schrieb ich auf einen Zettel und reichte ihn rüber.

Sie grinste und deutete lautlos ein Zähneklappern an. Am anderen Ende der Leitung zog sich das Schweigen in die Länge.

»Was genau tut Ihnen leid?«, fragte ich endlich so freundlich, wie es mir möglich war.

Er räusperte sich, was seiner Stimme jedoch kein nennenswertes Volumen verschaffte. »Es hat … nun, ein kleines Malheur gegeben.«

Der Typ wirkte nicht nur wie aus einer anderen Welt, er redete auch so. Als hätte er seine Muttersprache aus den antiquarischen Büchern in seinem Laden gelernt.

Ich verlor die Geduld. »Herr König, ich bin im Büro und arbeite. Kommen Sie zur Sache. Ist das Haus abgebrannt oder was?«

»Nein … also, um ganz offen zu sein … Das Gegenteil ist eingetreten.«

»Hä?«

»Wie bitte?«

»Wenn Sie mir nicht sofort sagen, was los ist, lege ich auf!«, schrie ich.

Maikes Blick signalisierte, dass sie mir einen solchen Temperamentsausbruch gar nicht zugetraut hätte. Da lag glatte Bewunderung in ihren Augen.

Ich sag's ja. Zu einem Achtel Sizilianerin. Danke, Arnaldo. Manchmal bist du richtig nützlich.

»Es ist ein wenig nass.«

»Nass? Wieso? Es hat den ganzen Tag die Sonne geschienen.«

Alexander König gab einen Laut von sich, der ein Lachen sein konnte. Oder ein Heulen.

»Es ist ja auch *im* Haus nass und nicht auf dem Dach.«

Klang logisch.

Irgendwie.

Bevor ich wieder losbrüllen konnte, erfuhr ich endlich, dass er am Morgen vergessen hatte, die Dusche ganz abzustellen. Ich dachte an einen feuchten Fleck an meiner Badezimmerdecke und seufzte verhalten. Da musste halt noch mal renoviert werden. Alexanders Onkel hatte mich darauf hingewiesen, dass sein Neffe manchmal ein wenig vergesslich und tollpatschig sei. Aber bislang war davon noch nichts zu merken gewesen.

Mein Seufzer geriet ein wenig lauter. »Halb so wild.

Das kann ja mal passieren. Haben Sie eine Haftpflichtversicherung?«

»Eine was? Oh, ich denke schon. Onkel Oskar hat sich immer um diese Dinge gekümmert.«

Na gut, dachte ich. Auf den alten Herrn König war bestimmt Verlass.

»Das kriegen wir schon geregelt. Hören Sie, ich habe noch zu tun. Aber ich komme, sobald ich kann.«

»Frau Amore...« Mir fiel mal wieder auf, dass er als einziger Mann Norddeutschlands meinen Nachnamen mit perfekt gerolltem R aussprach. Fast wie ein Italiener. Ein heiserer Italiener, der zu viele Muratti-Zigaretten geraucht und zu viele Grappe getrunken hatte. Bei jedem anderen wäre mir dabei warm ums Herz geworden. Bei Alexander König nicht. Ich finde, es steht ihm nicht zu, meinen Namen auf so intime Art auszusprechen. Mit dieser Überlegung war ich so lange abgelenkt, bis mich eine kalte Dusche traf. Im übertragenen Sinn, aber gewissermaßen auch wortwörtlich.

Meine Stimme war jetzt auch heiser. »Würden Sie das bitte noch einmal sagen?«

»Gern. Der Herr Feuerwehrhauptmann schlägt vor, dass Sie umgehend herkommen.«

Ich starrte Maike an, sie starrte ahnungslos zurück. Also stellte ich auf Lautsprecherfunktion und forderte Alexander König erneut auf, seinen letzten Satz zu wiederholen.

Er tat es und fügte hinzu: »Stehen Sie unter Schock, Frau Amore? Oder bekommen Sie gerade einen Schlaganfall?«

»Wieso?«

»Irgendetwas scheint mit Ihren Ohren nicht zu stimmen, wenn ich dieselben Worte wiederholen soll. Das könnte ein erstes Anzeichen für einen Iktus sein.«

Maike stierte mich immer noch an. Sie verstand kein Wort.

Ich fasste kurz für sie zusammen. »Mein Nachbar hat die Dusche nicht richtig ausgedreht, und jetzt ist die Feuerwehr da.«

»Dann ist deine Wohnung abgesoffen.«

Oh, verdammt! Darauf hätte ich auch selbst kommen können.

»Wie schlimm ist der Schaden?«, fragte ich Alexander.

Er tat, als höre er mich nicht. Wahrscheinlich würde er gleich behaupten, mit seinen Ohren stimme plötzlich auch was nicht. Stattdessen teilte er mir die gute Nachricht mit: »Im Antiquariat ist alles trocken geblieben.«

Ja klar, ich hatte bei der Renovierung einen neuen Fußboden einziehen lassen. Der hielt was aus. An die Decke hatte ich nicht gedacht.

Ich wartete auf weitere Erklärungen; es kamen keine. Ohne ein weiteres Wort beendete ich das Gespräch und sprang auf.

»Soll ich mitkommen?«, fragte Maike.

»Nein, ich schaffe das schon«, erwiderte ich, obwohl ich mir da nicht so sicher war. Eine Trost spendende Freundin an meiner Seite wäre vielleicht hilfreich gewesen. Andererseits ist es in meiner Familie üblich, allein mit den größeren und kleineren Katastrophen des Lebens fertigzuwerden. Ich glaube, das hat weniger mit meinem legendären Urgroßvater Arnaldo zu tun, als vielmehr mit meiner Urgroßmutter Else. Die bewundere ich insgeheim sowieso viel mehr als den wilden Sizilianer. Sie hat niemanden um Rat gefragt, als sie ihr Herz an den Fremden verlor, und sie hat die Ärmel hochgekrempelt und ihr Schicksal in die Hand genommen. Niemals in ihrem ganzen Leben ist ein Wort der Klage über ihre Lippen gekommen. Das behauptet jedenfalls Lina. Dabei hätte Else allen Grund zum Jammern gehabt. Aber dazu auch später.

»Meine Mama war die mutigste Frau der ganzen Welt.« Oma Linas Worte.

Ein bisschen was von diesem Mut konnte ich jetzt auch gebrauchen.

»Wenigstens hast du ein paar gute Anwälte zur Hand«, rief mir Maike noch nach.

War nicht unbedingt ein Trost.

Als ich in der Mühlengasse ankam, wollte die Feuerwehr gerade abrücken. Ich schnappte mir den nächstbesten Uniformierten.

»Wir konnten nicht viel machen«, erklärte er. »Das Wasser stand ja nicht meterhoch. Aber die Wohnungsdecke ist durchgeweicht, die Wände sind nass, und Ihre Möbel haben auch einiges abbekommen. Wohnen können Sie da vorläufig nicht.«

Mir wurden die Knie weich. Der Mann zögerte, dann fasste er mich am Ellenbogen. »Geht's wieder?«

»Ich bin erst vor einen halben Jahr eingezogen«, murmelte ich. »Habe monatelang renoviert. Die Einrichtung ist nagelneu.«

Der Mann hob kurz die Schultern. Mehr hatte er nicht zu bieten.

»Kann ich ein paar Sachen rausholen?« Er zögerte,

hatte dann aber wohl Mitleid. »Wenn Sie meinen, dass Sie noch was Trockenes finden …«

Hey! Mitleid geht anders!

»Aber ich gebe Ihnen höchstens zehn Minuten, und Sie gehen nur in Begleitung meines jungen Kollegen hier. Für alle Fälle.«

Der Kollege war ein pickeliger Junge. Der sollte mich beschützen, wenn meine Wohnungsdecke auf mich runterkrachte? Plötzlich sah ich Uroma Else vor mir, wie sie mich streng von einem alten Schwarz-Weiß-Foto aus ansah. Dabei schüttelte sie langsam den Kopf.

Recht hatte sie. Kein Gegenstand in der Wohnung war es wert, dass ich dafür mein Leben in Begleitung eines aknegeplagten Jungen beendete.

»Ich verzichte darauf«, erklärte ich fest.

Der Feuerwehrhauptmann nickte. »Wenn ich so darüber nachdenke, hätte ich es Ihnen wohl ohnehin verboten.«

Aha.

Aus den Augenwinkeln bemerkte ich, wie Alexander König auf mich zukam. Er trug eine altmodische helle Hose mit Hosenträgern und ein zugeknöpftes weißes Hemd. Sein Gesicht war noch blasser als sonst, und er strich sich nervös mit langen dünnen Fingern durch die weißblonden Haare.

»Seit wann ist Halloween am ersten September?«, fragte der Junge. Während des Einsatzes war Alexander von der Feuerwehr offensichtlich übersehen worden. Erst jetzt machte er seinen üblichen Eindruck auf die Leute.

Unter anderen Umständen hätte ich jetzt gegrinst. So aber schaute ich meinen Nachbarn nur finster an.

»Es tut mir so leid«, krächzte er.

»Brrr … abartig«, sagte der Junge.

Alexander richtete seine nahezu farblosen Augen auf ihn. »Wie bitte?«

»Äh … nichts.« Er drehte sich schnell weg. »Chef, ich muss dann los.«

Selbst der Feuerwehrmann hatte es jetzt eilig. Er tippte kurz gegen seinen Schutzhelm und folgte dem Jungen zum Einsatzwagen.

Kurz darauf standen außer Alexander und mir nur noch ein paar Schaulustige auf der Straße. Nach und nach trollten sich auch diese Leute. Die Show war vorbei.

»Kann ich etwas für Sie tun?«, fragte mich Alexander. »Ich habe bereits Kontakt zu Onkel Oskar aufgenommen. Er sagt, wir haben eine Haftpflichtversicherung, und er kümmert sich um alles. Wenn Sie jetzt in ein Hotel ziehen möchten, übernehme ich selbstverständlich die Kosten. Ich würde Ihnen ja mein Sofa anbieten, aber leider bin ich selbst obdachlos. Vielleicht stelle ich mir ein Klappbett im Antiquariat auf. Doch für zwei ist dort zu meinem größten Bedauern kein Platz.«

In meiner Kehle formte sich ein Schrei, den ich nur mühsam unterdrücken konnte. »Ich wäre lieber tot, als auf Ihrem Sofa oder auf Ihrem Klappbett zu schlafen.«

Ganz kurz blitzte etwas in seinen Augen auf. Verblüffung? Schreck? Oder gar so etwas wie Enttäuschung?

Nee, ne? Der Geistermann hegte jetzt doch wohl keine Gefühle für mich, oder?

Das wäre nämlich an einem solchen Tag echt zu viel gewesen.

In der nächsten Sekunde war der Ausdruck verschwunden. Hatte ich mir wohl nur eingebildet.

Hoffentlich.

»Ich brauche einen Ersatzschlüssel für Ihre Wohnung«, erklärte er mir.

»Wieso?«

Seine Schultern sackten herab. »Nun, vorhin musste die Feuerwehr die Tür aufbrechen.«

Mir war schon wieder nach Schreien zumute.

»Es ist kein großer Schaden entstanden«, fügte er hinzu, als er mein entsetztes Gesicht sah. »Und es sind bereits Handwerker unterwegs, die sie reparieren werden. Das Schloss ist sogar heil geblieben. Jedoch muss jemand in den nächsten Tagen die anderen Fachleute hineinlassen können. Die Wohnung muss nämlich trockengelegt und ausgeräumt werden.«

Mir schwindelte allein bei dem Gedanken. Irgendwie hatte ich gehofft, es müsste nur ein paar Tage gelüftet werden und dann könnte ich zurück in mein Heim.

Irrtum.

Der Gedanke, Alexander König würde sich in meinem privaten Reich aufhalten, war mir höchst unangenehm, aber ich merkte, ich hatte keine Wahl. Ich selbst würde kaum die Zeit haben, um irgendwelche Handwerker zu beaufsichtigen.

»Dort drüben ist ein Schlüsseldienst«, sagte er, als ich schließlich nickte. »Wir können gleich ein Duplikat anfertigen lassen. Oder besser zwei. Ich denke, die Herren von der Feuerwehr brauchen auch einen. Doch keine Sorge, den werde ich dann wieder an mich nehmen.«

Eine Viertelstunde später standen wir wieder in der Gasse, und mein Nachbar machte keinerlei Anstalten, mich allein zu lassen.

»Ich muss telefonieren«, sagte ich.

»Bitte, gern.«

»Allein.«

Alexander ging folgsam einige Schritte zur Seite, und ich rief zu Hause an.

Oma Lina nahm ab.

»Ist Mama zu Hause?«, fragte ich.

»Wer spricht denn da?«

»Das weißt du genau. Hier ist Svea.«

»Und seit wann meldet man sich nicht mehr mit Namen?«

»Auf dem Display steht groß und deutlich Svea.«

»Wo?«

»Und du könntest zum Beispiel meine Stimme erkennen.«

»Pah! Stimmen kann man imitieren.«

Ich gab's auf. »Bitte sag Mama, dass ich gleich vorbeikomme. Ich brauche für eine Weile eine Unterkunft.«

»Warum denn?«

»Das erkläre ich euch nachher.«

»Ist dir der schöne Herr König zu nahe gekommen? Du solltest ihn erhören, Dickerchen, dann bekommt ihr viele blonde Kinder, und du wirst bis an dein Lebensende glücklich sein.«

Rasch schaute ich auf mein Smartphone, dann zu Alexander.

Keine Lautsprecherfunktion. Gott sei Dank.

»Mein Lebensende kann schneller kommen, als ich denke, wenn ich hier wohnen bleibe«, erwiderte ich.

Oma Lina legte einfach auf. Vermutlich musste sie zurück zu einem Nudelteig. Den würde sie jetzt weiterkneten und sich dabei meine Zukunft an der Seite von Alexander König vorstellen. Ich habe keine Ahnung, was sie in dem Mann sieht. Aber seit ihrer ersten Begegnung schwärmt sie von ihm. Ich steckte das Smartphone weg und machte mich grußlos auf den Weg. Vielleicht hatten meine Eltern doch recht, und mit Omas Verstand ging es bergab.

Rapide.

# 4. Wie Pest und Pocken

Ich rief mir ein Taxi und ließ mich zum Stadtrand fahren, wo meine Familie in einem Wohnviertel aus den Fünfzigerjahren wohnt. Rote Klinkerhäuser mit spitzen Giebeln stehen in gerader Linie aufgereiht und unterscheiden sich nur durch die verschiedenen Blumenbeete in ihren handtuchgroßen Vorgärten. Immerhin erstreckten sich hinter den Häusern weite, flache Felder, die nur von einem Birkenwäldchen begrenzt wurden. Für Kinder war das eine prima Gegend. Für junge Erwachsene eher das Ende der Welt.

Ich war froh gewesen, hier endlich wegzukommen. Vielleicht hatte ich damals geglaubt, mein Leben würde spannender werden, wenn ich diesem Viertel den Rücken kehrte. War mir nicht so recht gelungen.

An diesem Abend jedoch legte ich geradezu erleichtert die wenigen Schritte vom Jägerzaun bis zur Eingangstür zurück. In meinem Elternhaus konnte ich mich von dem Schock erholen. Hier würde ich Ruhe finden. Na ja.

Die Tür wurde aufgerissen, noch bevor ich klingeln konnte, und zwei schwarzhaarige Derwische stürzten heraus. Jeder hatte eine Fotokamera in der Hand und knipste wild drauflos.

»Hierher, Svea, hierher!«, rief der eine.

»Zeig uns dein Lächeln!«, der andere.
»Du bist die Schönste!«
»Knöpf mal deine Bluse auf!«
»Gib uns mehr, Baby!«
Ja, hallo? Mehr gibt es unter meiner Bluse nicht.
»Ju arre buttiful!«
»Honni, schau ju Knie.«
Mit der englischen Sprache hatten es die Derwische nicht so. Da kamen sie ganz nach Oma Lina.
Ich schwang meine Handtasche und knallte sie erst dem einen, dann dem anderen auf den Kopf.
»Aua!«, riefen meine Brüder im Chor und ließen die Kameras sinken.
»Seid ihr bescheuert?«, schrie ich. »Was soll der Quatsch?«
Sönke und Nils rieben sich die Köpfe und grinsten schon wieder. Sie sind nicht nur in ihrem Charakter, sondern auch im Aussehen aus der Art geschlagen. Während sämtliche Amores, mich eingeschlossen, die friesisch-nordischen Merkmale von Urgroßmutter Else geerbt haben, kommen ausgerechnet diese beiden Nachzügler nach Arnaldo. Klein, flink, schwarze Haare, Augen so dunkel wie die erkaltete Lava des Ätna und definitiv mediterrane Gesichtszüge.
Es geht das Gerücht, dass Oma Lina nach der Geburt der Zwillinge vor fünfzehn Jahren drei Tage gefastet hat. Sie hoffte, sie könnte dadurch irgendwas am Aussehen ihrer Enkelsöhne ändern. Papa soll sogar im Kreißsaal ohnmächtig geworden sein, was meiner Meinung nach aber auch andere Gründe gehabt haben konnte. Blut, zum Beispiel. Konnte er nicht so gut sehen.
Und Mama? Sie war mit über vierzig von diesem plötz-

lichen Kindersegen so überrascht gewesen, dass sie vermutlich auch zwei Äffchen geliebt hätte.

Meine Gefühle für die beiden sind von Anfang an zwiespältig gewesen. Ich fand sie eigentlich ganz süß und gab auch gern mal mit ihnen an. Andererseits schlug damals bei mir die Pubertät mit voller Wucht zu, und ich hatte wirklich anderes im Kopf. Nach der niedlichen Babyphase entwickelten sich Sönke und Nils schnell zu den Derwischen, die sie bis heute sind. Einzig die typischen Zwillingsstreiche sind ihnen nie besonders gut gelungen. Selbst die Lehrer erkannten Sönke, wenn er für Nils eine Mathearbeit schreiben wollte, und zeigten sofort mit dem Finger auf Nils, wenn dieser sich in Deutsch revanchieren wollte. Sie sind vollkommen identisch, bis auf den Scheitel. Bei Sönke sitzt er links, bei Nils rechts. All ihre Versuche, daran etwas zu ändern, sind fehlgeschlagen. Ob sie sich die Haare zurückkämmen, mit Pomade einschmieren oder den Scheitel in der Mitte ziehen – innerhalb einer Stunde sitzt jeder Schopf wieder so wie vorher. Den letzten radikalen Schritt, sich eine Glatze zu rasieren, haben sie wohl mal erwogen, aber nie gewagt. Seit sie älter geworden sind und begriffen haben, dass norddeutsche blonde Mädchen auf schwarze wellige Haare stehen, ist nie mehr die Rede davon gewesen. Außerdem fürchten sie die Rache der Natur, wie sie mir mal verraten haben. Sie sind davon überzeugt, dass sie nach der Rasur einen schwarzen Strich auf dem Kopf bekommen. Jeder dort, wo sein Scheitel zu sitzen hat. Oder ein langes rotes Feuermal, mit einer Laserpistole abgefeuert von einem überirdischen Wesen aus dem Universum. Wie gesagt, sie sind noch sehr jung.

»Erklärt ihr mir mal, was das soll?«, forderte ich sie erneut auf, obwohl ich schon so eine Ahnung hatte.

»Wir üben«, erklärte Sönke.

»Für unseren Traumberuf.«

»Paparazzi«, erwiderte ich aufs Geratewohl.

»Boah! Svea! Du bis so was von clever.«

Gegen meinen Willen musste ich grinsen.

Meine Brüder sind wie Pest und Pocken auf einmal, aber ich liebe sie trotzdem. Außerdem erschien mir jetzt dieser neue Berufswunsch ungefährlicher als einige andere in der Vergangenheit. Letztes Jahr hat bei ihnen Pilot ganz hoch im Kurs gestanden, und sie sind auf dem kleinen Flugplatz der Stadt verhaftet worden, bevor sie ein Sportflugzeug kapern konnten. Gefährlich war es auch, als sie der neue Wigald Boning werden wollten. Unser Haus überstand die Experimente nur mit knapper Not. Und als sie zwölf waren, hatten ihre Meerschweinchen einiges auszuhalten. Zukünftige Tierärzte mussten ja üben. Da wurde viel Fell rasiert, und hier und da wurden kleine Schnitte versucht, bevor Mama die Tiere rettete und den Nachbarskindern schenkte. Früher habe ich meinen Eltern oft vorgeschlagen, sie sollten Oma Lina und mich in Frieden lassen und ihre Ängste vor Verrückten in der Familie mal lieber auf meine Brüder konzentrieren. Die waren eindeutig nicht ganz dicht. Dass mein Elternhaus noch nicht abgebrannt, in einer Flut aus dem Badezimmer versunken oder in einer chemischen Reaktion in die Luft geflogen ist, kann man nur als pures Glück bezeichnen.

Aber dann hieß es, das sei die Pubertät und so seien Jungs nun mal. Ja, toll. Ein gewisses patriarchalisches Gedankengut hat sich da aber prächtig durchgesetzt!

Lieber konzentrieren sich meine Eltern weiterhin auf Oma Lina und mich.

Da ich ihnen neuerdings nicht mehr viel Stoff für ihre Sorgen liefere, muss Lina herhalten. Mama ist inzwischen Expertin auf dem Gebiet der Demenz, Papa macht keinen Hehl daraus, wie peinlich ihm seine Mutter ist. Aufgestylt in dem Alter! Das gehört sich nicht! Tja, dumm nur, dass Lina sich nicht darum schert. Weder um die Sorgen ihrer Schwiegertochter noch um die verletzten Gefühle ihres Sohnes.

Meine Brüder spürten wohl, dass ich mit meinen Gedanken woanders war. Ein erneutes Blitzlichtgewitter ging auf mich nieder.

»Aufhören!«, rief ich. »Sofort!«

Sie ließen die Kameras sinken.

»Damit werden wir steinreich«, erklärte Nils. »Sobald wir achtzehn sind, ziehen wir nach Hollywood.«

»Wir haben schon Oma fotografiert, als sie neulich Abend zu viel Marsala getrunken hat«, sagte Sönke. »Also, nur so zum Üben. Werden wir nicht veröffentlichen.«

Sie sahen, wie meine Handtasche wieder durch die Luft surrte, und duckten sich. Im Geiste entdeckte ich Oma Lina bereits auf YouTube. Eine lustige alte Frau nach dem Genuss von süßem italienischem Dessertwein.

»Wir gehen jetzt auf euer Zimmer, und ihr löscht vor meinen Augen sämtliche Bilder von Oma. Sonst…«

»Sonst was?«, fragten sie im Chor.

»Sonst erzähle ich euch keine Neuigkeit vom Gespenst aus der Mühlengasse.«

Nicht nur Oma Lina mochte Alexander König. Meine Brüder vergöttern den Mann geradezu. Einmal haben sie versucht, ihm äußerlich ähnlich zu werden, haben sich im Bad eingeschlossen und sind mit viel Blondierung und Bleichmittel zu Werke gegangen. Das Ergebnis waren orangefarbene Haare und krebsrote Haut. Sie steckten es mit einem doppelten Lachen weg und erklärten Alexander, sie nähmen es ihm nicht übel.

Die Logik von Fünfzehnjährigen!

Dass meine Familie ihn schon verflixt gut kennt, ist nicht meine Schuld. Kaum war ich ausgezogen, fehlte ich den Amores ganz schrecklich. Da schlug mit Wucht der italienische Familiensinn durch. Und so bekomme ich sehr häufig Besuch. Mal von Lina, mal von Mama und Papa, mal von den Derwischen. Und manchmal von allen zusammen. Es kommt auch vor, dass einer von ihnen mich zum Sonntagsessen nach Hause holt, wenn ich nicht von selbst erscheine. Und da man Alexander inzwischen schon des Öfteren im Treppenhaus begegnet ist, mit ihm geplaudert hat oder in seinem Laden gewesen ist, wird der kurzerhand mit eingeladen. Mich fragt keiner. Und so verziehe ich mich regelmäßig aus lustigen Runden, die Alexander mit einschließen. Ist mir einfach nicht geheuer, die Sache. Es scheint dann auch niemandem aufzufallen, dass ich gar nicht mehr da bin.

So viel zum Thema Familiensinn.

Keine Ahnung, warum mein ganzer Clan den Typen so gern hat. Selbst meine Eltern verlieren nie ein böses Wort über ihn. Kann es sein, dass alle in ihm etwas sehen, was mir entgeht?

Ach Quatsch.

»Nun sag schon«, forderte Nils mich auf, und sein Bruder nickte heftig dazu. »Was hat er angestellt?«

Ich verschränkte die Arme vor der Brust. »Erst die Fotos.«

So standen wir uns eine Weile gegenüber. Endlich gaben meine Brüder nach.

»Komm mit«, sagte Sönke. »Wir haben die Bilder auf meinem Smartphone. Das ist oben.«

Ich folgte ihnen durch die schmale Diele und die steile Treppe hinauf. Aus der Küche drangen köstliche Düfte bis zu mir, und mein Magen knurrte vernehmlich. Keine Katastrophe dieser Welt konnte mir Oma Linas Pastagerichte vergällen.

Im Zimmer meiner Brüder nahm ich Sönke das Smartphone aus der Hand. »Das mache ich selbst.«

»Traust du uns etwa nicht?«

»Darauf kannst du wetten.«

Sie grinsten breit, während ich mich an die Arbeit machte. Dabei entdeckte ich meine Oma, wie sie mit einem Sofakissen tanzte und es ein paar Fotos später abküsste, bevor sie auf ihrem Lieblingssessel zusammensackte. Kurz fühlte ich mich ihr ganz nah. Erst heute früh war ich mit meinem Kopfkissen im Arm aufgewacht. Ist Oma Lina genauso einsam wie ich? Und würde sich an diesem Zustand für uns beide nichts mehr ändern? Okay, Lina ist alt und hat ein aufregendes, wenn auch geheimnisvolles Liebesleben gelebt. Aber ich? Ein bisschen Knutscherei in der Schule, zwei Kurzbeziehungen und schließlich Martin. Soll das etwa alles gewesen sein? Werde ich mit über achtzig auch Marsala trinken und das Sofakissen lieben?

Nein! Außerdem mag ich den süßen Wein nicht. Ob es Sinn hat, mir ganz fest einen neuen Freund zu wünschen?

Nein! Natürlich nicht. Und sowieso schwierig, wenn ich in Wahrheit nur meinen alten Freund zurückhaben will. Könnte jemand im Kaufhaus der Wünsche falsch verstehen und mir wer weiß wen vorbeischicken. Kaufhaus der Wünsche? Mir kam der Gedanke, dass ich möglicherweise doch unter Schock stand. Das hatte Alexander ja schon vorhin am Telefon behauptet.

Das Gekicher meiner Zwillingsbrüder riss mich aus meinen Überlegungen.

»Lustig, was?«, meinte Nils.

»Halt die Klappe.«

Als ich mit Sönkes Smartphone durch war, ließ ich mir das von Nils geben, wo sich wie erwartet ebenfalls Aufnahmen fanden. Anschließend durchforstete ich ihre Fotoapparate und löschte bei der Gelegenheit gleich die Bilder von einer erschreckt und nicht sehr vorteilhaft wirkenden jungen Frau vor unserer Haustür. Nach einem internationalen Star, der auf dem roten Teppich von Paparazzi umzingelt ist, sah ich nicht aus. Und viel zu flachbrüstig sowieso.

»Och, Svea. Die hättest du uns doch lassen können.«

Jetzt war ich es, die breit grinste. Es kommt selten vor, dass ich mal meine Brüder reinlege. Zum Trost erklärte ich: »Das Gespenst hat heute Morgen versucht, mich zu ertränken.«

Ja, klar, war leicht übertrieben. Aber eine gute Geschichte brauchte das, und meine Brüder hingen mir jetzt förmlich an den Lippen. Erst als ich geendet hatte, verzogen sie enttäuscht den Mund.

»Von wegen ertränken«, sagte Sönke.

»Ist ja bloß ein Wasserschaden«, fügte Nils hinzu.

»Aber ich bin jetzt obdachlos«, erklärte ich dramatisch.

»Dann ziehst du wieder hier ein?«, fragten sie im Chor und wirkten alles andere als glücklich darüber. »Etwa für länger?«

»Ja, und ich werde euch im Auge behalten.« Ich zeigte mit Zeige- und Mittelfinger auf meine Augen und dann mit dem Zeigefinger erst auf Sönke, dann auf Nils.

Ein zweifaches tiefes Stöhnen war die Antwort.

»Big Sister ist zurück«, brummte Sönke.

»Scheiße«, sagte Nils knapp.

Brüder eben.

»Ich liebe euch auch.«

Woraufhin ihnen nichts Besseres einfiel, als eine Kitzelattacke auf mich zu starten. Schon wälzten wir uns zu dritt schreiend auf dem dicken Teppich, und es dauerte ein Weilchen, bis wir merkten, dass jemand in der Zimmertür stand.

»Hört auf damit!«, rief Oma Lina.

Mühsam entknoteten wir unsere Glieder und schauten zu ihr hoch.

Im Gegensatz zu der angetüdelten alten Dame auf den Fotos war sie jetzt stocknüchtern. Und schön. Zum schwarzen Cocktailkleid trug sie hochhackige Pumps, Netzstrumpfhosen und um den Hals eine lange Perlenkette. Ein bisschen Audrey Hepburn, sechzig Jahre älter als in *Frühstück bei Tiffany* und mit blond gefärbten Haaren. Ich fand, Oma Lina hätte den besseren Filmstar abgegeben. Um die würden sich die Paparazzi auch noch prügeln. Weder die geblümte Küchenschürze noch der Kochlöffel in ihrer Hand, von dem eine braune Soße tropfte, konnten ihr elegantes Erscheinungsbild trüben.

Sönke und Nils schienen ähnliche Gedanken durch den Kopf zu gehen, denn ihre Blicke wanderten in Richtung Fotokameras.

»Untersteht euch«, zischte ich. Meine Brüder sollen vernünftige Berufe anstreben. Darüber werden wir noch mal reden müssen.

»Hallo, Oma«, wandte ich mich dann an Lina und stand mühsam auf.

Sie sah durch mich hindurch. »So was gehört sich nicht«, erklärte sie den Jungs. »Ihr kriegt einen Oktopus-Komplex.«

Danke, Oma. Nach meinen Chefs in Mopsgestalt jetzt meine Brüder als Kraken. Nun ist mal gut für heute.

Sönke und Nils wirkten leicht verwirrt.

»Sie meint Ödipus«, erklärte ich ihnen.

Lina führte den Kochlöffel an ihre kirschrot geschminkten Lippen und leckte ihn ab. »Richtig. Und dann werdet ihr für den Rest eures Lebens vor der herrschenden Weiblichkeit zu Kreuze kriechen.«

»Klingt ja scheiße«, stieß Nils aus. Sönke schwieg. Er war offenbar damit beschäftigt, der herrschenden Weiblichkeit ein Aussehen zu verpassen, mit dem er etwas anfangen konnte. Ob Christina Aguilera noch aktuell war? Ich stellte fest, dass ich trotz meiner häufigen Besuche in der Entwicklung meiner Brüder einiges verpasst hatte. Das empfand ich aber als nicht so wahnsinnig schlimm.

Während ich meine Bürokluft abklopfte, erklärte ich Lina: »Ödipus liebte seine Mutter und nicht seine Schwester.«

Sie wischte diese Kleinigkeit mit einem Schulterzucken

beiseite. »Was ihr da macht, ist nicht normal. Und das kann die Kinder für ihr Leben prägen.«

Irgendwer sollte ihr mal verbieten, bunte Frauenblätter zu lesen.

»So, und jetzt zu dir, Dickerchen. Was hast du angestellt? Warum musste dich der arme Herr König fortschicken?«

Sprachlos starrte ich sie an. Selbst meinen Brüdern fehlten kurzzeitig die Worte. Und das will was heißen. Das letzte Mal waren die beiden verstummt, als sie nach der missglückten Flugzeugentführung vom Polizeichef zusammengestaucht wurden.

Diesmal hielt die Stille aber nicht so lange an. Schon sprudelten wieder die Worte aus ihren Mündern, mindestens so munter wie Alexanders Dusche am Vormittag. So wie sie den Vorfall schilderten, war die Sintflut auf meine Wohnung niedergegangen. All meine Habe war von der Strömung mitgerissen worden, und ich konnte froh sein, dass Noah mit seiner Arche vorbeigekommen war, um diesen einen Menschen zu retten.

Ehrlich, mir wurde nachträglich angst und bange. Aber Noah? Meinten sie vielleicht den pickeligen Feuerwehrjüngling?

»Svea war im Büro«, erklärte Oma Lina ungerührt. »Und was macht nun der arme Herr König? Er muss ja ganz verzweifelt sein.«

»Jetzt reicht's aber mal!«, rief ich aus. Ihre Zuneigung zu dem Kerl ging mir echt zu weit. »Der hat meine Wohnung unter Wasser gesetzt. Ist mir doch egal, wo der abbleibt.«

Lina hörte mir gar nicht zu. »Vielleicht sollten wir ihn einladen, bei uns zu wohnen.«

Meine Brüder nickten eifrig, ich hingegen war versucht, Oma den Kochlöffel aus der Hand zu reißen und ihr damit heftig auf den Kopf zu schlagen. Hätte angesichts ihrer hochtoupierten und mit geschätzt zwei Dosen Haarspray in Form gehaltenen Frisur bloß nicht viel gebracht.

Ich zwang mich, tief Luft zu holen und meine Aggressionen mit der Atemluft rauszulassen. Das klappte ganz gut, bis mir einfiel, dass Oma Lina mir mal den Tipp gegeben hatte. »Mit Tiefenatmung zu innerer Ruhe und vollkommener Gelassenheit« – so oder ähnlich war der Titel des Berichts in *Frau mit Herz* gewesen, aus dem sie mir vorgelesen hatte.

»Herr König schläft in seinem Antiquariat«, erklärte ich.

»Ach, der Ärmste. Das ist doch bestimmt schrecklich unbequem.«

Bevor meine innere Ruhe und Gelassenheit wieder verduften konnten, erklang zum Glück Mamas Stimme von unten.

»Wo seid ihr denn alle? Kommt mal her. Wir haben Besuch.«

»Oh, das ist bestimmt Herr König«, freute sich Oma Lina und reichte mir den Kochlöffel. »Gewiss möchte er sich für das kleine Malheur entschuldigen, das ihm passiert ist.«

Kleines Malheur. Ja, klar.

Lina nahm die Schürze ab und gab sie mir ebenfalls. Rasch fuhr sie sich noch mit den Fingern durch die Frisur. Zumindest versuchte sie es, bevor sie im Beton-Haarspray stecken blieb.

»Sollen wir ziehen?«, boten die Zwillinge ihre Hilfe an. Sönke drängelte sich bereits vor. Er ist zwei Minuten älter als Nils und will immer als Erster zur Stelle sein. Aber da hatte Lina sich schon wieder selbst befreit und ging hocherhobenen Hauptes zur Tür hinaus. Ich hätte schwören können, dass ganz oben auf ihrer blonden Haarpracht ein blutroter falscher Fingernagel prangte.

Sönke und Nils stürmten hinter ihr her, ich folgte gemessenen Schrittes. Auf Besuch war ich im Augenblick nicht besonders scharf.

Als ich unten angekommen war und sah, wer dort entspannt mit Mama plauderte, wünschte ich mich dringend zurück in meine eigene Wohnung. Wasserschaden hin oder her.

## 5. Der schon wieder!

Bei mir zu Hause wäre ich allein gewesen. Weit weg von Alexander König. Der stand tatsächlich in unserer Diele. Oma hatte ganz richtig geraten. Ich kam hinzu, als sie ihm gerade den Arm tätschelte und mitleidig ausrief: »Sie Ärmster! Was müssen Sie durchgemacht haben!«

Was *er* durchgemacht hat? Hallo?

Mama nickte dazu, und meine Brüder starrten Alexander an wie eine Jahrmarktsattraktion.

Ich rang mich zu einem schwachen »Moin« durch und erntete prompt einen bösen Blick von Oma. Wo bleibt deine gute Erziehung?, schien der zu sagen.

Ich schaute genauso böse zurück. In der Mühlengasse, unter tropfenden Zimmerdecken und zwischen feuchten Wänden, gab ich damit zur Antwort.

»Es geht mir gut, Frau Amore«, sagte Alexander mit Flüsterstimme und perfekter italienischer Aussprache zu Lina. Er stand stocksteif da und nahm wenig Platz in unserer Diele ein. »Ich habe nur der – ähm – jungen Frau Amore ein paar persönliche Dinge gebracht.«

Junge Frau Amore. Das war wohl ich.

Mama bekam auch noch ihr rollendes R ab, bevor er sich nun ganz mir zuwandte. Erst jetzt entdeckte ich den kleinen altertümlichen Lederkoffer in seiner Hand. Ich hätte schwören können, dass ich den schon mal im Antiquariat gesehen hatte.

»Mir kam der Gedanke, dass Sie eventuell einige persönliche Dinge brauchen könnten.«

Kluger Mann.

»Da habe ich mir erlaubt, diesen Koffer zu füllen.«

Na super. Dazu musstest du aber mit deinen langen Knochenfingern in meinen Sachen rumwühlen.

Oma klatschte in die Hände. »Wie mutig von Ihnen! Sie haben sich in die Wohnung gewagt. Dabei konnte jederzeit die Decke über Ihnen zusammenbrechen! Ich danke der Jungfrau Maria, dass Sie überlebt haben.«

Oma ist konfirmiert, aber in Notfällen greift sie gern auf den katholischen Glauben ihrer väterlichen Ahnen zurück.

Mama sagte nichts.

Ich stellte fest, dass sie zwar freundlich lächelte, mit ihren Gedanken aber woanders war.

»Es ist ja nichts geschehen«, erwiderte Alexander ruhig. »Nun möchte ich nicht länger stören.«

Gute Idee.

Er reichte mir den Koffer, und als ich danach griff, berührten sich unsere Hände.

Komisch. Ich hatte einen eisigen Schauer erwartet, stattdessen durchzuckte mich eine kleine heiße Flamme.

Prompt fiel mir der Koffer aus der Hand, und selbstverständlich gaben die verrosteten Metallschlösser nach, und der altersschwache Deckel sprang auf.

Murphys Gesetz, und zwar die peinliche Version. Vor unser aller Augen verteilten sich ein hochgeschlossenes geblümtes Nachthemd, ein Flanellpyjama und drei Garnituren Unterwäsche, die, nun ja, nicht mehr so ganz neu waren. Und besonders die Slips sahen unverhältnismäßig groß aus, fand ich. Und grau.

Sechs Augenpaare starrten darauf, meine Brüder stießen sich gegenseitig die Ellenbogen in die Rippen.

Ich wünschte, ich könnte auf der Stelle unsichtbar werden. Beam me up, Scotty!

Klappte natürlich nicht, und ich sinnierte darüber, mit welchem Teil seines Instinktes Alexander wohl zielsicher die hässlichsten Sachen aus meiner Wäschekommode gefischt hatte. Zugegeben, der Rest war auch nicht unbedingt für eine Show bei Victoria's Secret geeignet, aber ein paar hübschere Dessous besitze ich schon. Nur, dass ich sie seit dem Aus mit Martin nicht mehr getragen habe. Deswegen sind sie wohl in der Kommode ganz nach unten gerutscht. Und, okay, ich hätte Alexander nicht zumuten mögen, sein Leben auf der Suche nach ein wenig Spitze zu riskieren. Ein modriger Geruch stieg von den Sachen auf. Merkwürdig. Dann begriff ich, dass der Gestank von dem alten Koffer stammen musste. Die Zwillinge hielten sich schon die Nase zu und fragten sich womöglich, ob Damenwäsche immer so komisch roch. Dann mussten sie ihre sexuellen Wünsche eventuell noch einmal überdenken. Na ja, angesichts der farblosen Beispiele wahrscheinlich sowieso.

Auch eine prall gefüllte Kosmetiktasche lag auf dem Boden. Zum Glück war sie geschlossen geblieben. Ich wollte meiner Familie jetzt weder meine Pillenpackung noch meine Enthaarungscreme präsentieren.

Bevor ich reagieren konnte, hatte Alexander sich schon hingekniet und legte nun alles zurück in den Koffer. Dabei berührte er Nachthemd und Co. mit einer Zartheit, die eine weitere Hitzewelle durch meinen Körper schickte.

Gleichzeitig erholten sich auch meine Brüder von der Überraschung.

»Abgefahren«, murmelte Sönke.

»Sveas Liebestöter«, fügte Nils hinzu.

»Stinkt ein bisschen.«

»Ja, wie im Kuhstall.«

»Svea sollte sich öfter mal waschen.«

Mama verpasste beiden gleichzeitig eine Kopfnuss. Darin hatte sie einige Übung. Oma Lina linste nachdenklich zu mir herüber. Mich beschlich das ungute Gefühl, dass sie in dieser Sekunde alle Hoffnung für mich aufgab. Wer solche Schlüpfer trägt, findet niemals das Liebesglück, sagten ihre Augen. Es klang nach einem Titel aus der *Neuen Post*. Ich wollte jetzt nicht wissen, was *sie* unter ihrem Cocktailkleid trug.

Alexander verschloss erneut den Koffer und ließ ihn diesmal auf dem Boden stehen.

»Ich darf mich nun entschuldigen.«

Gerne.

Wie befürchtet, schüttelte Oma Lina energisch den Kopf. Dabei löste sich endlich der Fingernagel aus ihrem Haar, flog hoch und landete auf Alexanders weißblondem Schopf. Meine Brüder und ich reckten die Hälse, konnten das Teil aber nicht entdecken. Alexander tat, als habe er nichts bemerkt. Immerhin, dieser Mann hatte mal eine richtig gute Erziehung genossen.

»Sie bleiben selbstverständlich zum Abendessen«, erklärte Lina.

Danke, Oma. Dann werde ich heute fasten. Kurz wollte

ich mir wünschen, mein Nachbar möge die Einladung ausschlagen. Ich ließ es sein. Würde sowieso nicht klappen.

Mama schwieg. Sie schien nach wie vor ganz weit weg zu sein.

Alexander räusperte sich und machte dabei ein Geräusch wie eine altmodische Kaffeemühle.

»Vielen herzlichen Dank, Frau Amore, aber ich muss leider wirklich gehen. Ich möchte mich doch noch einmal gründlich davon überzeugen, dass mein Geschäft keinen Schaden genommen hat. Zudem erwartet mich mein Onkel Oskar. Wir müssen noch über die Schadensregulierung sprechen.«

Hm. Vielleicht gingen Wünsche ja doch in Erfüllung. Ich strahlte Alexander an, was ihn einen Moment lang irritierte. Sönke und Nils ließen einen doppelten Redeschwall auf ihn niedergehen, um ihn noch umzustimmen. Oma wirkte enttäuscht, Mama unbeteiligt.

Alexander bedauerte und bedauerte und ging dabei rückwärts zur Tür. Kurz kam mir der Gedanke, dass ihm die Familie Amore nicht ganz geheuer sein könnte.

Ach was. *Er* war hier der Gruseltyp. Auf einmal war er weg.

Die Zwillinge klappten die Münder zu, ich wischte mir über die Augen, Oma starrte auf die Tür, die nur einen Spalt offen stand, Mama rieb sich den Nasenrücken und murmelte etwas Unverständliches.

»Das war jetzt aber plötzlich«, sagte Oma.

»Der hat sich entmaterialisiert«, steuerte Sönke bei. Seinem Bruder fiel kein ähnlich tolles Wort ein, also schwieg er ausnahmsweise.

Mama verschwand in Richtung Küche, wir folgten ihr. Dort übernahm Lina das Kommando und holte einen Rinderbraten aus dem Ofen. Es duftete nach Lorbeer, Rosmarin und saftigem Fleisch. Dazu servierte Lina in Olivenöl gebratene Kartoffelspalten und gegrillte Auberginen. Auf einmal war ich sehr hungrig. Kein Wunder nach so einem Tag. Aber kaum stand das Essen auf dem Tisch, klingelte es schon wieder an der Tür.

Mama war schon aufgesprungen, bevor jemand anderes reagieren konnte. »Ich geh schon.«

»Und wir warten so lange«, erklärte Oma Lina. »Vielleicht ist Herr König zurückgekommen und möchte doch mit uns essen.«

»Ist bestimmt bloß Papa«, meinte Nils.

Ich schaute ihn an. »Hat er seinen Hausschlüssel verloren?«

»Nee, wieso?«

Mein Bruder war gerade nicht auf Zack.

»Egal. Aber wieso kommt er überhaupt erst jetzt? Er ist doch sonst immer schon um sieben zu Hause.« Mittlerweile war es nach acht.

Ein doppeltes Schulterzucken antwortete mir. Auch Oma schien ratlos.

Seltsam.

Klaas Amore ist die Pünktlichkeit in Person. Jeden Abend um halb sieben schließt er sein Büro ab und kommt auf direktem Weg nach Hause. Er ist von Beruf Versicherungsmakler und gilt auch bei seinen Kunden als überaus korrekt. In all den Jahren hat er sich nur zweimal verspätet. Einmal ist sein Auto mit Getriebeschaden liegen geblieben, ein anderes Mal musste er mit einer akuten Blinddarmentzündung ins Krankenhaus. Einen verlässlicheren Mann als ihn gibt es überhaupt nicht. Meiner Meinung nach versucht er auf diese Weise das Chaos seiner Vorfahren wieder wettzumachen. Das fing ja schon mit seiner Mutter an. Warum hatte sie ihm ausgerechnet den Nachnamen Amore weitergeben müssen? Hätte sie nicht heiraten können wie jede vernünftige Frau? Seinen Vater, zum Beispiel? Dann müsste er nicht sein Leben lang das Kreuz dieses kitschigen Namens tragen. Papa wäre zu gern ein Hanken oder Petersen gewesen. Müller, Bauer und Fischer wären für ihn auch in Ordnung. Alles, bloß kein Amore.

Geht mir genauso.

Wenn er seine Mutter früher mal darauf ansprach, erklärte sie bloß ungerührt, sein richtiger Vater hätte Sven Ingmarsson geheißen und wäre bloß mal kurz zu Besuch gewesen, bevor er mit seinem Schiff in der stürmischen Nordsee gekentert sei.

Wer's glaubte.

Papa würde jedenfalls bestimmt auch gern Ingmarsson heißen. Einzig die Tatsache, dass seine Mutter ihm einen vernünftigen norddeutschen Vornamen gegeben hat, versöhnt ihn ein wenig mit seinem Schicksal: Klaas. Ein Luigi, Gaetano oder Carmine hätte ihn vermutlich schon als Schulkind in die Arme einer neuen adoptionswilligen Familie getrieben, die keine süditalienischen Leichen im Keller hatte.

Als er mit Anfang zwanzig Rieke Fedders heiratete, gab's zu seinem Bedauern noch nicht die Möglichkeit, den Nachnamen frei zu wählen. Klaas Fedders – das hätte ihm gefallen. Irgendwann habe ich ihn mal darauf hingewiesen, dass er doch schon vor der Hochzeit eine Namensänderung hätte beantragen können. Aber so mutig ist Papa nicht gewesen. Er hat wohl Arnaldos späten Zorn gefürchtet. Oder den von Lina, der ihn unmittelbarer getroffen hätte. Rieke hingegen fand ihren neuen Nachnamen Amore reizend. Sie fühlt sich damit ein bisschen international, behauptet sie gern. Aber im Alltag ist sie heilfroh, keinen ausgeflippten Italiener an ihrer Seite zu haben, sondern einen friesischen Kerl, auf den hundertprozentig Verlass ist. Nur ein einziges Mal hätte er in seinem Leben beinahe etwas Verrücktes getan. Da wollte er sich in unseren kleinen Pool stürzen, und zwar voll bekleidet. Schuld waren zwei Bierchen zu viel gewesen. Na, und vielleicht zwei Kurze dazu. Mama hatte ihn zum Glück noch zurückhalten können. Das ist schon ein paar Jahre her, und niemand in der Familie spricht mehr darüber. Klaas Amore rührt seitdem Alkohol nur noch in Maßen an und ist wieder der zuverlässige Sohn, Ehemann und Vater, den wir alle kennen.

Nur heute schien das anders zu sein. Deswegen also war Mama vorhin so geistesabwesend gewesen. Ich stand auf und folgte ihr. Hoffentlich war Papa nichts Schlimmes passiert.

Kaum hatte ich die Diele betreten, hörte ich sie sagen: »Wo bleibst du ... oh, guten Abend, Herr Fischer.«

*Herr Fischer?*

*Was?*

Ich wollte zurückweichen, mich irgendwo unsichtbar machen, weil ich mich von dem Schrecken erst mal erholen musste. Aber hinter mir kamen die Zwillinge aus der Küche geschossen.

»Boah«, zischte Sönke. »Sveas Männer geben sich die Klinke in die Hand.«

Als ob das Hunderte wären.

Hm, eigentlich schmeichelhaft.

»Ich hol mal schnell die Kameras«, schlug Nils vor.

Jetzt bekamen sie von mir je eine Kopfnuss, woraufhin sie mit leidenden Gesichtern auf Martin zutraten und ihn fragten, ob er sie anwaltlich vertreten würde, wenn sie ihre Angehörigen wegen Misshandlung unschuldiger Anbefohlener anzeigen würden.

Unschuldiger Anbefohlener?

»Spinnt ihr?«, rief ich.

Sie grinsten nur, und Martin grinste mit. Die drei hatten sich immer prächtig verstanden. Auch Mama mochte meinen Exfreund, Oma sowieso. Aber die hat jeden Mann gern, egal ob jung oder alt, mit mir befreundet oder nicht. Lina ist in dieser Beziehung nicht besonders wählerisch. Nur hübsch muss er sein. Möglichst groß und muskulös auch. Bei Letzterem macht sie nur für Alexander König eine Ausnahme. Den hat sie trotz seiner durchscheinenden Art in ihr Herz geschlossen.

»Was willst du?«, fragte ich unfreundlich.

Oma knuffte mich fest in die Seite. »Benimm dich, Dickerchen.«

Martin schaute verwirrt von einem zum anderen. Dann fing er sich.

»Ich wollte mich nur erkundigen, ob alles in Ordnung ist. Frau Klein hat mir von dem Wasserschaden in Ihrer Wohnung erzählt. Das muss ein ziemlicher Schreck für Sie gewesen sein.«

Seit wann interessierte er sich wieder für mein seelisches Wohlbefinden? Hier stimmte etwas nicht. Woher kam sein plötzliches Interesse an mir und meiner Wohnung?

Auch meine Zwillingsbrüder bemerkten was.

»Wieso siezt du unsere Svea?«, fragten sie gleichzeitig.

Auf Martins Wangen zeichnete sich eine leichte Röte ab. »Ach, wisst ihr, im Büro wirkt das professioneller.«

»Wir sind hier aber zu Hause«, erwiderte Nils.

»Nun gut. Es ist wohl die Macht der Gewohnheit.«

»Müssen wir jetzt Doktor Fischer und Sie sagen, weil du unsere Schwester verlassen hast?«, wollte Sönke wissen.

Danke, Bruderherz. Endlich steht mal einer auf meiner Seite.

»Quatsch«, sagte Martin und lachte.

Sönke und Nils entspannten sich. »Cool. Und wir bleiben Freunde?«

Falsche Seite, Jungs!

»Aber sicher.«

»Und du fährst mit uns endlich mal zur Kartbahn?«

»Geht klar«, sagte Martin und hob die Hand zum High five. Die Jungs schlugen ein. Prima. Demnächst wollen sie Formel-1-Fahrer werden.

»Lasst mal die dumme Klatscherei«, mischte sich Oma ein. »Martin, komm, Essen ist fertig.«

Mir verging schon wieder der Appetit. Gleichzeitig verspürte ich das unbändige Bedürfnis, den Abstand zwischen ihm und mir zu überwinden und in seine Arme zu sinken. Das Einzige, was mich davon abhielt, war der Slip unter meinem rechten Schuh. Den musste Alexander übersehen haben. Wahrscheinlich weil das Teil im Laufe von hundert Waschgängen schwer ergraut und vorhin zufällig zusammengefaltet auf den ebenfalls grauen Fliesen im Flur gelandet war. Ich fürchtete, Martins Blick könnte darauf fallen, wenn ich mich bewegte.

Keine Ahnung, was das für einen Eindruck auf ihn machen würde. Und ich wollte es nicht herausfinden.

Martin ließ sich von den Zwillingen ein Stück in Richtung Küche ziehen. Eher unwillig, wie mir schien. Ich vollführte eine Art Pirouette auf dem rechten Bein, wartete, bis sie an mir vorbei waren, bückte mich dann blitzschnell und warf den Slip in den nächstbesten Behälter. Es war der Schirmständer. Dann kehrte auch ich in die Küche zurück und hoffte, dass wir nun endlich essen durften. Meine kurzfristige Appetitlosigkeit war vorbei. Auch mein Exfreund schien es sich zu überlegen. Offenbar erinnerte er sich lebhaft an Linas Kochkünste. Wie erwartet, wies Oma ihm den Platz neben mir zu. Unsere Oberschenkel berührten sich, und wir zuckten beide zusammen. Martin lächelte verlegen, und ich grinste wahrscheinlich blöd.

Essen gab's wieder nicht. Dafür Prosecco. Mama ließ gerade den Korken knallen.

Nanu? Seit wann trank sie unter der Woche Alkohol? Sonst gab's doch höchstens mal am Samstagabend ein Gläschen Sekt. Söhnlein Brillant oder Rotkäppchen. Stattdessen jetzt so etwas Exotisches wie Prosecco. Wenn das Papa wüsste! Alles Südländische war ihm bekanntlich suspekt, nur bei Linas Speisen machte er eine Ausnahme. Und nun gönnte sich Mama italienischen Prosecco.

Wahnsinn! Ein halbes Jahr weg von zu Hause, und schon erkannte ich meine Familie nicht wieder.

Und Papa fehlte immer noch.

Hm. Ein Schlückchen Prosecco war vielleicht nicht zu verachten, entschied ich. Oder zwei. Auf den Schreck. Und dazu einen Grappa, auch wenn Oma böse guckt. Zwei Grappe sind noch besser. Hui, lustig auf nüchternen Magen. Prost! Auf Alexanders Besuch. Auf die Reisswäsche. Auf'n Koffär. Auf'n Obberschänkel. Auf denn schönnen Marrrdin, den isch jetzsch knutschen will.

Hicks.

Jemand riss mir das Schnapsglas aus der Hand. Ich glaube, es war das dritte.

»Basta!«, rief Oma. »Und hör sofort auf, den armen Martin abzuküssen.«

Hä?

Verzog der gerade angewidert das Gesicht? Nee. Er lächelte mich verzückt an.

Oder so ähnlich.

Oma stopfte mir ein Stück Brot in den Mund. »Kauen und schlucken.«

Das Brot musste ich mit starkem Espresso runterspülen.

Prima. Schon sah ich wieder klarer.

»Sorry«, sagte ich zu Martin. »Aber sag mal, warum interessierst du dich für den Wasserschaden in meiner Wohnung? Von dir sind da sowieso keine Sachen.«

Ich sagte »Innäressieschrst«, »Wascherssadden« und »schowiescho«, aber sonst artikulierte ich schon wieder ganz gut.

Martin wurde blass, stieß seinen Stuhl zurück und sprang auf.

»Ich muss jetzt wirklich gehen.«

Weg war er. Fast genauso schnell wie vorhin Alexander.

Die Zwillinge verzogen die Gesichter, Mama trank ihr nächstes Glas Prosecco, Oma wedelte mit dem Zeigefinger vor meinem Gesicht hin und her.

»Jetzt hast du den armen Mann vertrieben. Warum musstest du ihn auch so abküssen.«

Blödsinn! Ich habe Martin höchstens ein zärtliches Küsschen auf die Wange gehaucht. Glaube ich wenigstens.

Und damit hatte sein Abgang sowieso nichts zu tun. Sondern, sondern mit …

Von dem Zeigefinger wurde mir schwindelig, und ich schloss die Augen. Keine gute Idee. Ich schlief ein.

Meine Zwillingsbrüder schwärmen seit dem Tag davon, wie mein Kopf so heftig auf die Tischplatte knallte, dass der Rinderbraten ein Stück in die Luft flog.

Eine gnadenlose Übertreibung. Als ich am nächsten Morgen wieder zu mir kam, hatte ich nicht einmal eine Beule an der Stirn. Nur einen ausgewachsenen Kater.

## 6. Oma ist weg!

Nach einem Blick aus dem Fenster kroch ich wieder unter die Decke. Es goss in Strömen. Gleich würde ich bei Maike anrufen und mir für diesen Tag frei nehmen. Schließlich musste ich mich neu einkleiden. Hier in meinem alten Zimmer hingen bloß ein paar Klamotten aus meiner Jugendzeit im Schrank. Die hatte ich schon bei meinem Auszug nicht mitgenommen.

Meine rechte Hand tastete auf dem Nachttisch nach dem Smartphone, während sich in meinem Kopf lustige Mainzelmännchen im Hammerwerfen übten. In der Kanzlei würde man schon Verständnis für mich haben. Hier ging es schließlich um Obdachlosigkeit aufgrund höherer Gewalt und um schwere Migräne. Die hatte ich auch höherer Gewalt zu verdanken, nämlich Mama und den alkoholischen Getränken aus bella Italia.

Na gut, ein Dach über dem Kopf hatte ich, aber ich musste zusehen, dass meine Familie mir nicht den Verstand raubte und die Mainzelmännchen auf mich losließ.

Wie gerufen stürzte Papa, ohne anzuklopfen, in mein Zimmer. »Aufstehen, schnell! Oma suchen!«

Sehr groß und sehr imposant stand er über mir.

»Was?«

»Du hast mich verstanden, Svea. Nun mach hinne.«

»Nee, ich verstehe gar nichts. Was ist los? Wo ist denn Oma?«

»Wenn wir das wüssten, müssten wir sie nicht suchen.«

Hm, logisch.

Endlich wurde ich richtig wach und schwang die Beine aus dem Bett. Die Mainzelmännchen freuten sich. Ich stöhnte auf. Oma Lina ist verschwunden? O Gott! Am Ende hatte Mama doch recht mit ihrem Verdacht auf Demenz. Womöglich irrte die alte gebrechliche Frau just in diesem Moment nur mit einem alten Baumwollnachthemd bekleidet durch den Regen und holte sich den Tod.

Papa war hinausgestürmt und weckte jetzt die Jungs. Ich zog mich in Windeseile an und stürzte ins Bad, wo ich zwei Aspirin einwarf. Dann lief ich nach unten. Dort wartete schon Mama. Sie wirkte müde, so als sei sie die halbe Nacht auf gewesen und habe ganz für sich allein noch das eine oder andere Fläschchen Prosecco geleert. Plus Grappa. Den Blick, mit dem sie jetzt ihren Mann musterte, konnte ich beim besten Willen nicht deuten. Ärgerlich vielleicht. Oder hilflos.

Sönke und Nils schlurften lustlos die Treppe hinunter.

»Nicht schon wieder«, murmelte Nils verschlafen.

»Wieso?«, hakte ich nach. »Ist das schon mal vorgekommen?«

»Eine Million mal«, erklärte Sönke.

»Jetzt übertreib nicht«, mischte sich Mama ein. »Es ist erst ein halbes Dutzend Mal vorgekommen, dass Oma den Weg nach Hause nicht mehr gefunden hat.«

Ich fand, das war immer noch erschreckend häufig, und ich fragte mich, ob die Überraschungen in meiner Familie bei Gelegenheit mal aufhören würden. Einer meiner Vorfahren erklärte mir im Innern, darauf könne ich lange warten. Ob das Arnaldo oder Else war, konnte ich im Augenblick nicht bestimmen.

»Warum habt ihr mir nichts davon erzählt, wenn ich zu Besuch war?«

Mama verzog die Mundwinkel. »Wir wollten dich nicht beunruhigen.«

Die Zwillinge wurden langsam wach. »Weil du es schon schwer genug hast«, meinte Sönke.

»So ganz allein und verlassen in der Mühlengasse«, ergänzte sein Bruder.

Papa brachte sie mit einem bösen Blick zum Schweigen. Der hatte es nicht nötig, handgreiflich zu werden. Meine Brüder hielten sofort die Klappe.

Nun verteilte Papa Ostfriesennerze und Schirme an alle. Er selbst nahm einen altmodischen schwarzen Schirm mit silberner Spitze, der noch von seinem Urgroßvater Hanken stammte. Vor der Haustür gab er seine Anweisungen. »Sönke und Nils in den Wald, Rieke vor bis zum Aktivmarkt, Svea zur Post und ich zur Schule. Habt ihr alle eure Handys?«

Allgemeines Nicken. Ich merkte, er war bereits routiniert in der Suche nach seiner Mutter.

»Na, dann los.«

»Sollten wir nicht besser die Polizei rufen?«, fragte ich. Das Bild von der schlotternden nassen Oma Lina wollte mir nicht aus dem Kopf gehen.

»Reine Zeitverschwendung«, gab Papa zurück. »Die unternimmt in den ersten vierundzwanzig Stunden sowieso nichts.«

Alle anderen spannten schon ihre Schirme auf. Papa auch.

Upps!

Da hing etwas, das dort nicht hingehörte.

Ich wollte etwas sagen, traute mich aber nicht.

In diesem Moment kam ein nachtblauer italienischer Sportwagen angerast, hielt vor dem Haus und schoss eine mannshohe Wasserfontäne auf uns ab. Ein elegant gekleideter Mann um die sechzig sprang heraus, eilte mit geöffnetem Schirm um den Wagen herum und hielt die Beifahrertür auf. Dann reichte er unserer Oma seine freie Hand und half ihr beim Aussteigen.

Hm. Nass war Lina nicht. Wir schon, dank des Bremsmanövers des Unbekannten. Zumindest da, wo die Ostfriesennerze nicht hinreichten. Und ein Nachthemd trug sie auch nicht, sondern das Cocktailkleid vom Vorabend und darüber eine mit Pailletten besetzte kurze Jacke. Schickes Teil. Dement wirkte sie kein Stück. Sie war bestens gelaunt und strahlte erst ihren Kavalier und dann uns an. »Guten Morgen, ihr Lieben. Wollt ihr etwa bei diesem Wetter spazieren gehen?«

»Nein, Mutter«, knurrte Papa. »Wir hatten vor, nach dir zu suchen.«

Ich bemerkte, wie der Blick ihres Kavaliers auf Papas Schirmspitze fiel und auf meinen Liebestöter, der dort traurig und pitschenass hing. Ich hoffte bloß, er hielt das Ding für einen Putzlappen oder so.

»Sie haben eine reizende Familie«, sagte er zu Lina, klang jedoch in meinen Ohren nicht vollkommen überzeugt. »Alle haben sich schon Sorgen um Sie gemacht.« Langsam geleitete er sie zur Haustür.

Lina zwinkerte ihm zu. »Dabei haben Sie mich ja gerettet.«

Er wehrte ab. »Sie übertreiben, liebe Lina. Ich habe mir nur erlaubt, Sie heimzufahren.«

Oma stand nun trocken unter dem Vordach. Wir existierten im Moment noch nicht für sie. »Mein lieber Norbert, Sie sind viel zu bescheiden. Ohne Sie wäre ich in der großen Stadt verloren gewesen.«

Große Stadt. Na ja. Wir zählen keine dreißigtausend Einwohner.

Ein hilfloser mitleiderregender Ausdruck lag jetzt in ihren Augen. Bambis sterbende Mama war nichts dagegen.

Hut ab, Oma. Die Masche hast du echt gut drauf.

Der liebe Norbert zückte eine Visitenkarte und reichte sie ihr mit einer kleinen Verbeugung. »Bitte rufen Sie mich an, wann immer Sie Hilfe brauchen. Oder auch, wenn Sie gern ein bisschen Gesellschaft hätten.«

Fast hätte ich applaudiert.

»Das werde ich tun. Vielen herzlichen Dank.« Oma schenkte ihm ein Lächeln, das man nur als lasziv bezeichnen konnte. Mit kam der Gedanke, dass ich von Lina vielleicht mehr lernen konnte als nur die Tortelliniherstellung.

»Nun muss ich mich leider entschuldigen. Ich werde in der Firma erwartet.«

Lina streckte ihm huldvoll die Hand hin, er nahm sie und hauchte einen Kuss auf den Handrücken.

Wow! Mama riss die Augen auf, Papa grunzte, die Zwillinge und ich waren sprachlos. Den intelligentesten Eindruck machten wir alle nicht auf den lieben Norbert. So nickte er uns nur kurz zu, eilte dann zu seinem Wagen und brauste davon. Mit hoheitsvoller Würde winkte ihm Oma Lina nach.

Mama fasste sich als Erste. »Wo warst du?«

Lina lächelte verträumt. »Im Tanzcafé. Da ist es ein bisschen spät geworden. Dann in einer Bar. Ach, jetzt weiß ich gar nicht mehr, wie das Lokal hieß. Aber vorhin habe ich noch zusammen mit Dieter in einer Teestube gefrühstückt. Nur musste Dieter dann los, und ich war ein wenig verwirrt.«

Sie legte einen leeren Blick in ihre Augen, und meine Eltern fielen prompt darauf rein. Tiefe Sorgenfalten zeigten sich auf ihren Stirnen. Wir Jüngeren ließen uns nicht so leicht veräppeln. Die Zwillinge kicherten, ich beherrschte mich mühsam.

Wer ist Dieter?, wollte ich fragen, fürchtete aber, dann laut lachen zu müssen.

»Du warst verwirrt?«, hakte Mama nach. »Wusstest du nicht mehr, wo du bist und wie du heißt?«

Oma antwortete nicht darauf, was meiner Meinung nach äußerst clever war. So musste sie nicht direkt lügen.

»Zum Glück kam kurz nach mir der liebe Norbert aus der Teestube.«

Dem hast du aufgelauert, nachdem Dieter futsch war, wetten?

»Und er hat angeboten, mich heimzufahren. Ein wahrer Schentelmän.« Versonnen schaute Oma auf die goldumrandete Visitenkarte. »Ich müsste mal eben meine Lesebrille holen.«

Nils nahm ihr die Karte aus der Hand. »Geil, ey! Der verkauft Bugattis.«

Sönke bekam mindestens so leuchtende Lava-Augen wie sein Bruder. »Können wir den mal besuchen? Vielleicht lässt er uns Probe fahren.«

»Gib her und rede nicht so'n dumm' Tüch.« Wenn's passte, gab Lina gern mit ihren friesischen Vorfahren an. Dumm' Tüch heißt nichts anderes als dummes Zeug. Flink nahm Oma die Karte wieder an sich.

Papa räusperte sich. »Du denkst doch wohl nicht ernsthaft daran, diesen Mann anzurufen? Der ist mindestens zwanzig Jahre jünger als du.«

Oma stemmte die Fäuste in die Seiten. »Das geht dich gar nichts an! Und bevor du dich hier so aufspielst, nimm erst mal diesen hässlichen Schlüpfer von deinem Regenschirm.«

Papa starrte sie an, als habe sie endgültig den Verstand verloren. Mama warf einen Blick nach oben und schlug die Hand vor den Mund. Sönke und Nils brachen in wieherndes Gelächter aus.

Oma zwinkerte mir zu. »Hast du nicht ordentlich aufgeräumt, Dickerchen?«

Die Zwillinge liefen rot an und klopften sich vor Begeisterung auf die Schenkel, Mama kicherte, Papa wirkte immer verwirrter. Klar, der war ja nicht dabei gewesen, als Alexander König mir die Ausbeute aus meiner Wohnung gebracht hatte.

Langsam schaute ich von einem zum anderen, und auf einmal reichte es mir.

Ich war bei meiner Familie untergeschlüpft, weil ich nach dem erlittenen Schreck ein wenig Ruhe brauchte. Stattdessen war ich in einem Tollhaus gelandet.

Nichts wie weg. Bevor jemand reagieren konnte, huschte

ich in die Diele, schnappte mir meine Handtasche und drängte mich schon wieder an den anderen vorbei.

»Tschüs, ich muss zur Arbeit«, rief ich über die Schulter zurück.

Niemand antwortete.

Während der Busfahrt in die Innenstadt überlegte ich, ob ich nicht wirklich am besten ins Büro fahren sollte. Aber ich entschied mich dagegen und rief Maike an. Peinliche Details ließ ich weg und sprach nur von meiner Erschöpfung.

»Keine Sorge, ich schaffe das heute allein«, erklärte sie. »Ruhe du dich schön aus. Wir sehen uns morgen.« Dankbar verabschiedete ich mich und befühlte gedankenverloren meine Jeans. Immerhin, die Hosenbeine trockneten langsam vor sich hin.

Okay. Was nun? Shoppen gehen? Ja, das war dringend nötig, aber ich hatte wieder starke Kopfschmerzen. Und Hunger. Aus alter Gewohnheit stieg ich an der Haltestelle Mühlengasse aus und betrat kurz darauf mein Lieblingscafé. Von hier aus hatte ich einen guten Blick auf das Antiquariat. Nach Cappuccino, Orangensaft und einem Stück Quarkkuchen fühlte ich mich um einiges besser. Wenn ich jetzt noch ein ruhiges Eckchen fand, wo ich mich ein wenig ausruhen könnte …

Gegenüber kam gerade Alexander König aus dem Laden. Interessant. Er schloss zweimal ab und hängte das Schild »Geschlossen« an die Tür.

Ob er wohl wieder zu seinem Onkel musste? Oder hatte er einen Termin bei der Versicherung? Einerlei. Ich wartete noch, bis er um die nächste Ecke gebogen war, dann lief ich über die Straße, betrat unseren gemeinsamen

Hausflur und huschte durch die Hintertür in den Laden. Ich hoffte, dass Alexander so schnell nicht wiederkommen würde. Als pingeliger Mensch würde er hoffentlich jeden einzelnen Absatz der Versicherungspolice gründlich durcharbeiten.

In einer hinteren Ecke entdeckte ich sein Klappbett. Es war erstaunlich breit und lang. Die Versuchung war einfach zu groß. Schon lag ich und schlief fest ein.

Als ich wieder zu mir kam, war es fast Mittag, und im Laden war alles ruhig. Ich fühlte mich wunderbar. Keine Kopfschmerzen mehr, keine Spur von einem Kater. Auf einem Tischchen neben dem Bett stand eine Schale mit frischem Obst. Ich nahm mir einen Apfel und schlenderte an den Regalen entlang. Bis so weit hinten war ich selten gekommen. Der Staub lag noch höher als vorn, und die Bücher waren alt und zerfleddert. Einen Schatz würde ich hier wohl kaum finden. Dennoch blieb ich. Es schien mir sicherer. Sollte Alexander plötzlich zurückkehren, konnte ich durch die Hintertür verschwinden, bevor er mich entdeckte.

Entspannt suchte ich mit den Augen die Regale ab. Die Ruhe um mich herum tat mir gut, und ich verschwendete keinen Gedanken an meine Familie.

Nach einer Weile entdeckte ich einen großen alten Buchrücken. Der Ledereinband wirkte so brüchig, dass ich zögerte, das Buch herauszuziehen. Gut möglich, dass es vor meinen Augen zu Staub zerfallen würde. Wer wusste schon, seit wann es dort in dem Regal stand? Wie ich von Oskar König erfahren hatte, befand sich dieser Laden seit zweihundert Jahren in Familienbesitz.

Einst hatte die Witwe eines Seefahrers hier ein Teehaus

eröffnet, dann wurde von einem ihrer Söhne ein kleiner Gewürzhandel betrieben. Schließlich hatte ein weiterer König-Nachfahre einen Kolonialwarenladen geführt, und erst unter der Leitung von Oskar war ein Antiquitätengeschäft daraus geworden.

Ich spannte die Muskeln an, denn ich erwartete ein beträchtliches Gewicht. Aber kaum hatte ich das Buch in der Hand, schnellten meine Arme hoch, so leicht war es. Konnte es gerade noch festhalten. Von der Größe her glich es der Familienbibel der Hankens, doch der Inhalt bestand lediglich aus zwei Blättern. Sie waren mit einer Kordel zusammengebunden, und diese Kordel klebte innen am Buchrücken. Verwirrt schüttelte ich den Kopf. Langsam entzifferte ich den Namen des Autors. Zacharias Coenig? Ein Vorfahre von Alexander? Möglicherweise war der Name früher anders geschrieben worden.

Dann las ich den Titel. »Das Buch der Wünsche«. Er war schnörkelig mit Goldbuchstaben geschrieben, und drum herum waren silberne Blumenranken eingraviert.

Aha. Musste ja ein kurzer Wunsch gewesen sein, wenn er nur zwei Blätter Papier gefüllt hatte. Ich kicherte, um meine zunehmende Beklommenheit zu überspielen. Dann verstummte ich und horchte in mich hinein. Ja, da war eine mächtige Beklommenheit in mir. Ein Gefühl von bevorstehendem Unheil vielleicht, gepaart mit der Ahnung, etwas Verbotenes zu tun.

Verboten? Wieso das denn? Dies war ein öffentlicher Laden, und ich hatte Alexanders ausdrückliche Erlaubnis, hier zu stöbern. Trotzdem, das Gefühl wollte nicht weichen. Es wurde sogar noch stärker und lag wie ein Zentnergewicht auf meiner Brust.

Jemand packte mich von hinten an den Schultern. Ich schrie gellend auf und wirbelte herum.

»Frau Amore, was ist passiert?«

Vor mir stand Alexander König.

»Sie!«, brüllte ich. »Sie sind passiert! Warum schleichen Sie sich so an?«

Aus einer Eingebung heraus versteckte ich das alte Buch so gut es ging hinter meinem Rücken. Meine Nervenenden surrten wie ferne Windkrafträder.

»Ich bedauere außerordentlich, Sie erschreckt zu haben. Aber ich habe mich keineswegs angeschlichen, sondern bin ganz normal in den Laden gekommen. Da habe ich jemanden kichern hören und dachte, dass es vielleicht Einbrecher sind.«

Ach so, na ja. Ich sah die Sorge um deinen Laden in seinem Gesicht und beruhigte mich. Ich sah auch noch mehr. Es mochte am schwachen Licht liegen, aber ich fand, er wirkte nicht ganz so durchscheinend wie sonst. Waren nicht sogar die Haare einen Tick dunkler? Und bekamen nicht seine Pupillen fast so etwas wie eine Farbe, als er jetzt das Buch hinter meinem Rücken entdeckte? Silbrig und nicht mehr so mittagshell blickten sie mich an.

Mein Verstand wollte einen Zusammenhang zwischen dem Buch und Alexanders Veränderung herstellen. Oder zwischen mir und Alexanders Veränderung. Aber mein Verstand war außer Kraft gesetzt.

»Was haben Sie denn da gefunden?«

»Ein Buch.«

Ich sag's ja. Außer Kraft gesetzt.

»Interessant?«

»Hm.«

»Und ziemlich alt, wie es scheint.«

Er versuchte, mehr zu sehen, aber ich trat einen Schritt zurück und behielt das Buch hinter meinem Rücken. Etwas in mir wehrte sich dagegen, Alexander meinen Schatz zu zeigen.

»Scheint ziemlich groß zu sein.«

»Ja.«

»Wo haben Sie es gefunden?«

Ich wies mit dem Kinn unbestimmt auf das Regal zu meiner Linken. »Da.«

So langsam fiel ihm auf, dass ich mich seltsam benahm.

»Wenn es wertvoll ist, können wir von dem Erlös sämtliche Renovierungsarbeiten bezahlen«, sagte er. »Die Versicherung deckt leider nicht den gesamten Schaden, wie ich heute Vormittag erfahren musste. Und meine eigenen Mittel sind – nun ja – leider recht begrenzt.«

Ich schrie wieder auf. Alexander fuhr zusammen.

»Was sagen Sie da?«, rief ich. »Sie haben meine Wohnung unter Wasser gesetzt, und jetzt wollen Sie nicht dafür aufkommen?«

»Wollen schon, nur können vielleicht nicht.«

Kurz erwog ich, ihm das olle alte Buch auf den Schädel zu knallen. Hätte bloß nichts gebracht, bei dem lächerlichen Gewicht.

»Herr König«, sagte ich so beherrscht wie möglich. Wahrscheinlich klang ich hochgradig hysterisch. »Sie werden für den Schaden aufkommen, und wenn es das Letzte ist, was Sie in diesem Leben tun.«

Manchmal ist es durchaus von Vorteil, einen sizilianischen Urgroßvater zu haben. Arnaldo wäre stolz auf mich gewesen.

Mit Entsetzen in den Augen wich Alexander vor mir zurück. Dann mobilisierte er offenbar seinen männlichen Stolz und straffte die Schultern. »Die Lösung für alle unsere Probleme liegt möglicherweise in Ihren Händen, Frau Amore.«

Prophetische Worte!

Die Lösung für alle Probleme und den Auslöser aller Probleme, würde ich aus heutiger Sicht nur ergänzen.

Ich dachte einen Moment nach und hielt ihm dann das Buch hin.

Alexander nahm es entgegen und fiel in Ohnmacht.

## 7. Ein dickes dünnes Buch

Riechsalz? Ein kräftiger Klaps ins Gesicht? Notarzt rufen? Beine hochlegen?

Zunächst brachte ich das Buch in Sicherheit. Ich hob es vom Boden auf und legte es vorsichtig auf ein Stehpult. Vielleicht war es wirklich wertvoll genug, damit aus dem Verkaufserlös meine Handwerkerrechnungen bezahlt werden konnten.

Dann wandte ich mich wieder Alexander zu und entschloss mich zu dem kräftigen Klaps. War im Moment das Einfachste. Er blinzelte und stöhnte.

Na also.

Bleibende Schäden würde er schätzungsweise nicht davontragen. Sein Kopf war zielsicher auf einem Stapel mit vergilbten Zeitungen gelandet. Hinter seinem linken Ohr klebte ein Stück des *Friesischen Boten* von neunzehnhundertfünfzig.

»Was … ist passiert?«, murmelte er und sah mich jetzt direkt an. Etwas an seinem Blick störte mich. Hätte aber nicht sagen können, was genau es war.

Ich setzte ein möglichst unbeteiligtes Gesicht auf, obwohl ich vor Neugier fast umkam. »Sie haben das Buch genommen und sind umgekippt.«

Falls Alexander erbleichte, war davon nichts zu erkennen. Seine Gesichtsfarbe wirkte immer noch erstaunlich gesund. »Oh, wie bedauerlich. Ich hoffe, ich habe Ihnen keine Umstände bereitet.«

Nö, hat Spaß gemacht, dir eine zu knallen. Ich unterdrückte ein Grinsen und zuckte nur vage mit den Schultern. Gleichzeitig brannte ich darauf zu erfahren, was es mit seinem Ohnmachtsanfall auf sich hatte. Ein Zufall war das nicht. Irgendetwas an meinem Fund hatte ihn buchstäblich umgehauen.

Sein Blick war jetzt forschend, ich schaute lieber schnell weg. Es war wohl klüger, weiterhin gleichgültig zu tun. Alexander schien mir nicht der Typ zu sein, der leicht mit einem Geheimnis rausrückte. Da hieß es, mit weiblicher Taktik vorgehen.

Endlich erinnerte er sich daran, dass er immer noch auf dem Boden lag. Vorsichtig setzte er sich auf, probierte dann, ob seine Beine ihn trugen, und stand schließlich wieder in voller Länge vor mir. Während er sich Staub und Wollmäuse aus der Kleidung klopfte, murmelte er eine Entschuldigung.

Ich winkte ab. »Vergessen Sie's. Ist ja nichts passiert. Was ist denn nun mit dem Schmöker? Bringt er genug ein, damit ich meine Wohnung wieder so herrichten lassen kann, wie sie vorher war?«

Während ich so lässig daherredete, vermied ich es, auf das alte Buch zu schauen. Hatte das sichere Gefühl, es würde meine Worte nicht gutheißen. Echt verrückt, aber von irgendwoher wusste ich, dass ein Verkauf ausgeschlossen war.

Unwillkürlich straffte ich die Schultern.

Das wollen wir doch erst mal sehen, entschied ich.

Hier ging es schließlich um meine Existenz. Na ja, fast. Aber ich hatte wirklich eine Menge Geld in die Einrichtung gesteckt und dafür sogar einen Kredit aufgenommen. Martin und sein fettes Konto waren ja schlagartig weggefallen.

Alexanders Stimme klang ein kleines bisschen kräftiger, als er mir antwortete. »Ich fürchte, wir können dieses Buch nicht veräußern.«

Dachte ich's mir doch. Ich vergaß alle weibliche Taktik und ging zum Frontalangriff über.

»Wieso denn plötzlich nicht mehr? Vorhin haben Sie genau das vorgeschlagen.«

»Da wusste ich noch nicht, worum es sich bei Ihrem Fund handelt.«

»Nämlich?«

Er wand sich unter meinem Blick, musste aber antworten. Ihm war wohl klar, dass ich nicht so leicht lockerlassen würde.

»Es ist – nun ja – ein Familienerbstück.«

Wenn er glaubte, damit würde ich mich zufriedengeben, hatte er sich gewaltig getäuscht.

»Na und? Ihre Familie besteht nur noch aus Ihrem Onkel Oskar und Ihnen, und so, wie ich Ihr Liebesleben einschätze, wird sie mit Ihnen aussterben. Also, wo ist das Problem?«

Ich konnte mich täuschen, doch ich glaubte kurz, eine feine Röte auf seinen Wangen zu entdecken. Vielleicht hätte ich mich einen Tick feinfühliger ausdrücken sollen. Egal. Ich stand hier vor dem Mann, der mir das Leben im Augenblick richtig schwer machte.

Alexander schluckte schwer. »Frau Amore, bitte. Das ist

alles äußerst kompliziert zu erklären. Ich wüsste gar nicht, wo ich anfangen sollte.«

»Och, versuchen Sie es doch einfach mal. Ich habe den ganzen Tag Zeit.«

Er schluckte wieder.

»Möchten Sie sich setzen?« Seine Hand wies in Richtung des Klappbettes.

»Äh, nein.« Ist mir zu intim, mein Guter, vor allem, da wir gerade bei deinem Liebesleben sind.

»Dann darf ich Sie vielleicht zum Mittagessen einladen?«

Offenbar wollte er einen möglichst großen Abstand zwischen mir und dem Buch schaffen. Oder zwischen sich selbst und dem Buch. Mittagessen war aber eine gute Idee, fand ich, also stimmte ich zu. Alexander schien erleichtert. Rasch ging er zur Hintertür und fischte ein großes Schlüsselbund aus der Hosentasche.

Nanu? Was waren denn das für neue Methoden? Er wollte die Hintertür abschließen? Ich entschied, erst mal nichts zu sagen, und schaute zu, wie er ein halbes Dutzend Schlüssel durchprobierte. Keiner passte, was ihm einen tiefen Seufzer entlockte. »Wo ist der bloß? Hat mir Onkel Oskar den etwa nie gegeben?«

»Die Haustür ist ja zu«, erklärte ich ungeduldig. »Da kommt keiner rein.«

Außer mir, dachte ich bei mir, obwohl ich im Moment keine Ahnung hatte, warum ich diese Möglichkeit in Anspruch nehmen sollte.

Alexander schien sich dessen nicht bewusst zu sein, oder sein Vertrauen in mich war wirklich unendlich groß. Er warf der Hintertür noch einen Blick zu, so als wolle er ihr befehlen, schön geschlossen zu bleiben. Dann ließ er mir den Vortritt, und als wir draußen auf dem Bürgersteig standen, sperrte er die Vordertür zweimal ab. Auch das Sicherheitsschloss.

»Da drüben«, schlug ich vor und ging voran zu meinem Lieblingscafé. Mittags wurden dort auch zwei Pastagerichte angeboten. Nicht so gut wie das Essen meiner Oma, aber auch nicht schlechter als woanders.

Alexander machte den Eindruck, als wäre er lieber viel weiter fortgegangen, vielleicht übers Watt bis nach England, aber als ich einfach das Café betrat, folgte er mir und setzte sich mit einem Seufzen mit an einen kleinen Tisch am Fenster. Sein Blick wanderte immer wieder nach draußen zum Antiquariat, zwischen seinen Augenbrauen standen zwei tiefe Falten, und seine Finger waren fest ineinander verknotet.

Mich machte er auch langsam nervös. »Was gucken Sie denn so? Glauben Sie, ›Das Buch der Wünsche‹ kommt gleich durchs Schaufenster geflogen und landet auf Ihrem Schoß?«

Alle Farbe wich aus seinem Gesicht, und er wirkte wieder so durchscheinend wie eh und je. Es kam mir so vor, als würde er vor meinen Augen verschwinden. Vielleicht sollte ich ihn mal kurz anfassen. Seit wir uns mehr oder weniger freiwillig berührten, schien er an Konturen zu gewinnen.

Ach nö, lieber nicht.

»Hey, war doch nur ein Spaß.«

Er entspannte sich nur unwesentlich, und eine Weile schwiegen wir beide. Überrascht stellte ich fest, dass mein Widerwille gegen ihn nachließ. Und vorhin im Laden hatte ich mich auch nicht vor ihm gefürchtet. Na ja, mal abgesehen von dem Moment, als er mir seine kalten Hände auf die Schultern gelegt hatte. Aber sonst … Nein, so schlimm war er eigentlich gar nicht, entschied ich. Zwar war ich stinksauer, weil er meine Wohnung unter Wasser gesetzt hatte, aber der Teil von mir, der ihn faszinierend fand, gewann langsam die Oberhand. Vielleicht würde ich mich in Zukunft nicht einmal mehr vor ihm verstecken.

Die Kellnerin trat an unseren Tisch, und ich bestellte zweimal Spaghetti mit Meeresfrüchten und eine große Flasche Wasser. Alexander schien in Gedanken zu weit weg zu sein, um eine Wahl zu treffen. Dann konzentrierte ich mich wieder ganz auf ihn.

»Also los, ich höre.«

Eine Weile stotterte er vor sich hin. Seine Stimme war auch wieder bloß ein Flüstern. Dann gewann er Zeit, weil unsere Pasta kam. Er rollte ungeschickt Spaghetti auf die Gabel, pickte einen der Scampi dazu und schob sich die Portion in den Mund. Unglücklich kaute er darauf herum.

»Die Scampi hätten Sie vorher schälen müssen«, erklärte ich.

»Verstehe. Tut mir leid. Ich habe so etwas noch nie gegessen.«

Ein echter Kosmopolit. Der kannte Scampi bloß als bereits gepulte Krabben auf Schwarzbrot, mit einem Spiegelei darüber.

Während er tapfer weiteraß und immerhin eine Miesmuschel von ihrer Schale befreite, bevor er sie todesmutig aß, war ich kurz durch eine SMS abgelenkt. »Liebe Svea«, schrieb Martin. »Alles in Ordnung bei dir? Ich mache mir große Sorgen. Bitte melde dich.«

Wat?

Ich las den Text noch dreißig Mal. Doch, er hatte genau diese Worte geschrieben. Rasch überflog ich seine Nachrichten der vergangenen acht Monate. Sie begann alle mit »Hallo, Frau Amore«, und Sorgen machte er sich höchstens wegen einer unvollständigen Akte oder eines vorgezogenen Gerichtstermins. Ich musste schon ziemlich weit zurückscrollen, um zu anderen Mitteilungen zu gelangen, die ebenfalls mit »Liebe Svea« begannen. Und damals gab es auch ein paar süße Texte, die mit »Liebster Schatz« oder gar »Mein Herz« begannen. Ich hatte sie alle aufgehoben und ja, ich gestehe, manchmal las ich sie noch immer. In einsamen Momenten, abends auf meinem Sofa, mit einem Glas Wein in der Hand. Dann musste ich zwar heulen, aber wenigstens fühlte ich wieder etwas. Nicht bloß diese innere Leere. Traurig sein war manchmal besser als gar nichts sein.

Ratlos ließ ich meinen Daumen über dem Display schweben. Was sollte ich bloß antworten? Und wie beginnen? »Mein Liebling«? oder »Hallo, mein großer Kuschelbär«? Vielleicht eher »Na, du Mann aller Männer«? Oder doch treffend: »Ciao, Stronzo«?

Ach nee.

Schließlich tippte ich: »Hi, danke der Nachfrage. Alles so weit gut. Morgen bin ich wieder im Büro.«

Innerhalb von Sekunden kam zurück: »Bist du in der Mühlengasse?«

»Nein, shoppen«, log ich.

Keine Ahnung, warum, aber ich nahm an, er würde hier aufkreuzen, wenn ich seine Frage bejahte, und obwohl sich ein winziges Fünkchen der Hoffnung in meinem Innern regte, war dies der falsche Zeitpunkt. Glaubte ich wenigstens. Möglicherweise beging ich auch gerade den größten

Fehler meines Lebens. Ja, da warf ich sie einfach weg, die Chance, mich mit Martin zu versöhnen.

Mist. Aber zu spät.

Eine Antwort bekam ich nicht mehr.

Als ich vom Smartphone aufsah, bemerkte ich, dass Alexander König mich eingehend musterte. Seinen noch halb vollen Teller hatte er zum Tischrand geschoben. Mir war sein Blick unangenehm, also stopfte ich mich eine Runde voll und drängte mit aller Gewalt die zwei winzigen Tränen zurück, die sich in meinen Augenwinkeln sammeln wollten.

Schließlich zeigte ich mit der Gabel auf ihn und forderte: »Jetzt raus mit der Sprache. Was hat es mit diesem angeblichen Familienerbstück auf sich?«

»Nun, also, das Buch hat mein Urururur…«

»Das reicht!«

»… Urgroßvater geschrieben.«

»Zacharias Coenig?«

Es schien unmöglich, aber Alexander schaffte es, noch blasser zu werden.

»Woher wissen Sie das?«

»Steht vorne drauf.«

»Ach so, ja.«

»Und?«

»Wie bitte?«

Ich funkelte ihn an. »War das alles? Dieser Urur-Zacharias hat es geschrieben, und damit basta?«

»Leider nein. Er ist über die ersten zwei Seiten nicht hinausgekommen, dabei sollte es vermutlich ein sehr dickes Buch werden.«

Wenn man nach dem Einband ging, stimmte das.

»Und weiter?«

»Dann ist er über Nacht verschwunden, und niemand hat ihn je wieder gesehen.«

»Aha. Und wohin?«

Seine schmalen Schultern zuckten. »Das weiß leider niemand. Man hat nie wieder eine Spur von ihm gefunden.«

Ich dachte eine Weile nach. »Hat Ihr Onkel Oskar Ihnen davon erzählt?«

Leichtes Kopfnicken.

»Und?«

»Wie bitte?«

Ich ließ meine Faust auf den Tisch sausen und war selbst ein wenig erschrocken. Aber der Mann brachte mich zur Weißglut. Die Kellnerin eilte herbei und schaffte unsere Teller fort, bevor die zu Bruch gehen konnten. Gläser und Flasche hielt ich schnell fest.

»Bitte regen Sie sich nicht auf, Frau Amore. Ich erzähle Ihnen ja alles.«

Um mich zu beruhigen, trank ich mein Wasser in kleinen Schlucken aus.

»Aber Sie müssen geloben, darüber Stillschweigen zu bewahren.«

Feierlich hob ich die Hand. »Ich schwöre.« Eine Hand versteckte ich dabei hinter dem Rücken und kreuzte Zeige- und Ringfinger. Alexander ahnte nichts davon.

»Zacharias Coenig hat sich in seiner freien Zeit als Forscher und Alchemist betätigt. Und er soll recht seltsam ausgesehen haben.«

Ich ahnte plötzlich, was jetzt kam, fragte aber nach: »Wie denn?«

»Nun, offenbar ... ganz ähnlich wie ich. In gewissem Sinne farblos. Mit sehr hellen Haaren und bleicher Gesichtsfarbe. Und es war wohl so, dass manche Leute sich vor ihm fürchteten.«

»Tatsächlich.«

Falls er bemerkte, wie ich rot anlief, ließ er sich nichts anmerken.

Danke. Bist ein komischer Typ, aber eigentlich ganz in Ordnung.

Nachdenklich drehte ich das Wasserglas in meinen Händen. Dann winkte ich der Kellnerin und bestellte einen doppelten Espresso. Alexander bat um ein Glas kalte Milch. Ich ließ es ihm ohne Kommentar durchgehen und hörte weiter zu.

»Eines Tages bekam er einen gesunden Schimmer, die Haare wurden dunkler, und die Augen waren bald von einem tiefen Blau. Auch wurde er kräftiger, und die Leute nahmen ihn auf einmal als eindrucksvolle Persönlichkeit wahr.«

»Wow«, murmelte ich und versuchte mir eine solche Verwandlung bei Alexander vorzustellen. Es gelang mir nicht. Und der Eindruck vorhin im Antiquariat war bestimmt bloß eine Sinnestäuschung gewesen, hervorgerufen von dem dämmrigen Licht im Raum.

»Tagsüber kümmerte er sich um seinen Tee- und Kaffeehandel, der einen großen Aufschwung erfuhr. Nachts bastelte er in seinem kleinen Arbeitszimmer an einem besonders schönen Bucheinband und wollte wohl ein Buch schreiben. Doch kam er über die ersten zwei Seiten nie hinaus. Eines Morgens war er weg, und niemand konnte sich sein Verschwinden erklären. Die Tür zu seinem Arbeitszimmer war von innen verschlossen, ein Fenster gab es nicht.«

»Einen großen Kamin vielleicht?«

»Nein.«

Ein eisiger Schauder lief mir über den Rücken, aber ich wollte mir nichts anmerken lassen.

»Wahrscheinlich hatte der gute Zacharias so seine Tricks. Der wollte verduften und hat es wie Zauberei aussehen lassen. In Wirklichkeit ist er mit einer jungen hübschen Geliebten über alle Berge.« So ganz mochte ich selbst nicht an meine Erklärung glauben.

Alexander wog den Kopf hin und her. »Tatsächlich scheint seine Frau keine sehr freundliche Person gewesen zu sein. Ach, ich bin richtig froh, dass ich mit Ihnen darüber spreche.«

»Wieso?«

»Nun, weibliche Urteilskraft gehört nicht zu meinen Fähigkeiten. Und Sie könnten ganz richtigliegen. Möglicherweise begann mein Vorfahr besser auszusehen, weil er die Liebe entdeckte.«

Okay, das klang wesentlich logischer als irgendeine Zauberei durch das Buch. Die Liebe macht uns alle schöner. Ich stutzte. Und was bedeutete das jetzt für meinen Eindruck, den ich vorhin von Alexander gehabt hatte? Dass er plötzlich mehr Farbe im Gesicht gehabt hatte? Ich beschloss ganz schnell, nicht weiter darüber nachzudenken.

»Und er ist nie wieder aufgetaucht?«

»Nein.«

»Irre Geschichte«, murmelte ich. »Und warum sind Sie vorhin umgekippt?«

»Ich … nun ja, ich war doch ziemlich erschrocken. Mir war gar nicht mehr bewusst, dass ich das Buch vor Jahren dort hinten eingeräumt habe.«

»Hm. Haben Sie diese ersten zwei Seiten je gelesen?«

Alexander schüttelte heftig den Kopf. »Um Gottes willen, nein! Ich fürchtete …«

»Sie würden verschwinden, wie Ihr Vorfahre?«

»Ganz recht.«

»Aber vielleicht hätte Ihnen die Beschäftigung mit diesem Buch gutgetan. Genauso wie ihm. Falls es eventuell doch an dem Buch lag, dass er stärker wurde.« Ich sagte das so dahin, obwohl ich selbst schon nicht mehr daran glaubte, aber Alexander dachte eine lange Weile darüber nach. Er trank seine Milch, tupfte sich die Lippen mit einer Papierserviette ab und sagte schließlich: »Ich glaube, ich bleibe lieber unscheinbar, bevor ich mich ganz in Luft auflöse.«

Da war was dran.

»Verstehen Sie jetzt, warum ich das Buch nicht verkaufen kann?«

Ich schüttelte den Kopf. Für mich war es immer noch bloß ein wertvolles altes Teil, das Geld bringen konnte.

Alexander holte tief Luft. »Es könnte Unglück über die Menschen bringen, und ich würde schuld daran sein. Das könnte ich mir nie verzeihen.«

»Ach, Unsinn. Wieso denn?«

»Nun, es besteht immerhin die Möglichkeit, dass es tatsächlich Wünsche erfüllt.«

Ich lachte laut auf. »So ein Quatsch!«

Alexander blieb ganz ernst. »Die Welt ist voller Wunder. Nur, weil wir nicht alles verstehen können, heißt es nicht, dass es Dinge nicht geben kann.«

War mir jetzt zu kompliziert, der Satz.

Ich schwieg.

»Es könnte durchaus möglich sein«, fuhr Alexander fort, »dass Zacharias Coenig sich einfach gewünscht hat zu verschwinden. Vielleicht zusammen mit seiner Geliebten. Da mögen Sie recht haben. Und dann konnte er nicht mehr zurückkehren. Daher glaube ich, dass von diesem Buch eine nicht unbedeutende Gefahr ausgeht. Ich verstehe selbst nicht mehr, warum ich es damals überhaupt behalten habe. Vielleicht hat es ja Onkel Oskar vor mir versteckt. Wie dem auch sei – am besten wäre es, ich würde es vernichten, bevor es Schaden anrichten kann.«

Sein Blick ging wieder über die Straße, ganz so, als hätte er Angst, ein oller Buchrücken könnte durchs Schaufenster geflogen kommen und ahnungslose Passanten erschlagen.

Bescheuert, dachte ich. Der Mann war ja nicht mehr ganz dicht. Der glaubte allen Ernstes an Zauberei.

Im nächsten Moment wurde seine Gesichtsfarbe erst gelb, dann grün.

Eine Milchvergiftung? Nein, dachte ich, vielleicht eher die ungewohnten Meeresfrüchte, zum Teil mit Panzer und Schale. Oder eine Mischung aus beidem.

»Ist Ihnen schlecht?«

Nicht die intelligenteste Frage, aber ein Großteil meines Gehirns beschäftigte sich mit dem Buch der Wünsche und dem Verschwinden von Alexanders Vorfahren. Da war für eine Lebensmittelvergiftung nicht so viel Kapazität übrig.

Er schluckte schwer und wurde noch ein bisschen grüner.

»Ich fürchte, ich muss kurz die Waschräume aufsuchen.«

»Gehen Sie nur. Ich warte hier.«

In Wahrheit hatte ich etwas anderes vor, aber das brauchte er nicht zu wissen.

War mir spontan gekommen, die Idee.

## 8. Ich liebe das Leben!

Kaum war Alexander in Richtung Toiletten verschwunden, schnappte ich mir meine Handtasche, warf einen Geldschein auf den Tisch und eilte aus dem Café. Nicht, dass ich noch der Zechprellerei beschuldigt wurde, weil unsere Plätze plötzlich verwaist waren. Kurz plagten mich Gewissensbisse. Der arme Alexander. Ein besserer Mensch hätte dem Mann in seiner Not beigestanden, seinen Kopf gehalten und ihm danach ein Handtuch und ein Glas Wasser gereicht. Tja, Pech gehabt. Ich war in erster Linie ein neugieriger Mensch.

Schnell lief ich über die Straße, öffnete mit meinem Schlüssel die Haustür und schlüpfte in den Flur. Vor lauter Aufregung begann ich zu zittern. Ein ganz und gar ungeheurer Gedanke ging mir im Kopf herum. Warum hieß dieses Familienerbstück wohl »Das Buch der Wünsche«? Mir wollte einfach keine Antwort einfallen. Außer einer ganz und gar verrückten.

Es half alles nichts. Ich musste nachsehen und dem Geheimnis auf den Grund kommen. Und wenn es nichts Aufregendes zu entdecken gab, dann konnte ich immer noch darauf hoffen, dass der alte Band schön viel Geld einbrachte. Falls ich Alexander irgendwie dazu überreden konnte, es zu verkaufen. Mein Instinkt sagte mir, die Chancen dafür waren gering, aber mir würde schon etwas einfallen. Immerhin hatte er versprochen, für den Schaden aufzukommen.

Ich schlich durch die Hintertür ins Antiquariat und näherte mich nahezu lautlos dem Stehpult.

Und warum vermied ich jedes Geräusch?

»Weil du dir einredest, der alte Zacharias könnte dich hören und dir einen fidelen Gruß zurufen?«, fragte ich mich selbst mit leiser Stimme.

Ich bin doch nicht bescheuert.

Das sagst du!

Wahnsinn!

Wenn ich meinen Eltern von diesem Selbstgespräch erzählte, würden sie mich umgehend in die Klapse einweisen lassen.

Auf diese Weise intensiv mit mir beschäftigt, bekam ich nicht gleich mit, dass ich am Pult angelangt war. Vorsichtig streckte ich die Hände aus und fuhr mit den Fingerspitzen über die Ornamente. Dann, bevor ich eine bewusste Entscheidung treffen konnte, griff meine rechte Hand an die Seite und klappte das Buch auf.

Keine Ahnung, was ich erwartete – vielleicht, dass der alte Zacharias vor meinen Augen zwischen den Buchdeckeln hervorschlüpfte, eine mehr oder weniger menschliche Gestalt annahm und mich mit Blicken durchbohrte wie ein Wesen von einem anderen Stern? Hätte ich ihm nicht verdenken können. Eine Frau in Hosen, ohne Haube und Korsett musste auf einen Mann seiner Zeit höchst befremdlich wirken.

Nein, es stieg natürlich nichts und niemand aus dem Buch auf, abgesehen von einer kleinen Staubwolke.

Trotzdem sah ich vor lauter Aufregung kurz bunte Sterne durch die schmutzige Luft tanzen, und es dauerte eine Weile, bis ich die Buchstaben auf der ersten Seite zu Worten formen konnte: »Zacharias Coenig, Das Buch der Wünsche, Tüsum im Jahre 1813«, stand auf der ersten Seite. Okay, bis auf die Jahresangabe nichts Neues. Mit äußerster Vorsicht blätterte ich um. Unter meinen Fingerspitzen fühlte sich das Papier trocken und dünn an. Ein vernünftiger Mensch hätte wenigstens Baumwollhandschuhe angezogen, bevor er ein historisches Dokument berührte. Ich hatte gerade mal keine Lust, vernünftig zu sein.

Auf der zweiten Seite stand schlicht »Erstes Kapithel«, und dann folgte ein enttäuschend kurzer Text, der lange vor der neuen deutschen Rechtschreibung entstanden war: »Nach eingehender Forschung und Beschäftigung lege ich hiermit mein Werk vor, dessen Werth meine Nachkommen beurteilen mögen. Am heutigen Tage nehme ich mir die Freyheit, das wichtige Ergebnis vorwegzunehmen: Ein Wunsch geht in Erfüllung, sofern der Wünschende zu Beginn laut und deuthlich drei Male die Worte ›Ich liebe das Leben‹ spricht. Sodann möge …«

Da brach der Text ab.

So'n Schiet!

Und dafür die ganze Aufregung? Wegen dieser paar Zeilen, die eher von einer schweren Geisteskrankheit zeugten als von wahrem Wissen?

Grübelnd las ich die Zeilen wieder und wieder. Schließlich fragte ich mich, ob nicht doch etwas dran sein könnte. Wie war die Formel? Ich liebe das Leben? Dreimal hintereinander? Laut und deutlich? Und dann gingen meine Wünsche in Erfüllung?

Alle?

Egal was?

Wirklich?

Würde ich mir damit Fettpölsterchen weg- und ein Paar sauteure Schuhe von Christian Louboutin herbeiwünschen können? Und, um mal in größeren Dimensionen zu denken, würde ich mir meinen Martin zurückwünschen können? Konnte das wirklich sein? Eine hohe Welle der Erregung rollte auf mich zu.

»Nein, Svea!«, rief ich laut und schlug mir mit der flachen Hand gegen die Stirn. »Es kann sein, dass du auf irgendeinen uralten Hokuspokus reinfällst, weil du einfach zu doof bist, um den ganzen Zauber zu durchschauen.« Die Welle krepierte vor meinen Füßen.

Der Schlag half ein bisschen, das Zittern ließ nach. Aber da hatte sich jetzt so eine fixe Idee in meinem Kopf festgesetzt.

Probieren geht über studieren, entschied ich. Meine Brüder wären in diesem Augenblick sehr stolz auf mich gewesen, die restlichen Familienmitglieder weniger. Außer Oma Lina vielleicht.

Also gut.

»Ich liebe das Leben! Ich liebe das Leben! Ich liebe das Leben!« Meine Stimme schallte laut und irgendwie blechern durch den leeren Laden und wurde von Büchern und Gerümpel zurückgeworfen. Bestimmt würde gleich doch noch der alte Zacharias vor mir auftauchen. Oder ein geschockter Alexander, der mich bis über die Straße gehört hatte.

Niemand erschien.

Nichts geschah.

Gar nichts.

Ha!, dachte ich, habe ja gleich gewusst, dass es Humbug ist.

Wenn du bloß durch die Gegend brüllst und dabei vergisst, dir was zu wünschen, ist es auch echt schwierig.

Oh, Mist.

Ein Wunsch musste her. Aber zackig. Was Einfaches, nichts, was ich später bereuen würde.

Also noch mal. Ich dachte ganz fest und ziemlich bescheiden an mein Lieblingsshampoo und erklärte dem Leben erneut, dass ich es ganz doll lieb hatte.

Für einen Sekundenbruchteil schien es mir, als umhüllten mich dichte Nebelschwaden, dann starrte ich auf das Stehpult. Fast wäre ich genauso geendet wie vorhin Alexander. Nur mit äußerster Kraftanstrengung blieb ich bei Bewusstsein. Da stand sie, auf dem oberen Rand, eine nagelneue pinkfarbene Flasche. Sogar die Fünfhundert-Milliliter-Version.

Eine Fata Morgana, beruhigte ich mich.

Fass doch mal an.

Okay, okay.

Andere Stimmen bevölkerten jetzt meinen Kopf. Else und Arnaldo schlugen vor, ich sollte die Beine in die Hand nehmen und so weit weglaufen, wie ich nur konnte. Zur Not bis nach Sizilien. Oder eben Lappland. Was es mit Letzterem auf sich hat, erzähle ich noch.

Hey, ich dachte, meine Urgroßeltern wären mutige Leute gewesen.

*Waren wir auch, aber das hier ist FURCHTERREGEND!*

Bevor mir noch jemand reinreden konnte, griff ich zu. Die Flasche fühlte sich genauso an wie alle Shampooflaschen dieser Marke, die ich bereits besessen hatte. Ich schraubte den Deckel auf. Rosenduft stieg mir in die Nase, vermischt mit einem Hauch von Salbei und Rosmarin. Ich ließ etwas von der festen Flüssigkeit auf meine Hand tropfen. Sie fühlte sich an wie immer, und als ich sie ein wenig verrieb, bildeten sich kleine Schaumbläschen auf meiner Handfläche.

Wow!

Ich beschloss, dass ich übergeschnappt war. Meine Urgroßeltern stimmten mir zu. Ich konnte sie geradezu vor mir sehen, wie sie einander erleichtert zuzwinkerten.

Und ich beschloss zusätzlich, dass es ganz in Ordnung war, übergeschnappt zu sein. Meine Urgroßeltern rissen die Augen auf und schüttelten fest die Köpfe.

Mir doch egal, was die von mir dachten. Wenn es mit dem Shampoo klappte, dann vielleicht auch mit allen anderen Sachen in meiner Wohnung? Und mit der gesamten Einrichtung? Ohne Wasserschaden versteht sich.

Hm, könnte bloß eng werden hier im Laden.

Mir kam der kluge Gedanke, dass ich über meine Wünsche sehr gut nachdenken musste, bevor ich laut das Leben liebte.

Tja, daran hätte ich mich halten sollen. Dann wäre in den folgenden Tagen einiges vielleicht anders gekommen. Arnaldo und Else hoben die Schultern. *Wir haben es versucht*, erklärten sie wie aus einem Geistermund. *Aber auf uns hört ja niemand*. Ich schob sie energisch aus meinem Kopf.

Hey, es konnte nicht schaden, die Sache bei Gelegenheit in größerem Rahmen auszuprobieren. Während ich das Buch schloss, fiel mir noch etwas ein: Offenbar war

Zacharias Coenig verschwunden, kurz nachdem er die Formel aufgeschrieben hatte. Mitten im Text. Ob er wohl laut gesprochen hatte? Dreimal hintereinander? Und sich dabei eher aus Versehen etwas gewünscht hatte, das dann plötzlich in Erfüllung ging? Vielleicht eine Reise zum Mann im Mond? Oder eher in die Karibik mit seiner schönen Geliebten?

Verflixt!

Dieses Geheimnis würde ich wohl niemals lüften.

Schon wollte ich mich abwenden, als ich plötzlich den Drang verspürte, das Buch noch einmal hochzunehmen. Keine Ahnung, woher das kam, aber ich tat es. Dabei klappte der Einband erneut ein Stückchen auf, und ein eng beschrifteter Zettel fiel zu Boden. Ich staunte. Der musste innen am hinteren Buchdeckel geklebt haben, und ich hätte ihn vermutlich nie entdeckt, wenn ich meinem seltsamen Drang nicht nachgegeben hätte.

Rasch legte ich das Buch zurück und hob den Zettel auf. Er war mit der Hand geschrieben, aber einigermaßen lesbar.

Gott sei Dank.

Es dauerte einige Zeit, bis ich im schwachen Licht die vier, fünf Sätze entziffert hatte, aber schließlich war ich um eine Erkenntnis reicher. Beziehungsweise um einen weiteren Grund für die Unterbringung in der Psychiatrie. Dort stand nämlich, es gäbe nur eine Möglichkeit, den Wunsch zurückzunehmen, falls man mal einen Fehler machte. Und zwar müsse man innerhalb desselben Atemzuges laut rufen: »Zurück!«

Aha, wenigstens nur einmal, dachte ich. Könnte sonst schwierig werden mit dem bisschen Luft. Anderenfalls, so las ich weiter, müsse man zwanzigtausend Atemzüge lang auf die nächste Gelegenheit warten. Ich rechnete nach, was einige Minuten dauerte. Kopfrechnen ist noch nie meine Stärke gewesen. Schließlich kam ich zu dem Ergebnis, es müsste sich wohl ungefähr um vierundzwanzig Stunden handeln, je nachdem, ob jemand tiefenentspannt war oder hyperventilierte.

Und wieso hatte Zacharias seine eigene Anweisung nicht befolgt? So langsam war ich die vielen Rätsel leid.

Sorgfältig legte ich das Blatt zurück.

Höchste Zeit, mal nachzuschauen, ob Alexander noch lebte. Weit kam ich nicht. Nach zwei, drei Schritten hörte ich, wie draußen jemand heftig an der vorderen Ladentür rüttelte.

War Alexander schon zurück? Und wieso öffnete er die Tür nicht mit dem Schlüssel?

Ich linste um ein Regal und erkannte im Gegenlicht, dass es sich bei der Gestalt da draußen um jemand anderes handeln musste. Alexander warf keinen sonderlich großen Schatten. Der war eher schmal und durchsichtig. Mutig ging ich näher. Zur Not, dachte ich mir, konnte ich den Besucher ja sonst wohin wünschen.

Ha! Das wäre lustig!

»Svea! Was stehst du da rum und kicherst? Lass mich rein!«

Martin? – Martin!

»Was machst du denn hier?«

»Das erkläre ich dir, sobald du aufgemacht hast.«

»Kann ich nicht, habe keinen Schlüssel.«

»Und wie bist du da reingekommen? Durch die Scheibe geflogen?«

Sollte ich vielleicht ausprobieren. Einfach wünschen. Ach nee, lieber nicht. Konnte gefährlich sein.

Ich riss mich mal heftig zusammen.

»Komm zur Haustür«, rief ich Martin zu.

Eine Minute später standen wir uns im engen Flur gegenüber.

»Hallo«, sagte ich überwältigt.

## 9. Was will der bloß?

Er stand so dicht vor mir, dass ich sein Rasierwasser riechen konnte. Schön herb und außerordentlich männlich. Ich bemerkte auch die Fältchen um die Augen und die zwei schmalen Kerben um die Mundwinkel, die ich immer so geliebt hatte.

Jemand stöhnte.

»Tut dir was weh?«, fragte Martin.

Ja, mein Herz. Hörst du denn nicht, wie es seufzt?

»Nein, nein. Ich bin nur ziemlich kaputt. War alles eine große Aufregung.«

Rasch machte ich einen Schritt zurück, bevor ich noch einen Liebes-Amoklauf starten konnte. So mit An-den-Hals-Klammern und Den-Mann-meines-Lebens-nie-mehr-Loslassen. Dann stutzte ich. So wahnsinnig groß war die Gefahr vielleicht gar nicht. Aufmerksam ließ ich meinen Blick über ihn gleiten und wünschte mir, ich wüsste wirklich, was ich noch für ihn empfand. Tiefe Liebe? War Martin immer noch der Mann meines Lebens? Oder zog mich nur die Sehnsucht nach vergangenen glücklichen Zeiten zu ihm hin?

Bedenklich, diese Art von Überlegung. Sollte ich mal eben laut »Ich liebe das Leben« rufen? Dreimal hintereinander, um Klarheit zu bekommen?

Besser nicht. Es stand zu befürchten, dass ich morgen dann keinen Arbeitsplatz mehr haben würde. Außerdem bezweifelte ich, dass ich es tatsächlich wissen wollte. Mit ein bisschen Illusion lebt es sich bekanntlich leichter. Gern auch mit ein bisschen mehr. Außerdem litt ich seit knapp zehn Minuten unter extremer nervlicher Anspannung. Seit dem Auftauchen der Shampooflasche, um genau zu sein. Da konnten Gefühle schon mal durcheinanderkommen. Und vielleicht fand Martin genau in diesem Moment in meinen Augen die Zärtlichkeit, die er so lange vermisst hatte.

»Was guckst du so?« Mit einer Hand fuhr er sich über das Gesicht. »Hab ich da was?«

Na toll! Der kam gar nicht auf die Idee, dass mein Blick ihn mit Liebe überschütten könnte.

»Nichts, alles in Ordnung. Nun, was führt dich her?«

Ich musste grinsen und wandte mich kurz ab, damit Martin keine falschen Schlüsse zog. Jetzt fing ich schon an so zu reden wie Alexander. Vielleicht färbte auch die Sprache des alten Zacharias auf mich ab.

»Hattest du nicht gesagt, du wärst shoppen?«, fragte Martin in bester Anwaltsmanier zurück. Einer Antwort ausweichen, Gegenfrage stellen. Darin war er Meister. Ich fiel nicht drauf rein.

Mit einem leisen Lächeln drehte ich mich wieder zu ihm um. »Klar, bin aber schon wieder zurück. Und du? Warum bist du hier? Es muss ja Monate her sein, dass du mich mal besucht hast.«

Genau acht Monate und fünf Tage. Zwischen Weihnachten und dem neuen Jahr, als ich noch dachte, mein größtes Problem sei es, ein passendes Kleid für die Silvesterparty bei Martins Freunden zu finden. Als ich ihm damals ein todschickes und teures kleines Schwarzes vorführte, sagte er, das Kleid sei am Busen ein bisschen weit und an den Hüften ein bisschen eng, und nun müsse er leider mit mir Schluss machen.

Na ja, so ungefähr. Bestimmt hatte er taktvollere Worte gefunden. So genau kann ich mich nicht mehr daran erinnern. Ich weiß nur noch, dass ich nach seinem Abgang eine Nagelschere aus dem Bad holte, mich über das Kleid hermachte und dann Tausende winziger Schnipsel aus dem Fenster segeln ließ. Am nächsten Tag guckte Alexander König mich ganz komisch an, flüsterte aber kein Wort, sondern fegte stumm den schwarzen Haufen vor der Tür zusammen.

Martins Stimme holte mich ins Hier und Jetzt zurück. »Das ging aber schnell mit dem Shoppen. Und wo sind deine Einkaufstüten?«

Mann! War das hier ein Verhör oder was? Klappte jetzt doch, der Anwaltstrick. Auf einmal war ich diejenige, die sich verteidigen musste.

»Drüben im Café. Ich habe sie bei Alexander gelassen, während ich hier kurz was aus dem Laden hole.«

Martin runzelte die Stirn. Jetzt hatte er ziemlich viele Falten im Gesicht, fand ich. Aber ich genoss den Gedanken, er könnte eifersüchtig sein. »Wer ist das?«

»Alexander König, mein Nachbar und Besitzer des Antiquariats.«

»Ach, der Albino.«

Klang jetzt nicht so nett und auch kein Stück eifersüchtig. So langsam bekam ich schlechte Laune. Er merkte nichts.

»Seit wann triffst du dich mit dem Weißfisch? Seid ihr jetzt ein Paar, weil er deine Wohnung unter Wasser gesetzt hat?«

Es war an der Zeit, stellvertretend für Alexander beleidigt zu sein. Ich ballte die Fäuste und schaute ihn betont unfreundlich an.

»Das ist meine Sache. Und du hast mir immer noch nicht verraten, warum du hergekommen bist.«

»Weil ich nach dir schauen will, natürlich. Du musst ja durcheinander sein.«

Ziemlich viel Fürsorge für einen Ex, der nichts mehr von mir wissen wollte.

»Das hast du gestern schon getan.«

Und hast mich in eine peinliche Situation gebracht, weil du mich vor meiner Familie gesiezt hast. Immerhin waren wir jetzt wieder per Du.

Martin überhörte die Bemerkung. »Wenn ich mir vorstelle, so etwas würde bei mir passieren ...«

»Schwierig. Du wohnst in einem Penthouse.«

»Sehr witzig, Svea.«

Er klang jetzt auch ärgerlich, und aus irgendeinem Grund freute mich das. So setzte ich noch eins drauf. »Hättest du wohl nicht gedacht, was? Was bei mir so alles los sein kann. Von wegen langweilig.«

Und wenn du erst wüsstest, was ich gerade eben entdeckt habe!

»Das ist jetzt nicht sehr nett von dir.«

Stimmt. Tut aber gut.

»Du weißt, ich habe dich sehr gern gehabt – ich – habe dich immer noch sehr gern.«

Ja klar. So gern, dass du lieber Maike als Assistentin

haben willst, damit du mir möglichst aus dem Weg gehen kannst.

»Glaubst du mir nicht?«

Bin ich bescheuert?

»Doch, schon.«

Bescheuert, ganz klar. Was macht eigentlich die Tussi aus Hamburg?

Ist jetzt mal uninteressant.

Martin lächelte mich an. Meine schlechte Laune löste sich in Luft auf, und ich lächelte zurück. Das dauerte ein Weilchen, schüttete bei mir aber nicht die Glückshormone aus, die ich erwartete.

Endlich rückte er mit der Sprache raus. »Wenn du möchtest, vertrete ich dich, falls es Differenzen mit der Versicherung gibt. Und da ich schon einmal hier bin, schaue ich mir den Schaden in deiner Wohnung an. Ich verstehe ein wenig davon.«

Du? Du kannst doch einen Wasserfleck nicht von einer Champagnerpfütze unterscheiden. Und eine Laubsäge nicht von einem Fuchsschwanz. Oma Lina irrte sich, stellte ich plötzlich fest. Ich hatte doch nicht alles verdrängt. Auf einmal erinnerte ich mich wieder daran, wie Martin mir schon bei der Wohnungsbesichtigung erklärt hatte, er sei handwerklich komplett unbegabt. Auf ihn könne ich bei den Renovierungsarbeiten nicht zählen. Er versüßte mir das Geständnis mit einem langen Kuss und vergaß hinzuzufügen, dass ich in Kürze überhaupt nicht mehr mit ihm rechnen dürfe.

»Warum?«, fragte ich jetzt. »Warum willst du in meine Wohnung?«

Eine so kühle Svea war ihm neu, aber Martin überspielte geschickt seine Verwirrung. »So kann ich mir ein Bild von dem Schaden machen. Falls wir klagen müssen, sind wir gut vorbereitet. Hast du eine Kamera da?«

»Nein.«

Und wenn du wirklich mit dieser Absicht hergekommen wärst, hättest du selbst eine mitgebracht, um den Status quo in meiner Wohnung zu dokumentieren. Was willst du wirklich?

Er hob die Schultern. »Nun, schade. Dann schaue ich mich erst einmal so um.«

Ich holte tief Luft. »Das ist sehr nett von dir, Martin, und ich weiß deine Hilfsbereitschaft zu schätzen. Aber ich lasse doch lieber einen unabhängigen Gutachter kommen. Außerdem ist es gefährlich, die Wohnung zu betreten. Die Feuerwehr hat mich gestern Abend schon nicht mehr reingelassen.«

»Wieso? Ich denke, du hast solide Fußböden eingezogen. Die haben verhindert, dass der Laden was abgekriegt hat.«

Gut informiert, der Mann. Das musste ich ihm lassen. Woher bloß?

Ich nickte langsam. »Schon, aber die Decke könnte einstürzen.«

»Unsinn. Das ist altes deutsches Fachwerk. Das hält was aus. Hat mir mein Freund Rainer Pörzger erzählt. Der ist bei der Feuerwehr.«

Aha. Daher seine Infos.

Mir fiel kein Argument mehr ein, um ihn von meinem Zuhause fernzuhalten.

»Also gut. Aber ich komme mit.«

»Lieber nicht, Svea. Wenn dir etwas zustößt, werde ich mir das nie verzeihen.«

»Ich denke, das alte Fachwerk hält was aus. Hast du das nicht eben gesagt?«

»Schon, aber …«

Ich stemmte die Fäuste in die Hüften. »Entweder wir gehen zusammen oder keiner.«

Und bei der Gelegenheit lasse ich schnell die zwei Fotos von dir verschwinden. Das eine vom Sideboard, das andere vom Nachttisch. Wäre mir jetzt doch ein bisschen peinlich.

Martin gab sich geschlagen, und so stiegen wir nacheinander die Treppe hinauf. Todesmutig ging ich vorneweg und behielt dabei die schweren Eichenbalken fest im Auge. Zur Not würde ich mir wünschen, am Leben zu bleiben.

Falls die Zeit dafür reichte.

Die Treppe knirschte und knarrte unter meinen Füßen. Oder war es eher ein Quietschen und Platschen, was ich da hörte? Gaben die uralten Holzbohlen gerade unter den Wassermassen nach und würden bei meinem nächsten Schritt in sich zusammensacken? Zwangsläufig würde ich dann auf Martin fallen, der dicht hinter mir ging. War mir unangenehm, der Gedanke.

Schlimm genug, dass ich genau wusste, was sich in diesem Moment mit ihm auf Augenhöhe befand. Jener Körperteil nämlich, der seit unserer Trennung ein klein wenig in die Breite gegangen war.

Unsicher blieb ich stehen.

Martin reagierte auffallend schnell und stand auch schon.

Der war aber vorsichtig! Bloß nicht mit meiner Ex zusammenstoßen, lautete wohl seine Devise.

»Hörst du das?«, fragte ich ängstlich.

»Nein, was?«

»Die Treppe klingt so komisch.«

»Nein. Ich höre bloß … sei mal still … ja, das ist die Haustür.«

Mit einem Knall fiel die gerade ins Schloss, und im nächsten Augenblick stand Alexander unter uns auf der Treppe. Wenn die das dreifache Gewicht bloß aushielt! Mir wurde jetzt echt mulmig zumute.

»Was tun Sie denn da?«, fragte er mit Panik in der Stimme.

Martin wirkte erstaunt. Das Wenige, was er von Alexander je gesehen hatte, war ein durchscheinender Mensch gewesen, der nur im Flüsterton kommunizierte. Nun hatte sich ein energisch wirkender Mann vor ihm aufgebaut, der ihn sogar fast überragte, obwohl er eine Stufe unter ihm stand.

Soweit ich das im dämmerigen Hausflur erkennen konnte, war er auch nicht mehr grün im Gesicht.

»Wir wollten nur kurz in meine Wohnung«, erklärte ich betont ruhig.

»Sind Sie Ihres Lebens müde?«, kam es sofort zurück. »Da darf niemand hoch.«

»Nun machen Sie sich mal keine Sorgen, junger Mann«, mischte sich Martin ein. »Wir sind erwachsen und wissen, was wir tun.«

Ach ja? Ich nicht!

Und junger Mann? Ich musste ein Kichern unterdrücken. Die beiden trennten maximal fünf Jahre.

Erst jetzt schien Alexander meinen Exfreund zu erkennen. Sehr oft war Martin ja nicht in dieser Wohnung gewesen, aber ein paar Mal waren sich die beiden eben doch über den Weg gelaufen.

»Ach, Sie sind das. Warum müssen Sie denn so dringend in die Wohnung? Haben Sie bei Frau Amore etwas vergessen?«

Seltsamer Einfall, fand ich.

»Ich hoffe, es war nichts von Wert«, fügte Alexander hinzu. »Dafür könnte ich nicht auch noch aufkommen.«

Schon öffnete ich den Mund, um zu widersprechen – und sofort schloss ich ihn wieder. Martin hatte etwas bei mir liegen lassen? Hey, das konnte doch möglich sein. Diese Gutachter-Story hatte ich ihm sowieso nicht abgekauft. Aber was sollte das sein? Vielleicht ein Geschenk für mich, das er bloß vergessen hatte, mir zu geben? Klang ziemlich unwahrscheinlich. In all den Monaten hätte er ja schon vorher mal auf den Gedanken kommen können, es wieder bei mir abzuholen. *Es sei denn*, erklärte Arnaldo in meinem Innern, *der Mann wollte eine private Begegnung vermeiden und hoffte, er hätte noch genug Zeit.*

Klappe, Urgroßvater!

Ob ich mir mal eben Röntgenaugen wünschen konnte? Schwierig. Was würden die beiden Männer zu meiner Liebeserklärung an das Leben sagen?

Wollte ich lieber nicht wissen.

Also blickte ich zu Martin. Der würde bestimmt eine kluge Antwort parat haben.

Hatte er bloß nicht. Er starrte Alexander an und schwieg. Dann starrte er mich an und schwieg immer noch. Irgendwie eisern.

Komisch.

Ich hatte genug. Von ihm, von der knarrenden Treppe,

von der ganzen Situation. Früher oder später würde ich von Martin eine Erklärung einfordern. Eher später. Mir war das im Augenblick nicht so wichtig. Ich hatte schließlich vorhin so eine Art Wunder erlebt. Das wollte erst mal verdaut werden.

»Sorry, ich muss jetzt dringend los. Ciao, Leute, man sieht sich.«

Ich drängte mich an Martin vorbei, der zurückwich, an Alexander, der kurz meine Hand drückte. Warum auch immer. Vielleicht wollte er mir signalisieren, dass er meine Wohnung gegen jeglichen Ansturm von Exfreunden verteidigen würde, vielleicht wollte er sich auch einfach nur verabschieden. Sein Händedruck war jedenfalls warm und kräftig, und seine Augen schienen mir einen Tick dunkler zu sein. Verwirrt eilte ich zur Haustür, trat auf die Mühlengasse und atmete erst einmal tief durch.

Was nun? Heimfahren? Nein, entschied ich. Eine geballte Ladung Familie Amore ging jetzt über meine Kräfte. Mal mit jemandem reden? Ja, dringend, aber mit wem? Wer würde mir die verrückte Geschichte mit den Wünschen glauben?

Niemand, klar.

*Halt bloß den Mund!*, rief mir Urgroßmutter Else in meinem Kopf zu. Ja, schon kapiert. Die hatte Angst, dass unsere Familie für alle Zeiten in Verruf geraten würde. Die durchgeknallten Amores, würde es dann heißen.

*Oder schlimmer! Die mit dem wunderlichen Alten! Und jetzt mit der geisteskranken Urenkelin!*

Ist ja gut!

Mit dem wunderlichen Alten meinte sie übrigens ihren Ehemann Arnaldo. Noch bevor ich zu einer Entscheidung kommen konnte, sah ich, wie Mama um die Ecke bog und auf mich zugeeilt kam.

Ich blinzelte und schaute noch einmal hin. Doch, es war tatsächlich meine Mutter. Wie kam die denn hierher? Hatte ich sie mir unbewusst herbeigewünscht?

Quatsch. So funktionierte das nicht.

Aber ich akzeptierte diesen Wink des Schicksals, ging ihr entgegen und legte mir schon die passenden Worte zurecht. Kam bloß nicht dazu, auch nur eine Silbe zu sagen.

»Hab mir gedacht, dass ich dich hier finde!«, rief sie mir schon zu, als wir noch gute zwanzig Meter voneinander entfernt waren. »Dein Vater betrügt mich!«

Ein paar Passanten schauten sich nach ihr um. Jemand sagte: »Lass dir das nicht bieten, Schätzchen!«

Ein anderer ergänzte: »Das würde ich mir an seiner Stelle gut überlegen.« Dazu erklang ein leiser Pfiff.

Ich schaute böse in die Runde. Okay, Rieke Amore sah klasse aus und ging locker als Endvierzigerin durch. Aber sie war meine Mutter, und es gehörte sich nicht, dass ein Kerl ihr nachpfiff.

Mama bekam nichts davon mit. »Können wir irgendwo in Ruhe reden?«, fragte sie mit leicht irrem Blick.

Ich führte sie ins Café. Die Kellnerin begrüßte mich mit einem schiefen Lächeln. Ich achtete nicht weiter auf sie und lotste Mama zu dem Tisch, an dem ich vorhin noch mit Alexander gesessen hatte.

»Jetzt beruhige dich erst mal.«

»Haben die hier Prosecco?«, fragte sie. »Eine Flasche vom besten!«, rief sie der Kellnerin zu.

»Mama!«

»Lass mich doch. Mir bleibt sonst kein Trost.«

Ich dachte daran, dass mir ihr Verhalten schon gestern merkwürdig vorgekommen war. Das war also der Grund! Aber Papa? Der überaus korrekte Klaas Amore sollte eine Affäre haben? Ausgeschlossen! Konnte ich mir absolut nicht vorstellen! Bei aller Fantasie nicht!

»Ich kann es beweisen.« Mama hielt mir ihre Digitalkamera unter die Nase. Ich sah das Foto, ziemlich verwackelt, aber es war eindeutig Papa. Und bei ihm eingehängt war eine sehr hübsche Frau mit langen braunen Haaren. Sie mochte zwei, drei Jahre älter als ich sein, schwer zu sagen.

»Das muss gar nichts bedeuten«, sagte ich beklommen.

Mama klickte zum nächsten Foto. Papa und die junge Frau in inniger Umarmung.

»Aber …«

»Was willst du noch sehen? Die beiden nackt?«

»Bitte nicht.«

»Habe ich auch nicht. Aber das hier ist Beweis genug.« Sie klopfte mit dem Fingerknöchel heftig auf das Display.

Ich nahm ihr die Kamera weg, damit sie heil blieb. Mamas Schultern sackten herab.

»Kannst du nicht irgendetwas tun, Svea?«

Ich glaube, es war noch nie vorgekommen, dass Mama mich um Hilfe in einer so großen Sache gebeten hatte. Und ich wollte ihr unbedingt helfen. Sie tat mir so leid. Ich wünschte, ich könnte ungeschehen machen, was sie erlebt hatte. Ich wünschte, meine Eltern könnten wieder glücklich sein.

»Ich liebe das Leben!«, sagte ich laut und wiederholte es zweimal.

Die Kellnerin wich samt Prosecco zurück. Mama schniefte und antwortete: »Schön für dich.«

Ich sah ein wenig Nebel, dann wurde mir plötzlich ganz heiß. Gleichzeitig überlief mich ein eisiger Schauer. Konzentriert rekapitulierte ich die letzten dreißig Sekunden. Ja, ich hatte diffus darüber nachgedacht, dass alles wieder gut werden sollte, aber ein Teil meines Gehirns hatte meinen Papa klar und deutlich dorthin gewünscht, wo der Pfeffer wächst.

Oh, oh!

## 10. Das wird jetzt schwierig

Prosecco her, aber schnell! Nach dem zweiten Glas entspannte ich mich ein wenig. Wahrscheinlich machte ich mich ganz umsonst verrückt. Ja, genau, ich überschätzte meine Fähigkeiten, und bestimmt hatte ich Papa sowieso nicht sonst wohin gewünscht. Ich doch nicht! Er ist mir immer ein guter Vater gewesen, und ich liebe ihn. Ehrlich!

Mama war schon beim dritten Prosecco und hatte jetzt einen glasigen Blick.

»Mein Liebling, mein Amore. Wie kannst du mir das antun!«

Ich bestellte zwei doppelte Espressi und ließ die Flasche wegbringen. Überhaupt schwor ich mir, so bald keinen Alkohol mehr anzurühren. Eine innere Stimme sagte mir, dass ich einen klaren Kopf brauchen würde.

Vielleicht war es auch Uropa Arnaldo, der da zu mir sprach. Else meldete sich nicht. Die hatte mich wahrscheinlich aufgegeben.

Nach dem starken Kaffee fühlte ich mich gleich besser, und ich nahm die Hände meiner Mutter in meine.

»Weißt du was? Wir fahren jetzt nach Hause und warten dort auf Papa. Bestimmt gibt es eine vernünftige Erklärung für alles.«

Mama musterte mich so gründlich, als suche sie nach ersten Anzeichen des Wahnsinns bei mir.

»Eine vernünftige Erklärung? Dafür? Svea, hast du vielleicht einen Schock wegen des Wasserschadens?«

Ich fand, es klang aus ihrem Mund wie Dachschaden.

Sie wies auf ihre Kamera, die neben meiner Kaffeetasse lag. »Einen eindeutigeren Beweis für seine Untreue gibt es wohl nicht. Und du suchst nach einer vernünftigen Erklärung? Vielleicht musst du mal einen Spezialisten aufsuchen.«

»Wann hast du die Bilder eigentlich geschossen?«, fragte ich, um sie von mir abzulenken.

»Vor einer Viertelstunde. Drüben in der Fußgängerzone. Letzte Woche habe ich die beiden zufällig gesehen, heute habe ich auf sie gewartet. Und sie sind wieder aus dem Eiscafé Trentino gekommen.«

»Sönke und Nils waren aber nicht mit dir zusammen, oder?«

»Warum sollten sie?«, fragte Mama verblüfft. »Deine Brüder gehen mit mir nicht mehr in die Stadt, seit sie acht sind.«

»Gut«, sagte ich erleichtert. Mir war der neueste Berufswunsch der beiden Derwische eingefallen. Wenn es schon einen Skandal geben musste, dann doch bitte rein privat. Papa mit seiner Geliebten auf Facebook wäre nicht so der Hit gewesen.

Wir fuhren mit dem Bus nach Hause. Ihren Wagen musste Mama auf meinen Befehl hin stehen lassen. Die Promillegrenze hatte sie locker überschritten.

Ich schaute aus dem Fenster und versuchte zu verstehen, was da gerade mit meinen Eltern passierte. Für mich waren sie immer das perfekte Paar gewesen, und ich hatte mir oft gewünscht, einen Partner zu finden, mit dem ich genauso glücklich sein konnte wie Mama mit Papa. Vielleicht einen, der ein ganz klein bisschen lockerer drauf war als Klaas Amore, aber im Großen und Ganzen mit seinem bodenständigen Charakter und seiner zuverlässigen Art.

Mama hat mir mal erzählt, mein Vater sei deshalb ein so übermäßig korrekter Mensch geworden, weil er sich unbewusst von seiner lebenslustigen Mutter und seinen wunderlichen Großeltern distanzieren wollte. Der Makel seiner Herkunft laste so schwer auf ihm, dass er ihm nur mit sorgfältig angespitzten Bleistiften, scharfen Bügelfalten und Sex einmal in der Woche, samstagabends pünktlich um zehn, begegnen könne. Na gut, das mit dem Sex sagte sie nicht, das hatte ich selbst herausgefunden.

Tja, der Makel seiner Herkunft. War ein bisschen auch meiner, doch ich hatte es nie so empfunden. Zumindest am Anfang war es im Leben meiner Urgroßeltern nur um die ganz große, die einmalige Liebe gegangen. Allen kulturellen Unterschieden zum Trotz hatten Arnaldo Amore und Else Hanken ihr Herz füreinander geöffnet.

Leider waren sie damit ziemlich allein gewesen. Weder Elses Familie noch die örtliche Bevölkerung akzeptierte die Verbindung. Ein Zirkusclown, der sich die hübsche Tochter des Fabrikbesitzers Hanken schnappt. Welch ein Skandal! Der Zeitgeist der Zwanzigerjahre hatte damals kurz vor Norddeutschland haltgemacht. Hier gab es keine Bubiköpfe und keinen Charleston. Hier wurde hart gearbeitet und untereinander geheiratet. Wie es sich gehörte.

Die Situation spitzte sich zu, als Elses Vater dem wilden

Sizilianer versprach, er werde ihn abknallen. Sein Jagdgewehr hatte er bei der Gelegenheit schon geschultert.

Arnaldo nahm die Warnung sehr ernst. Und ihm kam eine Idee. Der Zirkusclown erzählte seiner Else von einer Tradition seiner sizilianischen Heimat, der *Fuggitina*, zu Deutsch: kleine Flucht. Junge Paare, die nicht auf den Segen ihrer Eltern hoffen durften, flüchteten und kehrten erst zurück, wenn das Mädchen seine Unschuld an seinen Liebsten verloren hatte. Dann blieb den Familien keine Wahl, sie mussten einer Hochzeit zustimmen, um eine noch größere Schande, nämlich die einer wilden Ehe oder gar einer ledigen Mutterschaft, abzuwehren.

Meine Urgroßmutter Else war sofort einverstanden. Alles war besser, als weiterhin ein züchtiges Leben unter der Fuchtel ihres strengen Vaters zu führen. Sie verließen Elses Heimat in einer mondlosen Nacht und wandten sich nach Norden. Den Süden kenne er schon, sagte Arnaldo, er wolle jetzt mehr von der Welt sehen.

So flüchteten sie immer weiter in den Norden, bis sie im fernen Lappland ein bescheidenes Auskommen als Lebensmittelhändler fanden. Erst nach dem Krieg kehrten sie zurück, da interessierte sich niemand mehr für die unpassende Verbindung. Sie brachten ihre bildschöne, jung erblühte Tochter Lina mit und hätten nun zur Ruhe kommen können, wenn nicht Arnaldo nach und nach den Verstand verloren hätte. Die eisigen Jahre in Lappland hatten sein sizilianisches Blut erfrieren lassen, behauptet meine Oma. So passierte es, dass er sich an einem kalten Wintertag im Jahre 1951 in die eisige Nordsee stürzte, überzeugt davon, er nehme ein erfrischendes Bad im Mittelmeer.

Tja, das ist die Legende vom irren Arnaldo, dessen Gene in uns allen herumgeisterten. Abgesehen von Mama, versteht sich. Und Papa hatte noch nie auch nur ansatzweise etwas Verrücktes getan. Zumindest nicht, dass ich wüsste.

Wir erreichten unsere Siedlung und stiegen am Aktivmarkt aus.

»Lass uns noch ein paar Schritte gehen«, bat Mama. Also umrundeten wir zweimal unsere gotische Kirche St. Johannis und gingen dann erst heim. Das Gotteshaus steht schon seit fast fünfhundert Jahren an diesem Ort. Bevor unser Wohnviertel errichtet wurde, gab es hier ein Dorf, das dann jedoch zugunsten der nahen Kleinstadt aufgegeben wurde. Auch meine friesischen Vorfahren lebten in der Gegend. Oma Linas Elternhaus stand sogar nur knapp hundert Meter entfernt.

Wir sprachen kein Wort, jede hing ihren Gedanken nach. Meine drehten sich um Arnaldo und Else, um Papa und die schöne Fremde, um das Buch und die Wünsche, um Martin und Alexander.

Hoppla! Die beiden hatte ich ja ganz vergessen. Ob die immer noch auf der Treppe standen und ihre Kräfte maßen? Und was hatte Martin bloß bei mir gesucht? Auf einmal interessierte mich das wieder brennend. Vielleicht, weil es einfacher war, über Martin und seinen überraschenden Besuch nachzudenken als über meine Eltern und ihre Katastrophe. Und – na ja – über das, was ich möglicherweise angerichtet hatte.

Kaum waren wir in der Diele, kam Lina aus der Küche gestöckelt. Sie trug ein pinkfarbenes knapp knielanges Cocktailkleid, das einen tiefen Blick auf ein erstaunlich faltenfreies Dekolleté bot. Ihre Schürze trug sie in der

Hand. Bei uns angekommen, hielt sie sich an mir fest, bückte sich und wischte damit noch einmal über ihre spitzen Pumps.

»Abendessen steht im Ofen. Es gibt Pollo alla diavola mit buntem Gemüse.«

Prompt hatte ich Hunger. Omas teuflisch scharfes Huhn war göttlich. Im nächsten Moment verging mir der Appetit, weil ich an scharfen Pfeffer denken musste.

Sie richtete sich wieder auf, wobei ihre Knie ganz leise knackten.

»Ich werde erwartet. Ciao, ciao.«

Erwartet? Doch nicht etwa von dem lieben Norbert? Doch! Draußen heulte ein Motor, und Reifen quietschten. Das war definitiv sein Sportwagen. Schon kamen die Zwillinge die Treppe heruntergeflogen und wollten nach draußen laufen.

»Stopp!«, rief Oma Lina.

Beide blieben wie ein Mann stehen, aber ich sah genau, wie sie schnell ihre Kameras hinter dem Rücken versteckten.

»Keiner rührt sich vom Fleck, bis ich abgefahren bin«, befahl sie.

»Oooch«, murrten die Derwische gleichzeitig.

Mich beschlich das ungute Gefühl, dass Lina sich für ihre Familie schämte. Eine zweite Begegnung wollte sie dem lieben Norbert wohl nicht zumuten.

Also wirklich! Empört blickte ich zu Mama. Oma schämte sich für *uns*? Kriegte sie da eventuell etwas durcheinander? Mama guckte nicht zurück. Sie beschäftigte sich mit ihrer Kamera und war in Gedanken ganz woanders. Bei Papa.

Der wiederum hoffentlich nicht da war, wo ich befürchtete.

»Sonst gibt es einen Monat lang kein Tiramisú«, erklärte Lina den Zwillingen. Und, an Mama gewandt: »Norbert führt mich in Hamburg aus. Es soll da einen schönen englischen Klub direkt an der Alster geben. Norbert liebt alles Englische.«

»Wie schön«, murmelte Mama.

»Wartet nicht auf mich. Ich denke, ich bleibe zum Dinner und brech fast.«

Die Derwische grölten los, ich biss mir auf die Lippen. Immerhin, eines von zwei englischen Worten hatte Lina richtig ausgesprochen. Am Breakfast musste sie noch arbeiten.

»Guten Appetit«, sagte Mama geistesabwesend.

Lina maß Sönke und Nils mit einem langen Blick, dann nickte sie mir zu. Geradezu hoheitsvoll, fand ich. Von ihr konnte sich Queen Elizabeth II. bei Gelegenheit noch eine Scheibe abschneiden. Zumindest, was ihre Gestik betraf. Beim Lebenswandel eher nicht.

Weg war sie – bevor noch jemand sie fragen konnte, ob sie eigentlich noch ganz dicht war. Sie plante, die Nacht mit einem Mann zu verbringen, den sie erst seit gestern kannte?

Donnerwetter! Meine Oma!

Achtzig Jahre alt, aber drauf wie eine flotte Zwanzigjährige. Eindeutig nicht wie eine langweilige Dreißigjährige.

Ganz leise knirschte ich mit den Zähnen. Gut, dass ich meinen Mund gehalten hatte. Sonst hätte ich von Oma doch nur eine ihrer Weisheiten aus den bunten Blättern zu hören bekommen. Wenn wir alt sind, bereuen wir nicht unsere Sünden, sondern die, die wir nicht begangen haben, war zum Beispiel einer ihre Lieblingssprüche. Den hatte sie mir schon oft um die Ohren gehauen. Noch einmal musste ich das nicht haben.

Erfahrungsgemäß war es auch zwecklos, wenn ich sie bei der Gelegenheit darauf hinwies, dass sie bereits alt *war*. Und dass es sich einfach nicht schickte, was sie in diesem Alter so trieb.

Die Zwillinge trollten sich wieder nach oben, und ich schaute zu Mama. Irgendwann musste ich mit ihr mal ein ernstes Wort über ihre Schwiegermutter reden. In ihren Augen lag ein Anflug von Erschöpfung. War mir noch nie an ihr aufgefallen.

Na gut, irgendwann, aber nicht heute.

»Ich muss mich ausruhen«, verkündete sie, durchquerte die Diele und ging ins Wohnzimmer. Ich sah, wie sie sich aufs Sofa fallen ließ.

Die Arme. Was musste sie durchmachen! Und was würde sie sagen, wenn sie erfuhr, was ich eventuell mit ihrem Ehemann angerichtet hatte! Mir danken, weil er eine gerechte, wenn auch ausgefallene Strafe bekam? Mich aus der Familie verstoßen? Oder mich in die Geschlossene einweisen lassen?

Alles war möglich.

Müde hockte ich mich auf die unterste Treppenstufe. Ob ich mal versuchte, Papa auf dem Handy anzurufen? Vielleicht war er nach dem Eis mit seiner schönen Fremden noch ins Büro gefahren, und mit etwas Glück erwischte ich ihn in einem ruhigen Moment. Die Pflicht hatte nach der kurzen Pause bestimmt besonders laut gerufen. Ich hoffte, er steckte nicht mitten in einem wichtigen Kundengespräch.

Etwas anderes, eine ziemlich weite Reise zum Beispiel, durfte einfach nicht passiert sein.

Mailbox.

Komisch.

Papa hat sein Handy immer an. Er meint, er müsse für seine Kunden stets erreichbar sein. Ähnlich wie ein Arzt. Die rufen ihn dann auch gern mal mitten in der Nacht an und erzählen ihm, in ihrer Wohnung sei eingebrochen worden, oder sie fragen, wie hoch der Rückkaufswert für ihre Lebensversicherung ist. Um drei Uhr nachts! Und, ja, sie müssten es unbedingt jetzt wissen, weil sie sich scheiden lassen wollten.

Na ja.

Meiner Meinung nach soll man seinen Beruf ernst nehmen, aber man darf es auch nicht übertreiben. Mama hat Papa wegen der nächtlichen Ruhestörungen schon vor Jahren ins Gästezimmer verbannt. Nur einmal die Woche darf er noch zu ihr. Samstagabends um zehn.

Ich versuchte es gleich noch einmal.

Mailbox.

Also wählte ich die Büronummer. Es klingelte und klingelte und klingelte. Seinen Anrufbeantworter hat Papa schon vor Jahren abgeschafft. Wer was von ihm will, erreicht ihn eben auf dem Handy.

Oder eben nicht.

Verdammt!

Vor meinem inneren Auge entstand ein Bild von Papa, der sich spärlich bekleidet durch einen dichten Dschungel kämpfte und dabei ständig nieste, weil ihm der Pfeffer in die Nase stieg. Mir wurde ganz schwummerig bei dem Anblick.

Mit einer kleinen Melodie kündigte mir mein Smartphone den Eingang einer SMS an.

Von Papa? Bitte, bitte!

Nein, von Martin. Wenigstens eine Ablenkung von den wilden Bildern in meinem Kopf.

»Liebe Svea.«

Schon wieder! Der blieb konsequent herzlich. Obwohl ich vorhin nicht besonders nett gewesen war und obwohl er sich auf Augenhöhe mit meinem breitesten Körperteil befunden hatte.

»Schade, dass du wegmusstest«, las ich weiter. »Lass uns bald in Ruhe sprechen. Vielleicht morgen? Ich freue mich! Und übrigens: Der Albino hat mir Hausverbot erteilt. Den werde ich verklagen!«

Na, na. Auf welcher Grundlage denn? Damit kommst du nicht durch, Martin. Ich dachte gründlich über die passende Antwort nach. Sie musste freundlich sein, aber nicht zu überschwänglich. Zärtlich, aber nicht anbiedernd. Gleichzeitig interessiert und nicht neugierig. Hm, mir fiel nichts ein. Also schickte ich ihm einen lachenden Smiley. Konnte er auslegen, wie er wollte.

Ich rief im Antiquariat an. Eine Mobilfunknummer von Alexander hatte ich nicht. Er meldete sich nach dem fünften Klingeln.

»Antiquariat König, guten Tag. Womit kann ich Ihnen dienen?«

»Ich bin es.«

»Wer, bitte?«

»Svea Amore.«

»Oh, gut, dass Sie anrufen. Ich habe wunderbare Neuigkeiten.«

Wollte ich die jetzt wissen?

Nö. Mein Gehirn war bereits überstrapaziert. Im Hintergrund knisterte etwas.

»Also«, fuhr er fort, »mein Onkel hat noch einmal alles genau durchgerechnet. Wir werden Ihnen den kompletten Schaden ersetzen können. Was die Versicherung nicht abdeckt, wird Onkel Oskar übernehmen. Ist das nicht wunderbar?«

Hm, ja. Das ist wirklich die gute Nachricht des Tages. Aber was knistert denn da?

»Einen Moment, bitte!«, rief er plötzlich. Es erklang ein dumpfes Geräusch, als er offenbar den Hörer irgendwohin fallen ließ. Dann hörte ich etwas, das wie ein Wasserschwall klang.

Alexander kehrte ans Telefon zurück.

»Haben Sie das Antiquariat jetzt auch unter Wasser gesetzt?«

»Ähm – nein. Ich habe nur das Buch der Wünsche in einem Blecheimer verbrannt und nun gelöscht. Das Feuer soll ja nicht um sich greifen.«

»Sie haben *was*?«, schrie ich. »Sind Sie noch ganz bei Trost?«

»Es bringt nur Unglück«, sagte Alexander mit erstaunlich fester Stimme. »Wir beide haben uns vorhin deshalb schon gestritten. Ich hielt es für das Klügste, den Anlass unserer Disharmonie zu zerstören.«

Mag ja sein, aber du hast keine Ahnung, was der Schmöker schon angerichtet hat. Mir fiel ein, dass ausgerechnet Alexander noch nichts von meiner neuen Fähigkeit wusste. Zwar hatte er rein theoretisch von der Möglichkeit gesprochen, sein Vorfahr habe eine Zauberformel für die Wunscherfüllung entdeckt, aber einen aktuellen Beweis hatte er nicht. Vielleicht besser, es blieb dabei. Sonst wollte er mich am Ende auch noch verbrennen.

Ich rubbelte mir heftig über die Stirn. Was bedeutete die Vernichtung des Buches jetzt für mich? Hm, ganz einfach: Niemand außer mir würde sich jemals seine Wünsche erfüllen können, denn ich war der einzige Mensch, der die Formel kannte. Gut, ich könnte sie jemandem verraten, aber ein sicheres Gefühl sagte mir, es funktionierte nur, wenn jemand das alte Buch mit eigenen Händen angefasst und den kurzen Text mit eigenen Augen gelesen hatte. Keine Ahnung, woher das kam, es war aber überzeugend.

Dann fiel mir etwas anderes ein: Möglicherweise war es mit der Wünscherei ohnehin auch für mich vorbei. Ein zerstörtes Buch verlor bestimmt seine Kraft.

Oder so.

Gleich mal ausprobieren und dabei das Smartphone auf meinen Oberschenkel pressen, damit Alexander mich nicht hörte.

»Ich liebe das Leben«, erklärte ich dreimal laut, wischte den Nebel zur Seite und wünschte mir das Erste, was mir einfiel. Einen mich liebenden Alexander König.

Hä? Was? Ich wollte an Martin Fischer denken. Ehrlich. An meinen tollen Exfreund, dessen Fotos immer noch bei mir auf dem Sideboard und auf dem Nachttisch standen. An den Mann, der wieder so nett geworden war und mich zurückerobern wollte.

Mehr oder weniger.

Auf jeden Fall meinte ich nicht den durchsichtigen Trödler.

»Svea«, drang eine auffällig sonore Stimme an mein Ohr. »Ich muss Sie sprechen. Jetzt gleich.«

»Warum?«

»Das, mein Herz, kann ich nur von Angesicht zu Angesicht sagen.«

Mein Herz? Das hatte er nicht gesagt! Ausgeschlossen! Never!

Hatte ich mir in meiner Panik bloß eingebildet.

»Wo bist du?«

»Wieso duzen Sie mich?«

»Oh, ich … weiß nicht. Mein Herz spricht zu dir.«

Schon wieder das Herz.

Hilfe!

»Bitte, wo bist du?«

»Ich bin da, wo der Pfeffer wächst«, erklärte ich genervt. Sollte er sich doch überlegen, wo das war. Dann unterbrach ich die Verbindung.

Ich brauchte eine Pause. Dringend.

Rasch lief ich hoch in mein Zimmer. Es war zwar erst später Nachmittag, aber mich überfiel eine endlose Müdigkeit, kaum dass ich mich aufs Bett gelegt hatte.

Ein letzter tröstlicher Gedanke kam mir noch, bevor ich in tiefen Schlaf fiel: Es war nicht unbedingt eine Überraschung, dass Alexander eine Schwäche für mich hatte. Der Verdacht war mir schon vor Monaten gekommen. Das hatte jetzt nichts mit der Wünscherei zu tun.

Ein paar Mal fuhr ich in der Nacht hoch. Mir war, als hörte ich draußen jemanden leise rufen. Aber dann beschloss ich, dass es nur ein Traum war.

## 11. Komm zurück, Papa!

Es war schon Mittag, als ich wieder zu mir kam. Offenbar war meine Nacht unruhiger gewesen, als ich gedacht hatte. Schlecht gelaunt zog ich mich an. Leider hatte Alexander keine normalen Klamotten aus meiner Wohnung gerettet. Aber im Schrank fanden sich noch Jeans, die nur ein klein wenig zu eng saßen, und ein paar T-Shirts. Dann lief ich nach unten. Das Haus wirkte wie ausgestorben, nur in der Küche traf ich auf Oma Lina, die mit flinken Fingern Tortellini rollte. Auf dem Herd blubberte eine würzige Brühe.

Sonst war niemand da. Ich bekam Hunger, wenn auch nicht unbedingt auf Suppe mit Einlage. Dann erinnerte ich mich an das, was ich möglicherweise angerichtet hatte, und schluckte trocken.

»Wo sind die anderen?«, fragte ich und meinte in Wahrheit nur: Ist Papa da? Bitte sag mir, dass er die Nacht hier verbracht hat und heute früh wie gewohnt zur Arbeit gefahren ist.

Lina sah auf. Sie konnte Tortellini auch blind herstellen. »Seit ich wieder hier bin, hab ich nur kurz Rieke gesehen. Sie wollte in die Stadt. Sah gar nicht gut aus, die Deern. So, als hätte sie kaum geschlafen.«

Sorry, Mama. Du suchst deinen Mann, und ich würde dir gern helfen. Aber ich traue mich nicht.

»Ach, und deine Kollegin hat angerufen. Sie lässt fragen, ob du morgen wieder zur Arbeit kommst oder ob du länger krank bist.«

Verflixt!

In all dem Chaos sollte ich nicht vergessen, dass ich einen Job hatte. Rasch schickte ich Maike eine Nachricht. »Bin in spätestens einer Stunde in der Kanzlei.« Bei der Gelegenheit stellte ich fest, dass ich an diesem Vormittag fünfzehn Anrufe erhalten hatte. Alle kamen vom Antiquariat König.

O! Mein! Gott!

Alexander im Liebestaumel, keine Frage. Sein Herz hatte dem meinen offenbar einiges zu sagen.

Wollte ich das hören? Nö.

Ich beschloss, nicht darauf zu reagieren, und stellte mein Smartphone auf stumm.

Anschließend warf ich meiner Oma einen strengen Blick zu. »Wieso hat mich niemand geweckt?«

Lina nahm einen Klecks Fleischfarce, platzierte sie auf ein rechteckiges Stückchen Nudelteig, rollte es geschickt auf und knickte die Enden um. »Woher soll ich das wissen? Vielleicht haben sie vergessen, dass du hier bist.«

Alles klar. Danke. Ich war also für meine Familie nicht existent.

»Deine Kollegin hat mir verraten, sie schafft es nicht allein mit dem Tippen und Kaffee kochen.«

*Das* hatte Maike bestimmt nicht gesagt. Ich knirschte mit den Zähnen und schluckte eine heftige Erwiderung hinunter. Sonst fing Oma nur wieder mit Klapsen auf meinen Po an.

Ich stutzte. Klapse auf den Po? Erst Montagfrüh hatte

sie mich davor gewarnt. Als ich an der Bushaltestelle gestanden hatte und in eine ganz normale Woche gestartet war. Unglaublich, was seitdem in meinem Leben alles passiert war. In zweieinhalb Tagen. Mehr als sonst in dreißig Jahren.

Na ja, fast.

Wahrscheinlich musste ich erst mal richtig wach werden, bevor ich mich mit den Rätseln meines Daseins befassen konnte.

»Ist noch Kaffee da?«

»Um die Uhrzeit?«

Dann eben nicht. Musste ich halt unterwegs richtig frühstücken. Ich nahm eine Tüte Orangensaft aus dem Kühlschrank, goss mir ein Glas ein und trank in kleinen Schlucken.

»Deine Brüder werden immer seltsamer«, sagte Lina unvermittelt.

»Inwiefern?«

»Sie behaupten steif und fest, sie hätten letzte Nacht Wölfe heulen hören. Hat Rieke mir erzählt.«

»Wölfe!«, stieß ich aus. »In unserem Birkenwäldchen. Das ist doch ein Witz.«

Lina rollte und faltete die letzten Tortellini, ging dann zum Herd und fischte ein großes Stück Rindfleisch und ein halbes Suppenhuhn aus der Brühe. Ohne sich umzudrehen, fügte sie hinzu: »Vielleicht hast du recht, Svea. Vielleicht müssen die Jungen mal untersucht werden.«

Ich hüstelte eine Runde. Einerseits freute ich mich, dass endlich mal jemand meine Meinung teilte, andererseits fand ich diese Geschichte mit den Wölfen merkwürdig. Nach Wahnsinn klang das nicht. Eher nach schlechten Ohren oder Albträumen.

»Rieke hat auch gesagt, sie hätten sich nur verhört«, fuhr Lina fort, als ich meine Gedanken laut ausgesprochen hatte. Sie wandte sich wieder zu mir um und wischte sich die Hände an Küchenkrepp ab. »Ihrer Meinung nach war das ein liebeskranker Kater. Aber ich mache mir nun doch Sorgen.«

Tja, und ich erstarrte.

Ein liebeskranker Kater?

Oder ein liebeskranker Mann?

Etwa ein liebeskranker Alexander König?

Nee, ne? Konnte das möglich sein? Hatte er wirklich die Nacht lautstark vor dem Haus verbracht? Ach was, versuchte ich mich zu beruhigen. So etwas tun normale Männer nicht.

Gut, die Betonung lag dabei auf *normale*, aber ich klammerte mich trotzdem an die Vorstellung eines Mannes namens Alexander, der seine fünf Sinne beisammenhielt, selbst wenn er von einer gewissen Svea verhext worden war. Und die Anrufe auf dem Smartphone – ach, die konnten ganz praktische Gründe haben. Vielleicht hatte er schon Handwerker gefunden.

Ja klar, und das musste er mir fünfzehn Mal mitteilen.

Oma merkte zum Glück nichts von meinen panischen Überlegungen, die in meinem armen Kopf hin und her sprangen wie Popcorn in der Mikrowelle.

»Ich denke«, fuhr sie nachdenklich fort, »ich sollte in Zukunft mehr zu Hause bleiben und mich um die Jungen kümmern.«

Interessant. Es gibt hier Familienmitglieder, die glauben, dass *du* mehr Betreuung brauchst. Ich sprach es nicht aus, sondern fragte: »Und der liebe Norbert? Wird er dich nicht vermissen?«

Lina winkte ab. »Unsinn. Das war doch bloß ein Uannaständchen.«

Es dauerte ein Weilchen, bis ich auf One-Night-Stand kam.

In Englisch eine Sechs, Oma, aber in Sexualkunde eine Eins.

Um nicht laut herauszulachen, biss ich mir kräftig auf die Innenseite meiner Wange.

»Der beste Liebhaber ist er sowieso nicht«, fuhr Lina fort. »Ein bisschen schlapp für sein jugendliches Alter.«

Jugendlich, ein Mann über sechzig. Na ja, eine klare Frage der Perspektive. Ich hob die Hand, während sich in meinem Mund ein metallischer Geschmack ausbreitete.

»Das genügt!«

»Schon nach fünf Minuten fertig.«

»Gnade, Oma!«

»Was hast du denn?«

»Ich … äh … nichts.«

Sie lächelte leise. »Ich denke, ich werde ihn vergessen.«

Prima. Meine Oma, die Erfinderin des bedarfsgerechten Alzheimers.

Ich schaute ihr zu, wie sie die fertigen Tortellini jetzt mit Mehl bestäubte, in eine flache Schale schichtete und dann das Ganze in den Kühlschrank stellte. Pünktlich um eins würde Lina sie dann für wenige Minuten in die heiße Brühe geben. War echt schwierig, die kochende Oma mit der wilden Sexbombe in Einklang zu bringen. Möglicherweise litt sie ja in Wahrheit unter einer gespaltenen Persönlichkeit.

Ich dachte über eine sinnvolle Antwort nach, mir fiel keine ein. Am einfachsten wäre ein zwinkernder Smiley auf der bemehlten Arbeitsfläche gewesen, aber dann hätte Lina sich vermutlich auch um mich gesorgt. Mit moderner nonverbaler Kommunikation kannte sie sich nicht so aus.

»Ich muss zur Arbeit«, sagte ich daher nur. »Beim Mittagessen werde ich leider fehlen.«

»Gut«, meinte sie lässig. »Die Tortellini reichen sowieso nicht für alle.«

Danke! Mich beschlichen Zweifel, ob ich zu Hause überhaupt willkommen war. Einiges sprach dagegen. Kurz plagten mich Rachegelüste. Ich hätte ihr jetzt eröffnen können, dass ihr geliebter Sohn mit hoher Wahrscheinlichkeit auch nicht mit ihr essen würde. Bevor ich mich dazu hinreißen lassen konnte, verschwand ich schnell aus der Küche.

Auf der Fahrt in die Kanzlei grübelte ich darüber nach, was ich Maike über die jüngsten Ereignisse erzählen konnte.

*Nichts!*, riefen meine Urgroßeltern in meinem Innern im Chor. Ausnahmsweise sah ich das ganz genauso. Wenn ich erzählte, was mir widerfahren war, würde sich jeder normale Mensch bloß gegen die Stirn tippen.

Zum Glück war Maike nicht sonderlich neugierig, als ich das Büro betrat, sondern fragte nur kurz nach dem Wasserschaden, bevor sie sich wieder ihrem Monitor zuwandte. Ich begriff schnell, dass wir bis zum Hals in Arbeit steckten.

Wunderbar! Für den Rest des Tages konnte ich mal meine ganzen Probleme vergessen. Martin hatte einen Gerichtstermin nach dem anderen, ich bekam ihn gar nicht zu Gesicht.

Darüber war ich gleichzeitig erleichtert und enttäuscht.

Von Alexander König hörte ich nichts. Darüber war ich definitiv nur erleichtert. Entweder hatte er am Morgen sein Telefon kaputtgewählt, oder er traute sich nicht, in der Kanzlei anzurufen, wenn es keine neuen Katastrophen oder Erfolge in Hinblick auf meine Wohnung zu vermelden gab. Und mein Smartphone blieb schön stumm in meiner Handtasche.

Wenn ich überhaupt eine Minute für einen privaten Gedanken fand, so grübelte ich über Papa nach. Auch an diesem Tag erreichte ich ihn nicht. Leider gab es keine Sekretärin, die mich hätte beruhigen können. Herr Amore sei kurzfristig zu einer Geschäftsreise aufgebrochen, hätte sie zum Beispiel sagen können. Irgendwohin, wo es keinen Handyempfang gab. Da reichte ja schon eine kleine Hallig in der Nordsee. Musste nicht gleich das Ende der Welt sein.

»Feierabend!«, sagte Maike irgendwann. »Ich gehe dann mal.«

»Jetzt schon?« Ich hatte mich gerade wieder von Papa ablenken können, indem ich eine Akte studierte. Doktor Sonders sollte in der kommenden Woche einen Geschäftsmann vertreten, der von seiner Tochter verklagt wurde. Der Mann weigerte sich, für ihr Studium der Tiermedizin zu zahlen.

Mistkerl!, dachte ich. Bis ich las, dass besagte Tochter bereits über vierzig war und sich seit zwanzig Jahren nicht mehr bei ihrem Vater gemeldet hatte. Erst als sie beschloss, noch einmal an der Uni studieren zu wollen, suchte sie seine Nähe – und sein Bankkonto.

Fand ich traurig, aber auch spannend, die Geschichte, und sie lenkte mich für mindestens eine halbe Stunde von meinem privaten Stress ab.

»Es ist schon nach sechs«, gab Maike zurück. »Und ich habe heute Abend noch ein Blind Date. Wünsch mir Glück.«

Ich könnte dir noch viel mehr wünschen, liebe Freundin, zum Beispiel den perfekten Mann. Aber ich werde mich hüten. Mit dem Thema bin ich durch.

Dachte ich wirklich.

So beschränkte ich mich darauf, beide Daumen hochzuhalten, und verließ kurz nach ihr ebenfalls die Kanzlei.

Zu Hause traf ich Mama in der Diele an. Sie sah aus, als sei sie von einem Gewaltmarsch zurückgekommen. Ihre Schuhe waren verschlammt, ein Ärmel ihrer Bluse war eingerissen. In ihren Haaren entdeckte ich ein paar Blätter, auf der Nase saß ein großer Schmutzfleck.

»Bist du im Wald gewesen?«, fragte ich verblüfft. Etwa Wölfe jagen? Letzteres sprach ich lieber nicht laut aus.

»Deinen Vater suchen.«

Ach so.

Ich wünschte, ich könnte so ahnungslos wie sie sein. Einfach denken: Ach, Klaas hat sich nur im Wald verlaufen, oder er ist bei einem schwierigen Klienten aufgehalten worden, musste wunderbar sein. Wenn auch total unlogisch, sofern dieser Klient kein irrer Entführer war, der Papa seit vierundzwanzig Stunden in seiner Gewalt hielt, bis er einen Bonus auf seine Versicherung bekam.

Selbst der andere Verdacht, Klaas hätte in den Armen seiner Geliebten bloß die Zeit vergessen, erschien mir angenehmer als mein eigener.

»Irgendwo muss er ja sein«, setzte Mama hinzu.

Stimmt, und möglicherweise ist er wirklich in der Botanik. Aber nicht in einem norddeutschen Birkenwäldchen, sondern ganz woanders, wo es um einiges wärmer ist.

»Wo ist Oma?«, fragte ich, um von irgendwas anderem zu reden.

»In ihrem Zimmer. Sie meinte, sie hätte Schlaf nachzuholen. Wegen irgendeines Ständchens.«

Bevor ich etwas erwidern konnte, schrillte neben mir unser Telefon. So modern sie auch in ihrer Lebensführung ist, so altmodisch bleibt Oma Lina in technischen Belangen. Handys hält sie für wahres Teufelswerk, und sie verweigert sich strikt dem mobilen Zeitalter. In ein Haus gehört ein richtiges Telefon, erklärt sie bei jeder Gelegenheit ihrem Sohn, der den Festnetzvertrag viel lieber kündigen würde. Es gibt sogar einen zweiten Anschluss im ersten Stock, und als ich jetzt abnahm, hörte ich ein verräterisches Knacken.

Meine Brüder, wer sonst! Die dachten sich wohl, gute Paparazzi bräuchten auch Informationen aus erster Hand.

Ich tat, als hätte ich nichts bemerkt. Der Anruf konnte sowieso nur für Lina sein, alle anderen Familienmitglieder telefonierten mobil. Entweder war es einer ihrer flotten Verehrer, oder sie wurde zu einer Busfahrt in die blühende Lüneburger Heide eingeladen, mit Kaffee und Kuchen frei und einer ganz kurzen, maximal fünf Stunden dauernden Informationsveranstaltung über Heizdecken. Das waren die Leute, die Lina in ihren Dateien nur mit ihrem Alter gespeichert hatten, aber null Ahnung von ihr hatten. Ein einziges Mal war meine Oma zu so einer Fahrt aufgebrochen. Es endete damit, dass sie sich erst mit den Mitreisenden verbündete und die damals angebotenen Schnellkochtöpfe aus dem Fenster des Veranstaltungsraumes warf und sich anschließend mit ihrem Sitznachbarn ein Taxi teilte und in Lüneburg einen draufmachte. Der Sitznachbar hieß Helmut, war so um die siebzig und hielt sich rekordverdächtige sechs Wochen in Linas Leben.

Ich war also auf einiges gefasst, aber nicht auf Papas Stimme.

»Svea!«, rief er wie aus weiter Ferne, während eine Menge Geräusche die Verbindung störten. Es schrie und krachte nur so.

Was?

»Papa, wieso rufst du auf dem Festnetz an?« Was Klügeres fiel mir gerade nicht ein.

»Klaas!« Mama sprang vor und riss mir den Hörer aus der Hand. Ich machte vor Schreck einen gewaltigen Satz zur Seite.

»Klaas!«, schrie sie. »Komm du mir nach Hause! Du kannst was erleben. Du … Hä?«

Sie machte auf einmal ein äußerst verwirrtes Gesicht und wurde ziemlich blass um die Nase.

»Er sagt, er würde ja gern heimkommen, aber er ist ziemlich weit weg«, informierte sie mich. »Und da funktioniert sein Handy nicht.«

Mir wurde auf einmal schwindelig. Ich krallte meine Finger in Papas Jackett an der Garderobe. Prompt stieg mir sein unaufdringlicher Duft in die Nase.

Herr im Himmel! Was hatte ich getan? Ich schloss die Augen und versuchte, mich zu konzentrieren. Wo auf der Welt wuchs der Pfeffer? Lateinamerika? Indien? Madagaskar?

»Wo … wo ist er denn?«, fragte ich ängstlich und blinzelte durch die halb geschlossenen Lider.

»Verstehe ich nicht«, sagte Mama hilflos. »Die Verbindung ist so schlecht. Es klingt nach Tiramisú, aber viel länger.«

Ich riss die Augen auf, zwang mich, einen Schritt auf sie zuzugehen, wich wieder zurück, streckte meine Hände wie von selbst nach dem Hörer aus. Musste seltsam aussehen, wie mein Körper so hin und her wankte.

Endlich packte Mama mich am Arm, zog mich heran und hielt den Hörer so, dass ich mitlauschen konnte. Von Papa war gerade nichts zu hören, dafür riefen meine Brüder im Chor: »Tirruvannapputtaaaarammel.«

Oder so ähnlich.

»Haltet die Klappe!«, brüllte ich. »Euer Vater ist verschollen, und ihr macht nur Blödsinn.«

Mama neben mir wurde kreidebleich. Ich hielt sie vorsorglich fest. »So meine ich das nicht. Aber wir müssen vernünftig bleiben und herausfinden, wo Papa ist und was überhaupt passiert ist.«

Uroma Else meldete sich in meinem Kopf zu Wort. *Du weißt es! Du weißt es!*

Im nächsten Moment kamen die beiden Derwische die Treppe heruntergestürzt. Sie trugen ein großes Blatt Papier wie einen Schild vor sich her und vibrierten geradezu vor Aufregung.

»Hab's schnell gegoogelt«, erklärte Nils, und Sönke

setzte hinzu: »Hier, lest doch selbst. Papa ist in Thiruvananthapuram.«

Mama seufzte. Endlich hatte sie die Bestätigung, dass sich der Wahnsinn in der Familie Amore fortsetzte. Ausgerechnet in ihren Söhnen.

Wenn die wüsste!

»Und wo genau liegt das?«, erkundigte ich mich schwach.

Nils wirkte auch ziemlich verdattert. »An der Malabarküste«, murmelte er.

Sönkes Gesicht war ein einziges Fragezeichen. »Am Ars… ähm… am Ende der Welt. An der Südspitze von Indien nämlich. Die Gegend ist bekannt für den Pfefferanbau. Was will Papa denn da?«

»Vielleicht ein paar heilige Kühe erschießen«, mutmaßte Nils, der sich als Erster wieder fing. Fünfzehnjährige lassen sich nicht lange von den Mysterien des Lebens erschrecken.

Sönke grinste. Ich konzentrierte mich auf Papa und brachte alle mir zur Verfügung stehende Vernunft ins Spiel. War nicht viel.

»Wie bist du dahin gekommen?«

»In die Stadt? Erst auf einem Eselskarren und dann in einem Tuk Tuk.«

»Hä?«

Papa in der Ferne räusperte sich. Vielleicht waren da auch ein paar Geheimdienste in der Leitung, oder irgendwo über Indien tobte ein Sturm.

»Ich war auf dem Land. Da wuchsen Kletterpflanzen an Bäumen hoch, so etwas hab ich noch nie gesehen.«

»Muss 'ne Pfefferplantage gewesen sein«, erklärte Nils

mit Blick auf sein Smartphone. »Und ein Tuk Tuk ist eine Motorradrikscha.«

»Ich will endlich wissen«, mischte sich Mama mit hysterischer Stimme ein, »was zum Kuckuck du in Indien machst.«

»Ich auch«, kam es aus dem Hörer. »Gestern war ich noch friedlich im Büro, und plötzlich bin ich in diesem Dschungel aufgewacht.«

»Ist jemand bei dir?«

»Nein. Welcher Idiot würde denn auf so eine Reise mitkommen?«

Mama hatte da so ihren Verdacht, ganz klar. Ein kurzer romantischer Trip mit seiner Geliebten. Einzig der Zielort machte ihr zu schaffen, deswegen sagte sie nichts.

Ich dachte währenddessen: Pfeffer, Pfeffer, Pfeffer. O Gott, o Gott, o Gott.

Ging eine Weile so weiter, bis ich mich heftig zusammenriss.

»Hast du deine Kreditkarte dabei?«, fragte ich mit professioneller Stimme.

»Ja«, kam es aus weiter Ferne.

»Nils«, sagte ich. »Schau mal nach, ob es da einen Flughafen gibt.«

Mein Bruder wischte auf seinem Smartphone herum und nickte dann eifrig.

»In Ordnung. Also, hör mir gut zu, Papa. Du rufst dir jetzt ein Taxi und fährst zum Flughafen. Dann kommst du mit dem ersten Flieger nach Deutschland zurück. Du wirst in Frankfurt landen, und dort nimmst du den Zug.«

Bevor er antworten konnte, war die Verbindung unterbrochen.

Ich legte auf, schaute erst Mama und dann meine Brüder an. Niemand sprach.

Ganz kurz überlegte ich dabei, ob ich Papa nicht zurückwünschen sollte. Ging ja am schnellsten. Aber schon in der nächsten Sekunde schwor ich mir, überhaupt nie mehr einen Wunsch auszusprechen.

Wer wusste schon, wohin ich Papa diesmal schicken würde, und wer wusste schon, was ich noch alles anrichten würde.

Hätte ich mich mal bloß dran gehalten.

## 12. Mama fährt Fahrrad

Wir standen immer noch in der Diele rum, und jeder versuchte, die unglaublichen Neuigkeiten irgendwie einzuordnen. Ich hatte die beste Erklärung dafür, aber ich hätte sonst was dafür gegeben, ebenso ahnungslos wie die anderen zu sein.

»Was ich bloß nicht verstehe…«, sagte Mama nach langer Denkpause. »Wie ist er so schnell dahin gekommen? Gestern war er doch noch in der Innenstadt. Mit dieser… dieser…« Sie brach ab.

Nils gab schon wieder mit seinem Wissen an. »Das geht aber. Ein Flug ab Frankfurt dauert mit Zwischenstopp in Abu Dhabi knapp dreizehn Stunden. Selbst wenn er mit dem Bummelzug nach Frankfurt gefahren ist, hat er das locker geschafft.«

Mama wirkte wenig überzeugt. Konnte ich ihr nicht verdenken.

»Oder du hast dich vertan«, sagte ich schnell, »und der Mann vor dem Eiscafé Trentino war nicht Papa.«

Mist!

Ich sah, wie meine Brüder mal ganz angestrengt die Ohren spitzten. Dabei warfen sie sich schnelle Blicke zu. Mir kam der Gedanke, dass ihr neuer Berufswunsch vielleicht gar nicht so verkehrt für sie war. Feine Antennen für einen

Skandal besaßen sie jedenfalls. Schon als Mama eben ihren Satz abgebrochen hatte, waren sie hellhörig geworden.

Es wurde allerhöchste Zeit, die beiden scharf auszubremsen.

»Mama und ich machen einen Spaziergang«, erklärte ich. »Und ihr beide bleibt zu Hause.«

»Sie sieht aber aus, als hätte sie schon einen Waldlauf hinter sich«, wunderte sich Nils.

Sönke nickte. »So viel Bewegung ist gar nicht gesund. Schon gar nicht in ihrem Alter.«

Mama stieß eine Art Schnauben aus, war aber zu sehr mit ihrem abhandengekommenen Mann beschäftigt, um die Zwillinge zurechtzuweisen.

»Ab mit euch!«, befahl ich. »Und wehe, ihr lauft uns hinterher.«

»Das tun sie nicht mehr, seit sie vier waren«, murmelte Mama benommen.

Ich nahm sie am Arm und führte sie aus dem Haus. Zeit für ein Gespräch unter Frauen. Irgendwie musste ich sie davon überzeugen, dass Papa sich aus gutem Grund in dieser Tiramisú-Stadt aufhielt. Ich grübelte intensiv, mir fiel bloß kein guter Grund ein. Also blieb nur die Wahrheit übrig.

Keine gute Idee.

Ganz und gar nicht.

Eine halbe Stunde später ließ Rieke Amore sich seufzend auf eine Parkbank sinken und blickte zu Boden. Ich setzte mich zu ihr, hielt aber einen gewissen Abstand. Vielleicht fürchtete sie sich ja vor mir. Hätte ich ihr nicht verdenken können. Hinter uns erhob sich St. Johannis, linker Hand lag der Friedhof.

Ganz leicht plagte mich ein schlechtes Gewissen Alexander gegenüber. Ich hatte geschworen, nichts von Zacharias und seinem Buch zu verraten. Aber gut, ich hatte mich auch mit gekreuzten Fingern heimlich abgesichert. Manchen Schwur muss man einfach brechen, wenn die Umstände es erfordern. Und ein nach Indien verfrachteter Vater war definitiv ein solcher Umstand.

Es dauerte lange, bis Mama überhaupt Worte fand. Ein paar Mal öffnete sie den Mund und schloss ihn wieder, ohne mehr als einen weiteren Seufzer von sich gegeben zu haben. Sie sah hoch, aber nicht zu mir, senkte erneut den Blick, rieb sich über das Gesicht, schwieg.

Ich versuchte mir vorzustellen, was in ihr vorging. Zwecklos. Ich wusste ja kaum, was in mir selbst vorging. Es war aber sehr wahrscheinlich, dass ihre Gedanken sich auf Arnaldo Amore hin ausrichteten.

»Ich habe es gewusst«, flüsterte sie endlich. »Irgendwann schlägt es durch. Aber nicht bei meinen Söhnen, wie ich vorhin gedacht habe.«

Ich seufzte jetzt auch. Dabei hatte ich mir solche Mühe gegeben, ihr auf logische und nüchterne Weise zu erklären, was vorgefallen war. Ich hatte sogar Begriffe wie »physikalisches Phänomen« und »wissenschaftliches Forschungsgebiet« benutzt, um es ihr ein wenig leichter zu machen.

Na ja. Hatte nicht viel gebracht. Ob ich es mal mit »göttlicher Fügung« probierte?

Ach, nee. An Wunder glaubte ja nicht mal Oma Lina, und die hatte wenigstens einen römisch-katholischen Vater gehabt.

»Der Wahnsinn hat zwei Generationen übersprungen«, sagte Mama. Ihr Blick flog zum Friedhof. Aber dort lag nur Else, die einstmals mit ihrem Mann ganz in der Nähe gewohnt hatte. Das alte Haus war dann für das neue Wohnviertel abgerissen worden. Arnaldo hingegen war in der Nordsee verschollen.

Als meine Brüder so mit elf, zwölf seine Geschichte hörten, erzählten sie beim Abendessen, den Uropa hätten die Fische gefressen. Sie fingen sich mehrere Kopfnüsse von ihren Eltern und ihrer Oma ein, aber ich gab ihnen insgeheim recht.

»Ich bin nicht wahnsinnig«, sagte ich jetzt mit fester Stimme. »Alles ist genau so passiert, wie ich es dir geschildert habe. Erst das Buch, dann die Shampooflasche und schließlich Papa. Ach ja, und Alexander ist jetzt aus Versehen in mich verliebt.«

Letzteres hätte ich lieber verschweigen sollen. Das war zu viel für Mama. Sie vergaß, dass sie ihre einzige Tochter über alles liebte.

»Der arme Mann.«

Jep! Danke.

Plötzlich sprang sie auf. »Ich kann dir kein Wort glauben, Svea!« Sie starrte in die Ferne, dann fixierte sie den hohen, spitzen Glockenturm, als erwarte sie von dort himmlische Hilfe.

Ja, Mama, und ich verstehe dich vollkommen. Ich glaube mir ja selbst nicht. Es ist verrückt, übernatürlich, unmöglich. Aber es ist, wie es ist.

Verdammt! Irgendwie musste ich sie doch überzeugen können. Ich zerbrach mir den Kopf über ein schlüssiges Argument. Dann kam mir eine Idee, und ich schöpfte neuen Mut.

»Die Wölfe«, sagte ich. »Hast du sie letzte Nacht nicht heulen hören?«

Endlich schaute Mama mich an. Ihre hellen Augen trugen Anzeichen einer Panik. »Das waren doch keine Wölfe. Das war ein liebestoller Kater. Wahrscheinlich der von den Schneiders zwei Häuser weiter.« Sie nickte dazu, wie um sich selbst zu überzeugen. »Oder es war Schneiders Schäferhund, der macht auch mal Krach.« Meine Eltern mochten die Familie nicht besonders, die hielt sich nämlich für was Besseres, behaupteten sie. So schoben sie diesen Nachbarn gern die Schuld für alles Mögliche in die Schuhe. Ich hielt es für ein gutes Zeichen, dass Mama auch jetzt an dem Nachbarschaftszwist festhielt. Also konnte der Schock nicht so groß sein. Dennoch musste ich festbleiben.

»Nein, ich fürchte, es war Alexander.«

»Großer Gott! Jetzt hör aber auf! Willst du behaupten, der arme Mann musste den Mond anheulen, weil du ihn mit einem Liebesfluch belegt hast?«

Schon wieder der arme Mann. Wem tat *ich* eigentlich mal leid? Einfach war das alles für mich nämlich nicht. Und das Wort *Fluch* war einfach nur gemein!

Ich sprang auch hoch und war jetzt ziemlich wütend. Ich musste erst ein paar Mal tief durchatmen, bevor ich wieder einigermaßen normal sprechen konnte.

»Glaubst du mir, wenn er dir persönlich bestätigt, dass er die Nacht vor unserem Haus verbracht hat?«, fragte ich, obwohl ich selbst in dieser Sache nicht hundertprozentig sicher war. Irgendwie konnte ich mir kaum vorstellen, wie der unscheinbare Alexander König des Nachts unter meinem Fenster seine Auslegung einer Serenade zum Besten gab. Da verließ mich tatsächlich meine sonst so blühende Fantasie.

Mama schüttelte den Kopf, dann nickte sie. Dann schüttelte sie ihn wieder. Sah aus wie Headbanging. Nur mit friesischer Dauerwelle.

»Also gut«, entschied sie. »Wir fahren jetzt in die Altstadt, und ich rede mit ihm. Und dann zeigst du mir dieses verwunschene Buch.«

»Äh – zu Alexander können wir gern fahren.«

Wenn du mir versprichst, ihn mir vom Leib zu halten, setzte ich in Gedanken hinzu. »Aber das mit dem Buch … na ja, das wird nicht gehen.«

»Warum nicht?«

Ich erzählte ihr, was er getan hatte.

Mama hielt ihren Kopf diesmal still, aber zwischen ihren Schläfen schien es gewaltig zu arbeiten. Schließlich kam sie zu einem Ergebnis.

»Dann muss ich einen anderen Beweis von dir bekommen. Alexanders Liebe zu dir ist ja nichts Neues.«

Echt? Das war ihr auch schon mal aufgefallen? Und wem noch? Wusste eventuell die ganze Stadt von meinem heimlichen Verehrer?

Peinlich, peinlich.

»Okay«, sagte ich vorsichtig. »Ich kann es versuchen.«

Mamas Blick wurde jetzt ruhig und fest. »Du könntest deinen Vater wieder herbeiwünschen.«

»Vielleicht«, gab ich erschrocken zu. »Aber ich habe Angst, dass ich wieder etwas falsch mache, und dann landet er sonst wo.«

»Hm«, machte sie und dachte dann eine Weile angestrengt nach. Endlich kam sie zu einem Ergebnis.

»Wenn ich recht überlege, kann Klaas ruhig noch ein bisschen da bleiben, wo der Pfeffer wächst. Immerhin geht es bei dem ganzen Schlamassel ja auch darum, dass er mich mit einer Frau betrügt, die halb so alt ist wie ich. Ach, ich hasse Klischees.«

Ich auch, Mama, ich auch!

»Und ich brauche einfach etwas Zeit, um mit allem zurechtzukommen.«

Dito!

Ein Jahrhundert bitte!

»Nun, dann probiere es mit etwas Kleinerem.«

Schlagartig erwachte mein Misstrauen. Was jetzt wohl kam? Besser vorbeugen.

»Ein Shampoo«, bot ich an. »Das hat gestern schon gut geklappt.«

»Nein. Das könntest du ja aus deiner Handtasche zaubern. Aber vielleicht einen Gegenstand, bei dem du nichts falsch machen kannst. Warte mal ... ich hab's. Ein Damenfahrrad mit Gangschaltung.« Sie nannte mir die Marke. »Hellblau, bitte.«

Also wirklich, Mama, ich bin um einiges bescheidener gewesen. Und mir würden locker ein Dutzend andere Produkte einfallen, die billiger sind und in keine normale Handtasche passen. Ein Besen zum Beispiel. Oder ein Campingstuhl.

»Na gut«, sagte ich.

Mama schien kurz abgelenkt. Sie blickte über meine Schulter und riss die Augen auf.

»Beeil dich«, zischte sie mir zu. »Wir haben nicht mehr viel Zeit.«

»Wieso nicht?«

»Mach endlich!«

»Ich liebe das Leben!«, rief ich. »Ich liebe das Leben! Ich liebe das Leben!«

»Oh«, sagte hinter mir Oma Lina. »Was hat denn unsere Svea? Das Tortellini-Syndrom?«

»Das heißt Tourette«, antwortete ich automatisch, dann wirbelte ich herum. Da stand meine Oma. In einem burgunderroten Kleid mit gewagtem Schlitz an der Seite. Direkt neben ihr blitzte ein wunderschönes hellblaues Damenrad in der Abendsonne.

»Huch!«, rief Oma und wich zurück. »Wo kommt das denn her?«

»Äh«, machte ich, während ich noch mit den Nebelschwaden zu kämpfen hatte, die um meinen Kopf waberten.

»Oh«, sagte Mama.

»Könnt ihr nicht mehr reden?« Lina war in Gedanken noch bei einer Sprechstörung.

Ist im Moment schwierig. Ich bin überwältigt von meinen Fähigkeiten.

Mama ging vorsichtig auf das Rad zu, streckte die Hand aus, berührte andächtig den Lenker. Dann streichelte sie sanft über den Sattel.

»Es ist wunderschön. Davon träume ich seit Jahren. Ich hab's mir nie leisten können. Die Kinder gehen ja immer vor.«

Bitte, gern.

»Du machst mir Angst, Svea.«

Ach ja? Und warum glitzern deine Augen dann so abenteuerlustig? Du denkst gerade darüber nach, was du dir noch so wünschen könntest. Aber da rechne nicht mit mir.

Jetzt bin erst mal ich dran. Mir fielen spontan ein halbes Dutzend Dinge ein, von denen ich schon immer geträumt hatte. Ich musste mich nur mal an einen ruhigen Ort zurückziehen und daran arbeiten. Und außerdem: Woher sollte ich wissen, ob die Wünsche unbegrenzt waren? Vielleicht ließen meine so plötzlich erworbenen Fähigkeiten mit der Zeit auch nach. Möglicherweise war ich schon morgen wieder die gute alte langweilige Svea Amore.

Morgen?

Erschrocken sah ich an mir hinunter. Dann musste ich mich beeilen.

Mama schwang sich auf den Sattel. Ihr Gesichtsausdruck verriet mir, dass sie jeden Moment damit rechnete, das Rad könnte sich in Luft auflösen.

Tat es aber nicht. Es war stabil und nagelneu. Hatte sogar gut Luft in den Reifen.

»Du fährst jetzt nicht weg, Mama!«

»Tschüs«, sagte sie bloß und trat kraftvoll in die Pedale. Das Rad setzte sich in Bewegung und trug sie in Windeseile davon, an der Friedhofsmauer entlang und weiter in Richtung Sportplatz. Ich fand, sie fuhr, als sei der Teufel hinter ihr her.

»Was ist denn mit Rieke los?«, erkundigte sich Lina bei mir. »Wird sie verfolgt?«

Okay, Oma hatte es auch gesehen.

»Ach, was«, sagte ich schnell. »Mama freut sich nur über ihr neues Fahrrad. Du hast sie doch gehört. Sie hat es sich schon immer gewünscht.«

»Und woher hat sie das so plötzlich?«

»Ich habe es ihr geschenkt«, erwiderte ich und wich ihrem Blick aus.

»Du? Solltest du im Moment nicht besser jeden Pfennig zweimal umdrehen? Das wird doch bestimmt viel kosten, deine Wohnung wieder herzurichten. Und so ein schickes Fahrrad ist teuer.«

»Das stimmt. Trotzdem wollte ich mich mal bei Mama bedanken. Für alles, was sie für mich getan hat. Finanziell geht das schon.«

Oma runzelte die Stirn. Das tut sie eher selten, weil sie der Meinung ist, man kann Falten auch provozieren. »Ich verstehe das aber nicht. Als ich angekommen bin, war es noch nicht da. Und dann stand es neben mir. Wie aus dem Nichts.«

Ich dachte ganz scharf und ganz schnell nach. Wollte ich Oma in mein Geheimnis einweihen, so, wie ich es eben mit Mama getan hatte?

Nein, nein und nochmals nein!

Nicht dass ich mich vor ihrer Reaktion gefürchtet hätte. Ich glaubte sogar, Lina würde die Geschichte leichter aufnehmen können als Mama. Schließlich war sie selbst in ihrer Art nicht ganz astrein. Ich schaute an ihr hinunter. Seitenschlitz bis fast zur Hüfte. Wenn das nicht unheimlich war!

Was mich in Wahrheit davon abhielt, war die Furcht vor ihren Wünschen. Ich konnte mir vorstellen, dass sie mindestens den Inhalt einer Boutique von Dior haben wollte.

Also setzte ich eine moderne überlegene Miene auf und erklärte: »Heutzutage werden Bestellungen mit unglaublicher Geschwindigkeit geliefert. Weißt du, die moderne Technik macht's möglich.« Dazu hielt ich mein Smartphone hoch und lächelte allwissend. Fühlte mich ein bisschen wie Steve Jobs, damals, bei der Präsentation des ersten iPods.

»Pah!«, machte Oma. »Willst du mich für dumm verkaufen? Ich weiß, was ich gesehen habe, und das war kein Lieferservice. Das Rad war plötzlich da. Außerdem ist mein Sohn weder im Büro noch zu Hause, und meine nichtsnutzigen Enkel haben gesagt, ich soll dich fragen. Dafür musste ich jetzt durch den halben Ort laufen. Ich verlange eine Erklärung!«

Plötzlich erschöpft, ließ ich mich wieder auf die Parkbank sinken. Oma baute sich vor mir auf, die Arme fest vor der Brust verschränkt.

Weil sie mich so bedrängte, gab ich mir bei meiner Erklärung keine so große Mühe wie bei Mama, sondern erzählte einfach der Reihe nach. Den Schwur, das große Geheimnis der Familie König zu bewahren, vergaß ich schon wieder. Wahrscheinlich kam es nicht mehr darauf an, da ich ihn sowieso schon gebrochen hatte.

Als ich das Buch der Wünsche erwähnte, blinzelte Oma Lina nachdenklich, dann nickte sie wissend. »So etwas kann es durchaus geben. Die Welt ist voller Wunder, die unser unbedeutender logischer Verstand nicht erklären kann.«

Ich wollte ihr sagen, dass sie schon klang wie Alexander, kam aber nicht dazu.

»Auf Sizilien wurde mal ein Liebesbrief aus dem fünfzehnten Jahrhundert entdeckt«, fuhr sie fort. In ihren Augen lag plötzlich ein träumerischer Ausdruck. Sie wirkte beinahe jung. »Wer ihn laut vorlas, fand innerhalb der nächsten zehn Minuten die Liebe seines Lebens. Hat mir mein Vater Arnaldo erzählt, die Geschichte.«

Wow! Kann ich bitte die Sache mit den Wünschen zurückgeben und dafür einmal diesen alten Liebesbrief lesen?

Oma lächelte schmal. »Leider wurde er dann von einer Frau verbrannt, deren Liebster sich nach der Lektüre für eine andere entschieden hatte.«

»Schade«, sagte ich. »Alexander hat das Buch auch verbrannt.«

»Der arme nette junge Mann. Er muss ja sehr erschrocken sein.«

»Ich mich auch, Oma. Ich mich auch.«

»Unsinn. Du bist eine Amore. Die sind nicht so leicht zu erschrecken.«

»Wenn du es sagst …«

»Und weiter?«

Ich erzählte ihr von der Shampooflasche, übersprang Papas kleine Reise und sprach vom plötzlich verliebten Alexander.

»Der liebt dich schon lange«, sagte Oma. »Aber da ist doch noch etwas anderes. Was verschweigst du mir, Svea? Hat es etwas mit meinem Sohn zu tun? Raus mit der Sprache, oder …«

Sie brach ab. Ihr fiel keine passende Strafe für mich ein. Den Entzug einer italienischen Nachspeise hielt sie wohl für wenig sinnvoll.

Ich druckste eine Weile herum, aber schließlich sah ich keinen Ausweg und erzählte alles. Von Mamas Entdeckung, von Papas junger Geliebten, von meinem unbewussten Wunsch und davon, wohin der ihren Sohn gebracht hatte.

Als ich geendet hatte, verschränkte ich fest die Finger ineinander und erwartete eine heftige Schimpftirade. Oder mindestens eine Kopfnuss.

Zu meiner Überraschung legte meine Oma den Kopf in den Nacken und lachte laut heraus.

»Mein Sohn ist in Indien?«, fragte sie nach. »Da, wo der Pfeffer wächst?« Sie hielt sich den Bauch vor Lachen und sank kraftlos neben mich auf die Bank.

»Geschieht ihm recht«, sagte sie atemlos. »Geschieht ihm ganz recht. Endlich erlebt er mal ein Abenteuer. Aber ausgerechnet Indien. Herrje! Ich habe mein Leben lang davon geträumt, mal dieses wundervolle Land zu bereisen.« Ihr Lachen ließ nach, dafür schaute sie sehnsuchtsvoll in den Himmel.

Bevor sie auf die Idee kommen konnte, ihren Sohn mit meiner Hilfe zu besuchen, sagte ich schnell: »Papa ist quasi schon auf dem Rückflug. Ich habe mich nicht getraut, ihn zurückzuwünschen.«

»Ja, am Ende landet er auf dem Mond. Mir scheint, du musst noch üben, Svea.«

Ja, doch nicht für dich.

»Das Fahrrad hast du aber recht schön hinbekommen.«

»War nicht so schwierig. Ich glaube, mit Gegenständen klappt es ganz gut.«

»Hm«, machte Oma.

Im Geiste ging sie die neueste Dior-Kollektion durch, wetten?

Wette verloren.

»Andererseits musst du auch an dich glauben, Svea! Deswegen gebe ich dir jetzt eine Übung auf.«

»Nein!«

»Stell dich nicht so an. Dem tut das schon nicht weh.«

»Was? Wem?«

»Nun mal los, konzentriere dich und sag dein Sprüchlein auf. Es ist gerade niemand in der Nähe. Ich wünsche mir den Hasselhoff.«

## 13. Looking For Freedom

Ich schloss die Augen und sah prompt meine Oma vor mir, wie sie am Arm von David Hasselhoff durch das norddeutsche Wattenmeer hüpfte. Bei Ebbe. Mit der freien Hand trug sie eine knallrote Rettungsboje, die sich heftig mit ihrem burgunderfarbenen Kleid biss, und auf den Lippen hatte sie ein flottes Lied.

Der Hasselhoff neben ihr war nüchtern, was er vermutlich bedauerte, machte einen halben Hüpfer, wenn Oma zwei machte, und fragte sich wohl, wie er an dieses Meer geraten war, das irgendwie keines war, und an diese knackige Alte, die kein Stück wie Pamela Anderson aussah und außerdem komische Laute von sich gab. Klar. Der Mann kannte kein Amore-Englisch. Lucki von Frieda? Nie gehört.

Wollte ich das? Sollte diese Horrorvision Wirklichkeit werden?

Nein!

Selbst wenn dies nur meine eigene Interpretation war und Lina sich schätzungsweise etwas vollkommen anderes ersehnte, etwas, das ich mir nur unter Folter vorstellen wollte – nein, nein und nochmals nein!

»Das ist keine gute Idee«, sagte ich vorsichtig.

»Warum nicht? Ich träume schon so lange von ihm.

Viel länger als von einer Indienreise. Ich will ihn nur mal sehen, hier, ganz dicht bei mir. Nur mal anfassen, ein bisschen küssen.«

»Stopp!«

Ich geriet ins Schwitzen.

Dagegen war Arnaldos Abgang in der Nordsee ja harmlos gewesen. Irgendwo in meinem Unterbewusstsein stimmten mir meine Urgroßeltern zu und machten sich gewaltige Sorgen um ihre Tochter.

»Sei nicht so spießig, Svea.«

Ich und spießig? Hallo? Ich kann Dinge herbeiwünschen. Eine Shampooflasche zum Beispiel und ein Fahrrad.

Hm, spießig, musste ich selbst zugeben.

Papas Ausflug in die weite Welt zählte nicht. War ja ein Versehen gewesen. Und Alexander ließ ich jetzt mal lieber aus dem Spiel.

»Oma, es ist zu gefährlich«, erklärte ich mit der vernünftigsten Stimme, die mir zur Verfügung stand. Klang ein bisschen nach Donald Duck.

Sie schaute verwundert. »Wieso? Hast du Angst, der Hasselhoff könnte sein klopfendes starkes Männerherz an mich verlieren?«

Uff!

Lina las in ihren Zeitschriften mit Begeisterung auch die Liebesromane. Daher kamen solche Ausdrücke. Wenigstens hatte sie nicht von einer pochenden Männlichkeit geredet, was in anderem Zusammenhang schon mal vorgekommen war. So gelang es mir einigermaßen, mich zu beherrschen.

»Ach was, aber du weißt, was mit Papa passiert ist. Was

willst du denn machen, wenn ich aus Versehen an einen anderen Schauspieler denke? An Marty Feldman oder Danny DeVito?«

»Den Feldman kenne ich nicht, aber der DeVito ist klein, dick und hat eine Halbglatze. Von der Sorte sehe ich jede Woche genug im Tanzcafé rumsitzen. So einen will ich nicht.«

Sie überlegte eine ganze Weile und zog dann die falschen Schlüsse.

»Dann eben nicht den Hasselhoff. Du kannst es mit Robert Redford versuchen. Oder nein, der ist mir zu alt. Warte, ich weiß, ich nehme John Travolta. Moment mal. Lieber nicht. Ist der nicht ziemlich dick geworden?« Sie runzelte wieder die Stirn, und die Falten waren ihr für einen Augenblick egal.

Ich brauchte inzwischen eine Dusche, so heiß war mir geworden. Was glaubte Oma, wo sie hier war? Im Supermarkt der Hollywoodstars?

Hm. Mir kam eine Idee.

Dann leuchtete ihr Gesicht auf. »Jetzt hab ich's. Ich will Collie Führt.«

»Wen?«

»Na, diesen Engländer. Der hat den stotternden König gespielt.«

Colin Firth.

Nee, Oma, den kriegst du nicht. Den finde ich selber toll. Und der ist nun wirklich zu jung für dich. Okay, auch nicht ganz mein Jahrgang. Eher Mamas. Aber egal. Der bleibt, wo er ist. In England, schätze ich mal.

»Nun mal los, Svea. Erfüll einer alten Frau ihren letzten Wunsch.«

Sie brachte es fertig und ließ zwei Tränchen über ihre Wangen kullern, aber bei mir zog die Mitleidsschiene nicht eine Sekunde lang.

»Wie du willst.«

Ich konzentrierte mich und rief meinen Spruch dreimal in den Abendhimmel. Dann sprang ich auf und ging durch den plötzlichen Nebel weg.

Hinter mir stieß Oma einen Schrei aus. Es folgte eine Reihe italienischer Flüche, die ich noch nie von ihr gehört hatte.

»Das ist eine Puppe!«, rief sie. »Eine verdammte kleine Spielzeugpuppe!«

Tja, Oma, aber sie sieht aus wie Colin Firth.

Auf halbem Weg nach Hause merkte ich, wie erschöpft ich war. Mit beinahe letzter Kraft schleppte ich mich die Treppe nach oben in mein Zimmer. Von meinen Brüdern war nichts zu sehen oder zu hören.

Zum Glück.

Schon überfiel mich eine bleierne Müdigkeit. Bevor ich wegsackte, dachte ich noch, dass mich die Wünscherei zu viel Energie kostete. Wenn ich so weitermachte, würde ich bald mein Leben im Tiefschlaf verbringen.

Irgendwann mitten in der Nacht kam ich wieder zu mir. War es Wolfsgeheul, das mich geweckt hatte? Oder ein jaulender Mann? Ich checkte mein Telefon. Bloß einunddreißig neue Anrufe, neunundzwanzig von Alexander, zwei von Martin.

Martin, oh, verflixt!

Es mochte an der nächtlichen Stunde liegen oder an dem Durcheinander in meinem Kopf – auf einmal sehnte ich mich ganz intensiv nach meinem Exfreund. Ob ich einfach mal aufstand und ihn besuchen fuhr? Bestimmt lag er einsam in seinem schicken Penthouse und verzehrte sich nach mir.

Bevor ich Vernunft annehmen konnte, war ich auch schon angezogen und schlich die Treppen hinunter. In der Küche lag ein verlassener Colin Firth in Kleinformat auf dem Tisch. So halb erwartete ich, er sei mit langen Nadeln vollgespickt, aber er wirkte unversehrt.

Meine plötzliche Sehnsucht nach Martin war sehr groß, mein Hunger war größer. Ich machte mir ein Brötchen mit italienischer Mortadella und mampfte vor mich hin, bis ich es wieder hörte.

Da jaulte ein Mensch, ganz klar. Freundlicher ausgedrückt: Er rief leise meinen Namen und sang schrecklich falsch von meinen Spuren im Sand.

Hm. Alexander war auch im Wattenmeer unterwegs. Und sein Musikgeschmack war genauso antiquiert wie der ganze Mann.

Was, um Himmels willen, sollte ich tun?

Flüchten, ganz klar. Ich wollte bei Martin sein, und vor allem musste ich frei werden von Alexander.

Looking For Freedom. Danke, lieber Hasselhoff, für die Anregung.

Es waren ja schon weit mehr als vierundzwanzig Stunden vergangen, seit ich den Mist angerichtet hatte. Mindestens dreißigtausend Atemzüge. Wenn nicht mehr. Ich hatte des Öfteren hyperventiliert. Also konnte ich den Wunsch rückgängig machen. Jetzt musste ich nur noch einen Ort finden, an dem ich dem Leben lautstark meine Liebe erklären und mir dann wünschen konnte, dass Alexanders romantische Gefühle wieder verschwanden. Einen

Ort, an dem mich bitte niemand hörte. Kurz dachte ich an das Birkenwäldchen.

Ach nein, lieber nicht. So ganz wollte mir die Geschichte von den Wölfen nicht aus dem Kopf gehen.

Dann fiel mir Martins riesige Dachterrasse ein.

Perfekt! Da würde meine Stimme über die Stadt hinweghallen, und niemand konnte feststellen, woher das kam. Außer Martin vielleicht, wenn er direkt neben mir stand. Aber da würde ich mir schon eine Erklärung einfallen lassen. Und – hm – mir bei der Gelegenheit auch gleich das Richtige wünschen. Nämlich *seine* Liebe. Für immer und ewig.

Ich vergaß, dass ich mit dem Wunsch-Thema eigentlich durch war. War mir aber auch egal – Ausnahmen mussten nun mal sein. Vor allem, wenn es um mein Lebensglück ging.

Guter Plan also. Fand ich. Jetzt musste ich nur noch ungesehen von hier verschwinden. Ich lauschte und stellte aufatmend fest, dass der Gesang aus dem Vorgarten kam. Unsere Küche lag nach hinten raus. Alexander hatte das Licht also nicht sehen können. Trotzdem löschte ich es schnell und schlich nach oben, um das Nötigste einzupacken. Auch mein Kostüm fürs Büro. Ich ging einfach mal ganz optimistisch davon aus, dass ich bei Martin schlafen würde. Schade, dass ich nicht auch noch ein schickes aufreizendes Kleid besaß. Von Omas Sammlung passte mir keines. Aber Martin würde mich auch so lieben, wie ich war. Ich stellte fest, dass ein hilfreicher Geist mein Kostüm plus Bluse gewaschen und gebügelt hatte. Vermutlich Mama. Lina ist der Meinung, sie rackert sich in der Küche schon genug für die Familie ab. Recht hat sie. Endlich verließ ich leise das Haus. Wie kam ich jetzt am besten zu Martin?

Ich sah mich um. Ach ja, ganz einfach. Vor dem Gartenschuppen stand Mamas neues Fahrrad. Ich betastete es vorsichtig, weil ich meinen eigenen Fähigkeiten weniger traute als sie, aber es wirkte nach wie vor stabil.

Also los. Nach hinten raus, über den schmalen Feldweg an den anderen Häusern der Straße vorbei, bis ich zweihundert Meter weiter an die Kreuzung zur Innenstadt kam und kräftig in die Pedale treten konnte. Ich flog nur so durch die Nacht und stellte mir vor, wie Martin mich mit einer großen Umarmung begrüßen würde. Ein bisschen verschlafen vielleicht, mit zerzausten Haaren und ungläubig aufgerissenen Augen. Aber glücklich, sehr, sehr glücklich.

Schwungvoll umrundete ich die Innenstadt und erreichte bald das schicke Neubauviertel, in dem er wohnte. Viel schicker als unsere Gegend. Kurz wunderte ich mich über die vielen Autos vor dem Haus, in dem Martin wohnte, dann verpuffte meine ganze schöne positive Energie in der kühlen Luft.

Zurück blieb eine Art Starre. Ich brauchte gar nicht meinen Blick zu seiner Fensterfront zu heben, um zu wissen, dass er eine Party gab. Mitten in der Woche und so spät in der Nacht. Martin liebt Partys, und als wir noch zusammen waren, behauptete er immer, das gehöre zu seiner Arbeit. Kontakte knüpfen, neue Klienten gewinnen; das ginge bei einem Glas Wein in lockerer Atmosphäre besser als bei Kaffee und Mineralwasser in unserem kühlen Konferenzraum. Ich hatte auch wirklich Verständnis für ihn aufgebracht, allerdings zehrten die kurzen Nächte an meinen Kräften, und ich erschien tags darauf mit tiefen Augenrändern und hämmernden Kopfschmerzen zur Arbeit. Martin hingegen gehört zu den beneidenswerten Menschen, die mit zwei Stunden Schlaf auskommen und dann so frisch aussehen wie nach einer gemütlichen Wattwanderung.

Schon wieder das Wattenmeer! In meiner Vorstellung wurde es da gerade ziemlich voll.

Schwer grübelnd, nagte ich an meiner Unterlippe. Sollte ich einfach trotzdem hochgehen und ihn überraschen? Ich sah an mir herunter. Olles T-Shirt, uralte Jeans, altmodische Jacke. Null Make-up und Mortadella-Atem.

Keine gute Idee.

Ich schaffte es auch nicht mehr, mir den freudig-überraschten Martin auszumalen. Ein peinlich berührter Martin drängte sich ziemlich dominant ins Bild. Einer, der sagte: »Svea, du? Um diese Zeit?« Und zwar ohne jeglichen verliebten Unterton. »Aber wenn du schon mal da bist, kann ich dich ja endlich was fragen: Hast du den Beziehungs-Annullierungs-Vertrag gefunden, den ich mal in deiner Wohnung vergessen habe? – Was? Du dachtest, das wäre ein Ring für dich? Nein, meine Beste, bedaure. Ich wollte nur einen klaren Schnitt machen, und du weißt ja, als Anwalt habe ich es gern schriftlich.«

Okay, okay.

Ich bin ja schon weg.

Ein bisschen blutete mir das Herz, aber ich sprach mir in Gedanken selbst Mut zu: Aufgeschoben ist nicht aufgehoben, mit Geduld und Spucke kommst du noch ans Ziel, die Letzten werden die Ersten sein – und allerlei mehr.

Wohin jetzt? Meine Wohnung war verriegelt, vor meinem Elternhaus war Alexander schätzungsweise bei »Ganz in Weiß« angekommen.

Ich stand noch eine Weile ratlos rum und fragte in Gedanken meine Urgroßeltern, ob sie mir nicht helfen könnten. Sie zierten sich ein bisschen, weil sie mir nicht mehr über den Weg trauten, aber dann gaben sie mir den entscheidenden Tipp.

Oder ich hob einfach den Kopf und entdeckte in einiger Entfernung die Schrebergärten.

Das war es!

Schon radelte ich drauflos. Als vor einigen Jahren das neue schicke Stadtviertel gebaut werden sollte, hatte sich eine Bürgerinitiative für den Erhalt der Kleingartenanlage geformt. Und die Leute hatten sich durchgesetzt. So war das Viertel etwas kleiner ausgefallen als geplant, und die glücklichen Kleingärtner konnten weiterhin ihrem Hobby nachgehen.

Kleingärtner wie Papa.

In meiner Kindheit habe ich die Wochenenden gern dort verbracht. Ich half ihm, Zucchini zu ernten und einiges unwillkommenes Getier zu entfernen. Ich spielte mit den anderen Kindern in der Anlage und liebte die Grillfeste an den Wochenenden.

In der Pubertät ließ meine Begeisterung dann nach, ungefähr zeitgleich mit meiner Bewunderung für Omas Kochkünste. Das hatte nicht nur mit meiner Selbstfindung zu tun, sondern auch mit meinen Fingernägeln, die ich nicht mehr für Nudelteig oder Nacktschnecken opfern wollte.

Schon fünf Minuten später erreichte ich die nachtdunkle Anlage. Nur hie und da brannte ein kleines Gartenlicht. Unsere Laube hätte ich aber auch blind gefunden. Den Hauptweg entlang, an der ziemlich protzigen Hütte der Schneiders vorbei, die sich schon immer ein bisschen größer und wichtiger als alle anderen vorgekommen sind, obwohl Schneider senior bloß Schuhverkäufer ist und Schneider junior nur mit Ach und Krach die Hauptschule beendet hat.

Aber so sind die Leute eben. Irgendwo muss man seine Enttäuschungen kompensieren. Warum nicht im schönsten Kleingarten und mit der dicksten Laube?

Na, egal. Ich bog rechts ab und erreichte kurz darauf Papas Garten.

Die Pforte war mit einem großen Vorhängeschloss versehen, ich hob das Rad einfach darüber und kletterte hinterher. Und um in die Laube zu kommen, funktionierte der alte Trick. Am hinteren Fenster kräftig gegen den Rahmen drücken. Dann klappte es auf, und ich konnte hineinkrabbeln.

Seit mindestens zehn Jahren hat Papa vor, das Fenster zu reparieren, er kommt bloß nie dazu, behauptet er. Außerdem: Wer soll hier schon einbrechen? Zu stehlen gibt es nichts von Wert, und Landstreicher auf der Suche nach einer Übernachtungsmöglichkeit gehen bestimmt lieber in die Luxuslaube der Schneiders.

Ich machte kein Licht, sondern tastete mich langsam zu dem alten bequemen Schlafsofa vor, auf dem ich schon als Kind geruht hatte. Kurz erschrak ich. Was, wenn Papa die Laube in ein Liebesnest verwandelt hatte? Also doch kurz ein Streichholz anzünden, dann eine Kerze und gründlich nach verdächtigen Utensilien suchen. Vergessene Dessous, lange braune Haare auf den Kissen, eine halb getrunkene Flasche Champagner.

Nichts. Ich ließ mich erleichtert auf das Sofa fallen und schloss todmüde die Augen. Kaum kam ich noch dazu, mir Sorgen zu machen und mir Fragen zu stellen wie: Was, wenn ich nie wieder aufwache? Wie heißt Schlafkrankheit auf Latein? Würde man mich irgendwann in dieser Laube finden? Verwandelt in eine Mumie?

Na ja, ich beruhigte mich selbst. Papa würde spätestens am Wochenende wieder hier sein.

Im nächsten Moment war ich fest eingeschlafen.

## 14. Schwer verliebt

Am nächsten Morgen war ich schon um sieben Uhr hellwach. Kurz wunderte ich mich über diesen Energieschub, dann fand ich selbst die Erklärung: Seit ich Oma die Puppe herbeigewünscht hatte, waren knapp zwölf Stunden vergangen. Offenbar genügte dies meinem armen Geist, um sich zu regenerieren.

Draußen war alles ruhig. Kein Wunder. An einem ganz normalen Donnerstag hielten sich höchstens ein paar Rentner in der Kolonie auf, und die saßen um diese Zeit beim Frühstück. Ob sie mich hören würden, wenn ich mir wünschte, Alexander möge sich von mir *ent*-lieben und Martin sich dagegen in mich *ver*-lieben?

Gut möglich. Die Wände der Lauben waren dünn, die Abstände zwischen den einzelnen Gärten eher extrem schmal. Es stand zu befürchten, dass sie dann die Polizei rufen würden. Oder wenigstens den Vorsitzenden unseres Kleingartenvereins. Schneider senior, wer sonst? Der wurde schon geholt, wenn jemand seine Hecke zwei Zentimeter zu hoch wachsen ließ. Und eine Konfrontation mit Schneider ging gar nicht. Papa mochte mir mit viel gutem Willen einen Ausflug in eine südindische Pfefferplantage verzeihen, aber niemals einen Skandal in seinem geliebten Schrebergarten. Noch dazu mit dem Mann, der auch zu Hause sein Nachbar war und den er nicht so gern mochte.

Mist!, dachte ich. Wann würde es mir endlich gelingen, mal was für mich selbst zu wünschen? Bis auf eine Shampooflasche hatte ich noch nichts zustande gebracht. Mama hatte immerhin ihr Fahrrad bekommen und Papa seine spannende Reise.

Na ja. Und Oma, hm, auch nicht so der Hit. Aber für mich sollte endlich alles gut werden, und sobald ich mich von diesem Anti-Liebeswunsch erholt hatte, war da noch etwas ganz anderes, das ich unbedingt haben wollte. Ja, sicher, unbedingt ein Paar Louboutins, am liebsten die Slingbacks Paulina 85. Vielleicht dazu noch die Lederstiefel Romy 100, der Winter stand ja quasi vor der Tür. Dann dieses Cocktailkleid von Valentino aus Chantillyspitze, das es online für unter dreitausend Euro gab, und ein traumhaft schönes Kleid von Dolce & Gabbana aus Seidenchiffon. Hatte ich im selben Onlineshop gesehen; war auch nicht teurer.

Ich dachte jetzt mal nicht über die mangelnde Gelegenheit nach, ein solches Outfit zu tragen. Die würde schon noch kommen. Zur Not begleitete ich Oma in ihr Tanzcafé. Gern hätte ich auch noch mehr Luxusartikel gehabt. Eine Handtasche von Gucci fiel mir da spontan ein oder besser gleich zwei. Eine Clutch für den Abend und einen Shopper Bamboo für alle Tage. Letzterer musste nicht unbedingt aus Pythonleder sein. Ich bin ja tierlieb. Ach, und eine Sonnenbrille von Marc Jacobs oder lieber drei. Die Modelle musste ich noch genau aussuchen. Es durften ruhig die teuersten sein.

Aber all diese Dinge waren für mich nicht das Allerwichtigste.

Ich hörte regelrecht, wie Uroma Else ironisch auflachte. *Dafür, dass dir die Sachen nicht wichtig sind, weißt du aber sehr genau Bescheid.*

Okay, okay. Trotzdem gab es etwas, das ich mir noch viel mehr wünschte. Nämlich … An diesem Punkt unterbrach ich mich selbst und rief mich zur Ordnung. Du hast einen Job, Svea! Und wenn du heute nicht frisch und fleißig im Büro deine Arbeit machst, hast du vielleicht bald keinen mehr!

Ist ja gut. Also erst mal nichts wünschen. Auch nicht, dass ich meinen Arbeitsplatz behalten und eine Gehaltserhöhung bekommen könnte, selbst wenn ich bis zur Rente blaumachte. Niemals! Ein solcher Trick widerstrebte mir ganz gewaltig. Ich war schließlich stolz auf meinen Beruf und zog eine Menge Selbstbewusstsein daraus. Würde mit einem Schlag wegfallen, wenn ich mir das einfach nur so wünschte.

Interessant. Mir kam ein klitzekleiner Zweifel, ob das Ganze überhaupt eine so tolle Sache war. Ist es nicht so, dass man sich viel mehr über etwas freut, das man sich im Leben hart erarbeiten muss? So wie es mir mit achtzehn ergangen ist, als ich mein erstes uraltes Auto mit zwei Ferienjobs finanzierte? Die Karre hatte mehr Beulen als glatte Karosserie, aber ich war so was von glücklich! Wo bliebe denn die Freude, wenn mir plötzlich alles in den Schoß fiele?

Ziemlich schwierige Gedanken auf leeren Magen, entschied ich. Schnell kochte ich mir eine Tasse löslichen Kaffee und aß ein paar trockene Kekse dazu. Wenigstens spendierte mir der kleine Apfelbaum in unserem Garten eine Vitaminzufuhr. Während ich Tasse und Teller abspülte, nahm ich mir vor, für den Rest des Tages an nichts anderes als an die Arbeit zu denken. Zumindest wollte ich mir Mühe geben. Ich wusch mich notdürftig und zog mir mein Büro-Outfit an. Dann holte ich Mamas Fahrrad und machte mich auf den Weg zur Kanzlei.

Kurz bevor ich das Bürogebäude erreichte, klingelte mein Smartphone. Ich bremste, stieg ab und stellte fest, dass der Anruf weder von Martin (leider) noch von Alexander (halleluja!) kam.

»Es funktioniert doch nicht«, sagte Mama. »Du brauchst es gar nicht mehr zu versuchen.«

»Was denn?«, fragte ich verwirrt.

»Die Sache mit dem Wünschen. Es klappt nur ganz kurz. Deswegen fahre ich jetzt nach Frankfurt und hole deinen Vater vom Flughafen ab. Nicht, dass er auch noch verschwindet.«

»Wann kommt er denn an?« So ganz verstand ich immer noch nicht.

»Frühestens heute Abend. Aber ich werde so lange in der Ankunftshalle stehen, bis ich meinen Amore wiederhabe. Und dann werde ich ihn wahrscheinlich töten müssen, aber das ist eine andere Sache.«

Oha!

»Ich weiß nur noch nicht, wie. Erschießen wäre mir am liebsten, aber wir besitzen keine Schusswaffe. Ertränken geht nicht. Er ist stärker als ich. Deswegen muss ich ihn wohl erstechen. Irgendwie von hinten, sodass er es nicht mitbekommt.«

Allmächtiger!

»Mama, ich finde, du solltest dir erst einmal anhören, was er zu sagen hat. Diese fremde junge Frau könnte doch auch …«

»Das geht dich nichts an, Svea.«

Ach was, auf einmal? Und wer ist vorgestern zu mir gekommen und hat mir die Fotos auf der Kamera unter die Nase gehalten? Verzweifelt? Geradezu aufgelöst? Mich um Hilfe anflehend?

Na, ich wollte mal nicht so pingelig sein.

»Ist ja gut«, gab ich zurück. »Aber bitte, verschone Papa, bis du in Ruhe mit ihm geredet hast. Denk dran: im Zweifel für den Angeklagten.«

Mama überging meinen Einwand und kam auf ihr eigentliches Thema zurück. »Du darfst dir nichts mehr wünschen.«

»Warum denn?«

»Es klappt nicht und richtet nur Schaden an. Oma sagt, du hast ihr einen Schauspieler im Puppenformat geschenkt, aber der ist weg. Außerdem wollte sie den Hasselhoff.«

Ich holte tief Luft und dachte schnell nach, bevor ich antwortete. »Wahrscheinlich haben sich Sönke und Nils das Teil geschnappt«, erklärte ich dann. »Und jetzt zeigen sie es in der Schule rum und erzählen allen, ihre Oma sei endgültig durchgeknallt, weil sie wieder mit Puppen spielt. Als Beweis muss die Miniaturausgabe von Mister Darcy herhalten.«

»Von wem?«, erkundigte sich Mama.

Ich lachte. Sie mochte keine Liebeskomödien, also kannte sie auch *Bridget Jones* nicht. Ich hingegen hatte mich schon beim ersten Teil der Reihe in Mister Darcy alias Colin Firth verliebt.

»Ach, ich weiß schon. Das war doch der schicke Schauspieler aus *Stolz und Vorurteil.*«

»Ist jetzt egal«, sagte ich säuerlich. Mama guckte eben Bildungsfernsehen. Na und?

»Und mein Fahrrad ist heute Nacht auch wieder verschwunden«, sagte sie. »Hat sich wie von Zauberhand in Luft aufgelöst.«

Hm. Ich schaute auf den Lenker.

»Das kann ich erklären.«

»Ach ja?«

»Ich habe es mir ausgeliehen, als ich vor Alexander geflüchtet bin.«

Mama sagte eine ganze Weile nichts. Dann schimpfte sie mich aus. Wie ich ihr einen solchen Schrecken habe einjagen können und so weiter. Sie habe schon befürchtet, ihr armer Mann werde sich auch in Luft auflösen. Die Logik ihrer Gedankengänge entzog sich mir. Papa hatte ich ja nur auf eine Reise geschickt und nicht nagelneu herbeigewünscht. Doch ich ließ ihr Donnerwetter ohne Kommentar und äußerst geduldig auf mich niedergehen.

»Und was Alexander König betrifft«, sagte sie schließlich, »ich glaube, der ist von dir für alle Zeiten kuriert. Oma hat ihn heute Nacht ins Haus geholt und sich ausgiebig mit ihm unterhalten.«

»*Was?*« Entsetzliche Bilder drängten sich in meinem Kopf. Oma und Alexander hüpften durchs Wattenmeer, während der Hasselhoff erleichtert abzog. Dann wälzten sie sich im Schlamm …

»Nein!«

»Reg dich ab, Svea. Sie haben sich wirklich nur unterhalten.«

»Jetzt hast *du* mich aber zu Tode erschreckt.«

Mama entschuldigte sich nicht dafür. »Vielleicht war

es auch eher ein Monolog von Oma. Ich habe vorhin noch einen Rest davon mitbekommen. Sie erzählte, wie das Dickerchen mal heimlich eine ganze Schüssel Pannacotta leer gegessen hat.«

Hey, danke, Lina. Dann hast du Alexander bestimmt auch von dem kleinen Zwischenfall berichtet, als ich mit zehn Jahren in einem Klettergerüst stecken geblieben bin und die Feuerwehr mich befreien musste. Oder von dem lustigen Vorfall mit meinem Konfirmationskleid, bei dem die Knöpfe abgesprungen sind? Mitten im Gottesdienst, versteht sich.

Was war das denn für eine bescheuerte Form von Exorzismus?

Im nächsten Moment fragte ich mich, warum ich mich darüber aufregte. Ich konnte doch froh sein, wenn es Oma gelungen war, Alexander seine Gefühle für mich auszureden. *Schwer verliebt*, um es mal mit einem Filmtitel zu benennen, war er jetzt bestimmt nicht mehr.

Aber ich schätze, es ist eine Frage des Stolzes. Keine Frau hat es gern, wenn über sie Anekdoten erzählt werden, die mit ihrem Übergewicht zu tun haben. Selbst wenn dieses Übergewicht schon annähernd zwei Jahrzehnte zurückliegt.

Immerhin, ich brauchte jetzt keine Energie zu verschwenden. Alexander und sein Liebesschmachten war ich schon mal los.

»Übrigens«, sagte Mama in meine Gedanken hinein. »Ich habe Oma gefragt, ob sie ihn in dein kleines Geheimnis eingeweiht hat.«

Ich erstarrte. Auch das noch! Als hätte der Mann nicht schon genug Angst vor dem alten Schmöker gehabt. Jetzt musste er davon ausgehen, dass ich der neue Zacharias Coenig war. Vermutlich würde er schreiend weglaufen, wenn er mich das nächste Mal sah. Oder in Ohnmacht fallen. Es war eben etwas anderes, wenn man theoretisch an die Möglichkeit einer Wunscherfüllung glaubte, als wenn man knallharte Beweise dafür bekam.

»Und?«

Mama kicherte. »Hat sie. Ich schätze, sie wollte noch eins draufsetzen, falls die alten Dickerchen-Geschichten nicht ausreichten. Er soll wohl denken, du bist zwar schlanker, aber plemplem.«

Danke, Oma, du bist eine wahre Freundin. Bei Gelegenheit verwandele ich deine sämtlichen Verehrer in dreißig Zentimeter große Puppen.

Schon wollte ich wenigstens Mama klarmachen, dass Alexander mich wegen dieser Sache keineswegs für verrückt halten würde, weil er schließlich von dem Erfinder der Wünsche abstammte, aber dann überlegte ich es mir anders.

»Ich muss zur Arbeit«, sagte ich knapp. »Bitte grüß Papa schön und lass ihn am Leben.«

Mama schwieg dazu und beendete das Gespräch.

Ich beruhigte mich versuchsweise erst mal selbst. Rieke Amore war eine friedfertige norddeutsche Hausfrau. Sie neigte nicht zu Gewaltdelikten. Und sie stammte auch nicht von Arnaldo ab. Demnach konnte ihr niemand ein sizilianisches Temperament einreden. Trotzdem nahm ich mir vor, nach Feierabend zu Hause nachzuprüfen, ob noch alle großen Küchenmesser da waren.

Endlich schob ich Mamas Rad bis zu einem Fahrradständer vor der Kaffeebar, in der ich mich oft mit Maike traf. Dabei lobte ich mich selbst, weil ich bei dem Wunsch sogar an eine stabile Sicherheitskette gedacht hatte.

In der Kaffeebar bestellte ich Cappuccino und Butterhörnchen für zwei. Maike würde staunen. Zur Abwechslung war ich mal vor ihr da.

Maike staunte nicht. Sie lief mit gesenktem Kopf draußen vorbei, reagierte weder auf mein Winken noch auf die SMS, die ich ihr hinterherschickte. Also ließ ich mir frischen Cappuccino in Pappbechern geben und die Hörnchen in eine Tüte packen.

Zehn Minuten später musste ich nicht lange rätseln, was mit meiner Kollegin los war.

»Eine Katastrophe!«, stieß sie aus. »Der Typ war eine Katastrophe!«

Aha, ihr Blind Date.

»Hat sich in der Partnerbörse beschrieben wie ein zweiter Russell Crowe, und willst du wissen, wie er in Wirklichkeit aussah?«

»Wie Danny DeVito?«, fragte ich.

»Woher weißt du das?«

»Nur so eine Idee«, erwiderte ich und biss in mein Hörnchen.

Genau in diesem Moment betrat Dr. Martin Fischer unser Büro. Er hatte Glück, dass ich mich diesmal nicht gerade verschluckt hatte. Ich blieb sogar bei seinem Anblick ganz cool. Fast schien es mir, als habe sich ein unbewusstes Tauziehen zwischen uns um ein paar Zentimeter zu meinen Gunsten verschoben. Oder so etwas in der Art. Jedenfalls fühlte ich mich nicht ganz so hilflos, wütend und enttäuscht in seiner Gegenwart wie sonst.

»Bitte kurz in mein Büro kommen«, sagte er und schaute mich dabei kurz an.

Ha! Das *Sie* war ihm auf einmal unangenehm. Klug gelöst, mein Lieber.

Ich erhob mich, ignorierte Maikes verwunderte Blicke und folgte ihm.

»Setz dich doch«, forderte er mich freundlich auf.

Ich nahm vor seinem Schreibtisch Platz und musterte ihn verstohlen. Er wirkte so frisch und ausgeruht wie immer. Da war kein noch so leichter Schatten unter den Augen, weil er mindestens die halbe Nacht gefeiert hatte. Typisch für ihn.

»Du siehst gut aus«, sagte er.

Kinderspiel, ich nehme neuerdings an einem Schlafmarathon teil.

»Danke schön«, sagte ich artig.

Er lächelte, als hätte ich etwas besonders Kluges von mir gegeben. »Ich bin heute früh durch die Mühlengasse gefahren.«

Was? Die liegt aber nicht auf deinem Weg!

»Die Handwerker sind bereits da.«

»Echt? Das geht aber schnell.«

Martin lächelte gönnerhaft. »Ich habe mich mit Oskar König abgesprochen und ein paar Strippen gezogen. Bis zum Mittag ist die Wohnung so weit vorbereitet, dass du sie wieder betreten kannst, um dir ein paar Sachen zu holen. Ich begleite dich.«

»Wow!«, stieß ich überwältigt aus.

Erst nach einem Moment dämmerte mir, dass Martin ganz eigene Ziele verfolgte.

»Warum?«, fragte ich daher.

»Was denn?«

»Warum willst du mich begleiten?«

Kurz geriet er aus dem Konzept, dann fing er sich wieder.

»Nun, zu deiner Sicherheit natürlich, liebe Svea. Auf gewisse Weise fühle ich mich nach wie vor für dich verantwortlich.«

So ein Schwachsinn!, dachte ich.

Sein Blick war ein paar Mal kurz nach links oben geschnellt, während er redete. Ich wusste genau, dass dies ein klares Zeichen für eine Lüge war. Es gab da mal eine Doku im Fernsehen über das Thema, und ich hatte sehr genau aufgepasst. Bei Bill Clinton war das genauso gewesen. Als er schwor, dass er mit einer gewissen Praktikantin keinerlei »sexual relations« gehabt habe. Ha! Ganz Amerika und der Rest der Welt hatten ihm geglaubt. Also die ganze Welt außer Oma. Die hat sich halb totgelacht.

Mir kam der Gedanke, dass ich mit meinem Liebeswunsch für Martin vielleicht noch ein wenig warten sollte. Wenigstens so lange, bis ich dahintergekommen war, was es mit seinem merkwürdigen Verhalten auf sich hatte.

Und ja, ich musste es vor mir selbst zugeben: Meine Überlegungen zum Thema hart erarbeitete Erfolgserlebnisse galten auch für die Liebe. Würde ich womöglich für den Rest meines Lebens denken müssen, Martin liebe mich nur deshalb, weil ich ihn verhext hatte?

Keine angenehme Vorstellung.

Bevor ich mir weiter den Kopf darüber zerbrechen konnte, was er bloß in meiner Wohnung wollte, trat Maike ein. Sie schien beinahe enttäuscht, als sie uns nicht in wilder Umarmung auf dem Schreibtisch vorfand. Oder in erbittertem Clinch auf dem Fußboden. Keine Ahnung, was in ihr vorging.

Ihre Stimme klang neutral, als sie Martin ansprach: »Hier ist die Liste mit Ihren Terminen für heute.«

Er überflog sie kurz, stutzte dann. »Mittagessen mit Dr. Strassberg und Dr. Sonders? Wann wurde das festgesetzt?«

»Bereits am Montag«, antwortete Maike leicht verunsichert. »Sie haben selbst darum gebeten. Es geht um die Einstellung eines weiteren Anwalts. Sie möchten alles noch einmal besprechen, bevor …« Sie zögerte kurz, sah in ihre Unterlagen und fuhr dann fort: »Bevor Russell Crowe sich vorstellt.«

Hä? Wer?

Auch Martin schaute verwirrt.

Maike wurde knallrot. »Ich meine Rudolf Krone.«

Na, da hatten ihre Augen einen Namen gelesen, während ihr Unterbewusstsein einen anderen aufnahm.

Ich lächelte. Vielleicht war es ja ein gutes Omen für sie. Und dieser Termin zum Mittagessen war für mich ein Wink des Schicksals. Ich würde ohne Martin in die Mühlengasse fahren, und wenn ich wirklich in die Wohnung durfte, dann wusste ich genau, was ich tun würde. Vorerst brauchte ich meine Kraft ja nicht für Alexander, und Martin setzte ich jetzt mal auf die Warteliste. Wenn nichts dazwischenkam, konnte ich mir endlich den Wunsch erfüllen, an den ich heute Morgen gedacht hatte. Na ja, um ganz ehrlich zu sein, der schwebte schon seit dem Wunder mit der Shampooflasche in meinem Unterbewusstsein herum.

In meinem Bewusstsein auch.

Ich musste nur noch einen ruhigen Ort finden, an dem ich die Sache angehen konnte. Die Kanzlei schied aus. Gut möglich, dass Anwälte und Kolleginnen dann nicht mehr arbeitsfähig waren. Von mir selbst ganz zu schweigen. Aber meine Wohnung war ideal.

Dachte ich.

Schön doof.

# 15. Und ewig lockt das Weib

»Wie peinlich«, murmelte Maike, als wir beide wieder zurück an unseren Schreibtischen waren. Ich musste einen Moment überlegen, was sie meinte.

»Rudolf Krone mit Russell Crowe zu verwechseln.«

Ach so.

»Kannst ja mal in seinen Bewerbungsunterlagen nachschauen«, schlug ich vor. »Ist bestimmt ein Wink des Schicksals. Oder du googelst ihn.«

»Auf keinen Fall! Ich will nicht wissen, wie der aussieht. Außerdem habe ich heute Abend noch ein Date. Und dieser Mann ist vielleicht wirklich interessant. Der hat nämlich gar keine Beschreibung seines Äußeren angegeben.«

Ich schluckte. Das konnte auch übel ausgehen. Während Maike sich nun über einige Papiere beugte, musterte ich sie eingehend. So eine hübsche, intelligente junge Frau und immer noch Single. Das Leben war ungerecht.

Ich beschloss, dass mir das Glück meiner Kollegin und Freundin sehr am Herzen lag, und räusperte mich. Mein eigener Wunsch konnte noch warten.

Halt!

Erst mal nachdenken. Also wie der australische Schauspieler musste der Mann vielleicht nicht unbedingt aussehen. Aber groß sollte er sein und ein markantes Gesicht besitzen. Dazu dunkles Haar und helle Augen. Unbedingt noch ein freundliches Wesen, Klugheit, Humor und die Fähigkeit, eine wunderbare Frau wie Maike zu lieben. Selbstverständlich musste er ungebunden sein und, ach ja, aus der Gegend kommen. Nicht etwa aus Down Under.

Was vergessen? Nicht, dass ich wüsste.

Hatte ich doch, aber dazu später.

»Ich liebe das Leben!«, rief ich.

Maike schrie auf, während ich die Zauberformel zweimal wiederholte.

»Ich auch«, sagte Maike verwirrt. »Meistens. Aber nicht im Büro.«

Um mich herum wurde es kurz nebelig, dann erkannte ich meine Freundin wieder deutlich und lächelte sie strahlend an. »Du solltest auf jeden Fall zu deinem Date gehen.«

»Äh … ja, hatte ich vor.« Ihr Gesicht drückte tiefe Sorge um mich aus.

»Fein«, sagte ich und vertiefte mich wieder in die Arbeit. Dabei sank mein Kopf auf die Schreibtischplatte, und ich schlief fest, bis Maike mich zwei Stunden später weckte.

»Erst wollte ich den Notarzt rufen, aber dann habe ich dich einfach schlafen lassen. Es war ja keine Ohnmacht oder so. Du warst nur sehr müde.«

»Hm.«

»Du bist komisch, Svea, seit du diesen Wasserschaden hast.«

Ich fand, bei ihr klang das jetzt auch nach Dachschaden, und in ihrem Blick entdeckte ich echte Sorge. Rasch setzte ich ein breites optimistisches Lächeln auf.

»Das ist bloß der Stress. Sonst ist alles okay mit mir, ehrlich. Vielleicht habe ich nur eine verspätete Schockreaktion.«

»Aber sehr verspätet nach drei Tagen.«

Mir fiel keine Erwiderung ein, also lächelte ich sie nur weiterhin an.

Maikes Überlegungen gingen zum Glück in eine andere Richtung. »Oder hast du eine wilde Nacht gehabt? Mit wem denn?«

Ich rieb mir die Augen und gähnte ausgiebig. »Nein. Großes Ehrenwort.«

Sie musterte mich einen Moment kritisch, dann grinste sie. »Na, geht mich ja auch nichts an. Komm, Zeit für die Mittagspause. Gehen wir was essen?«

»Nein, ich werde wohl die Arbeit hier nachholen.« Vage deutete ich auf zwei Aktenordner.

Maike nickte und verschwand.

In Wahrheit sah mein Plan anders aus. Ich verließ kurz nach ihr das Gebäude, schwang mich auf Mamas Fahrrad und raste zur Mühlengasse. Mein schlechtes Gewissen plagte mich heftig, aber ich nahm mir vor, am Abend Überstunden zu machen, um alles aufzuholen, was ich durch meinen Vormittagsschlaf verpasst hatte.

Natürlich fuhr ich nicht bis direkt vor das Antiquariat, sondern kettete das Fahrrad ein paar Häuser davor an eine Straßenlaterne. Niemand sollte mich jetzt mehr von meinem Vorhaben abhalten. Schon gar kein Alexander König, der mich seit letzter Nacht nicht mehr mochte, sofern man Mama Glauben schenken wollte. Während ich mich umsah und dann vorsichtig auf das Haus zuging, wartete ich auf ein Gefühl der Erleichterung. Es wollte sich nicht einstellen. Dabei hätte ich heilfroh sein sollen, dass Oma Lina ihm seine verrückte Liebe zu mir ausgetrieben hatte.

Merkwürdig. Am Morgen hatte ich mich doch noch gefreut, weil kein Anruf mehr von ihm gekommen war. Rasch checkte ich mein Smartphone. Nichts.

Okay, so sollte es sein.

Trotzdem war mir ein klein wenig unwohl. Vielleicht hatte Maike in all ihrer Ahnungslosigkeit recht, und mit mir stimmte was nicht. Ich hatte Alexander König vom ersten Moment an nicht gemocht, und dabei war es in den letzten drei Tagen auch geblieben.

Dass Mama und Oma behaupteten, er habe eine Schwäche für mich, seit ich in der Mühlengasse wohnte, war nicht mein Problem. Außerdem gehörte das jetzt der Vergangenheit an.

Freu dich, Svea.

Hm, schwierig.

Ich verschob die Erkundung meines schwammigen Gefühlslebens auf später und ging entschlossenen Schrittes weiter. Vor dem Schaufenster des Antiquariats duckte ich mich, damit Alexander mich bloß nicht entdeckte, gleichzeitig versuchte ich, zwischen dem dreibeinigen Schaukelpferd und der schirmlosen Lampe einen Blick auf ihn zu erhaschen.

War nichts zu sehen im Gegenlicht. Enttäuschung wollte sich in mir breitmachen. Gerade noch rechtzeitig erklärte ich mir selbst, dass es mir hier um rein wissenschaftliche Erkenntnisse ging. Konnte nämlich eine angehexte Liebe mit Horrorgeschichten über ein Dickerchen neutralisiert werden? So etwas musste doch mal erforscht werden!

Na gut, später. Aber jetzt wirklich mal auf die wichtigen Dinge konzentrieren!

Ich öffnete die Haustür und flitzte nach oben. Meine Wohnungstür war zwar abgeschlossen, aber nicht besonders gesichert. Ein Siegel gab es auch nicht. Der Schlüssel drehte sich wie gewohnt leicht im Schloss – schon war ich drin. Ich hielt die Luft an und wartete geradezu auf den Anpfiff von einem Handwerker. Aber außer mir war keine Menschenseele da.

Ich schaute auf die brummenden Lufttrockner in dem schon komplett ausgeräumten Wohnzimmer, weinte meinen schönen Tapeten ein paar Tränen nach und ging dann ins Schlafzimmer, um ein paar Sachen zusammenzusuchen. Das Bett fehlte zwar schon, aber Kleiderschrank und Kommode standen noch an ihren Plätzen. Ich schnappte mir zwei Reisetaschen aus den Tiefen des Schrankes und packte die Klamotten ein, die mir am wichtigsten waren. Jemand – Alexander? – hatte die Fotos von Martin in einer Schublade der Kommode verschwinden lassen. Ich hoffte einfach mal, das war einer der Handwerker oder Möbelpacker gewesen, und war dankbar dafür. Ist ja irgendwie peinlich, wenn man nach dem Ende einer Beziehung noch die schönen Erinnerungsbilder in der Wohnung stehen hat. Der Gedanke, es könnte Alexander gewesen sein, als er neulich meine schreckliche Unterwäsche in einen Koffer packte, war mir höchst unangenehm.

Hm, warum eigentlich? Konnte mir doch egal sein, was er je von mir gedacht hatte, derzeit von mir dachte oder in Zukunft von mir denken würde!

Ich steckte die Fotos in eine der Reisetaschen. Die restlichen Sachen mussten mir zu meinen Eltern geliefert werden. Schnell schrieb ich einen entsprechenden Zettel und klebte ihn gut sichtbar an den Schrank.

Okay, das war erledigt.

Jetzt – ging's zur Sache.

Oder ich verschwand einfach wieder.

Meine Urgroßeltern stimmten mir mit heftig nickenden Köpfen zu. Sie riefen auch etwas, aber ich gab vor, ich könne sie nicht hören.

So stand ich jetzt wieder im leeren Wohnzimmer und zögerte vor mich hin.

Dann tat ich es doch, erklärte dem Leben meine Liebe, und eine alte Frau antwortete mir von draußen: »Freut mich, Kindchen.«

Ich schloss die Augen. Und jetzt, ja, jetzt veränderte sich etwas bei mir. Genauer gesagt, an meinem Oberkörper. Noch genauer gesagt, an meinem Brustkorb.

Oberweite.

Ich glaube, dieses Geräusch, dieses *Plopp*, bildete ich mir nur ein.

Was fühlte ich? Wirklich schwer zu sagen. Einer meiner innigsten Wünsche ging in Erfüllung, und zwar ganz ohne Operation, Blut, Schmerzen, Narkose und Silikonkissen. Und kostenfrei obendrein. Aber schlagartig bekam ich es mit der Angst zu tun.

War ja schon einiges schiefgegangen in den letzten Tagen.

Ganz langsam senkte ich meinen Blick. Der Nebel war bereits verschwunden, und ich hatte klare Sicht.

Ich hatte mir bloß Körbchengröße B gewünscht.

Das schwöre ich.

Kein Doppel-D oder Schlimmeres.

War es auch nicht. Gott sei Dank. Ich blickte auf zwei wunderbare Rundungen unter meiner Bluse.

Perfekt!

Na ja, minimal über B hinaus. Und es gab so ein Gefühl von Enge. Die Blusenknöpfe machten sich zum Absprung bereit, der 80-AA-BH drückte. Ich genoss geradezu den leichten Schmerz und stellte mir vor, wie ich gleich in einen Dessous-Laden gehen würde.

»Ach, bitte«, würde ich die Verkäuferin höflich ansprechen. »Dieser BH sitzt doch sehr knapp. Was empfehlen Sie mir in 80 B? Oder vielleicht doch besser in 80 C? Nein, nein, Push-up ist wirklich überflüssig.«

Eine traumhafte Vorstellung. Und zwei obere Knöpfe öffnete ich jetzt mal lieber schnell, bevor sie von selbst abgingen.

Ich gähnte ausgiebig und fragte mich gerade, ob ich vielleicht auf dem Fußboden ein Nickerchen machen konnte, als laute Männerstimmen und polternde Schritte auf der Treppe mich aufhorchen ließen.

Oh, verdammt!

Die Handwerker!

Was würden die sagen, wenn die mich jetzt so sahen?

*Gar nichts, du Dummchen*, erklärte mir Urgroßmutter Else. *Die haben dich ja nicht flachbrüstig gekannt.*

Hm, ein Ausdruck, den ich stets vermieden hatte. Aber klar, Else hatte recht. Ich war den Männern noch nie begegnet, sie würden sich also kaum über mich wundern. Mir schien, als fixierte Else eingehend meine neue Oberweite. Arnaldo auch.

Na, na, lieber Urgroßvater. Vergiss mal nicht, dass wir

eng miteinander verwandt sind. Und – äh – dass du schon lange tot bist.

Uff!

Es wurde Zeit, dass die beiden aus meinem Kopf verschwanden. Das wurde richtig anstrengend.

Ich bildete mir ein, ich hörte sie kichern, aber dann verstummten sie entsetzt. Ich wünschte mir gleichzeitig, mich in Luft auflösen zu können. Zum Glück sagte ich vorher nicht mein Sprüchlein auf. Irgendwie hing ich doch am Leben und wollte mich nicht selbst in Billionen von Molekülen verwandeln.

Es waren keine Handwerker, die da plötzlich in meinem Wohnzimmer standen.

Es waren Martin und Alexander. Und als hätte ich mir Neonfarbe auf die Bluse gesprüht, wanderten ihre Blicke zielgenau zu meinem neuen Busen und blieben dort hängen. Eine doppelte Ladung Testosteron waberte durch die Luft. Bei Martin war das keine große Überraschung. Aber Alexander? Den hatte ich bisher eher als Neutrum eingestuft. Der war doch gar kein richtiger Mann. Bloß ein durchsichtiger Antiquar.

Vielleicht hätte ich bei meinem Wunsch vorher daran denken sollen, wie ich mich als Sexobjekt fühlen würde. Im Augenblick erschien mir die Existenz in Form von Molekülen als eine gute Alternative.

»Ha… hallo«, stotterte ich. »Was … wie … was macht ihr denn hier?«

»Dieser Mann wollte unbefugt bei dir eindringen«, erklärte Alexander, ohne den Blick zu heben.

Ich fand das Wort *eindringen* grenzwertig.

»Unsinn«, warf Martin ein, ebenfalls ohne mir in die

Augen zu schauen. »Ich wollte es dir nur kurz besorgen.« Er hüstelte und verbesserte sich. »Ich wollte nur kurz etwas besorgen.«

Hey, Jungs! Könnt ihr euch mal wieder einkriegen?

Ich verschränkte die Arme vor der Brust. Die Wirkung war bemerkenswert. Etwas erlosch. Nicht nur in ihren Blicken. Auch tiefer, soweit ich das erkennen konnte.

Ihre Gehirnzellen nahmen nach der kurzen Pause vorsichtig ihre Arbeit wieder auf, und Martin sagte: »Wie ist das möglich? Das kann doch nicht mit rechten Dingen zugehen.«

Alexander, der dank seines Vorwissens und Omas Plauderlaune besser informiert war als Martin, murmelte: »Tut es auch nicht.«

»Wann war denn deine OP?«, erkundigte sich mein Exfreund. »Und warum hab ich davon nichts mitbekommen?«

»Vielleicht, weil du mich verlassen hast?«, gab ich zurück.

»Äh… aber vorhin in der Kanzlei …«

»Ist doch jetzt egal«, schnitt ich ihm das Wort ab. »Es geht dich nichts an. Was willst du hier, Martin? Was genau suchst du eigentlich in meiner Wohnung? Und wieso konntest du dich von dem wichtigen Arbeitsessen einfach davonstehlen?«

Ich merkte, dass seine Gehirnzellen noch nicht ganz da waren, denn das waren zu viele Fragen auf einmal. Selten hatte ich diesen wortgewandten Rechtsanwalt so sprachlos gesehen. Tat mal richtig gut, und ich sonnte mich in einem Gefühl der Überlegenheit.

Es hielt bloß nicht lange an, und schon wollte ich mich

erkundigen, ob er vielleicht ein kleines quadratisches Kästchen vermisste. Ob er mir eventuell einen Heiratsantrag machen wollte und ob wir die letzten acht Monate einfach mal aus unserem Leben streichen konnten, damit der graue Klumpen in meinem Innern wieder ein lustiges buntes Herz werden durfte.

Und meine neuen Möpse bekam er dann als Geschenk obendrauf.

Upps!

Gehört nicht zu meinem normalen Wortschatz, so ein Ausdruck. Aber irgendwie hatte ich in diesem Moment wieder die Herren Anwälte mit kleinen schwarzen eingedrückten Hundegesichtern vor mir, nachdem Oma Lina neulich Mobbing mit Mopsing verwechselt hatte. Von da bis zu meinen Möpsen war es nur eine kurze Assoziation.

Etwas von meinen Gedanken musste sich in meinem Gesicht widergespiegelt haben, denn Martin machte einen Schritt auf mich zu.

»Liebe Svea«, begann er und verstummte. Dann bemühte er sich erneut: »Liebe Svea.«

Wieder Schweigen.

»Ja?«, fragte ich hoffnungsvoll. Oder ängstlich? Oder gelangweilt?

Mannomann! Ich musste mein Gefühlsleben dringend in Ordnung bringen. Im Moment war wirklich alles durcheinander.

»Kann ich dich unter vier Augen sprechen?«, brachte Martin endlich heraus.

Ich wollte schon zustimmen. So ein Heiratsantrag war schließlich eine private Angelegenheit.

Aber dann sah ich Alexander an und entdeckte etwas in seinen Augen – keine Ahnung, was. Mir kam bloß der Gedanke, Oma hätte doch nicht ganze Arbeit geleistet. Es schien mir wichtig, erst den Stand der Dinge mit ihm zu klären, bevor ich mich glücklich in Martins Arme werfen konnte.

Oder so ähnlich.

Schwammig war jetzt gar kein Ausdruck mehr für meinen Seelenzustand.

Erschöpft und verwirrt ließ ich die Arme hängen. Martin vertrieb sich die Zeit bis zu meiner Antwort mit einem ausführlichen Blick auf Körbchengröße B-fast-C.

Alexander verkniff es sich und bekam dafür von mir ein Sternchen.

Dann wünschte ich mir plötzlich Gewissheit. »Ich liebe das Leben!«, rief ich und gleich noch zweimal. Dabei begehrte ich einen Kuss von Martin.

Und ich machte nichts falsch dabei, ich schwöre. Ich dachte wirklich an Martin, und ich wollte einfach erfahren, ob es sich immer noch so schön anfühlte wie früher, wenn er mich küsste.

Dummerweise war der Bücherwurm ziemlich auf Zack. Klar, er wusste, was der Spruch zu bedeuten hatte. Von Oma. Und er brauchte nur zu sehen, wie ich leicht den Mund öffnete und das Kinn vorreckte, um seine Schlüsse zu ziehen. Während Martin sich noch verwirrt über die Lippen rieb, sprang Alexander auf mich zu und legte seinen Mund auf meinen.

Ein Stromschlag durchzuckte meinen Körper.

Ungelogen.

Das – fühlte sich verdammt gut an. Und beängstigend. Und, ach du Schande, jetzt war ich endgültig durcheinander.

Ich schob ihn weg, spürte dabei Muskeln an seinen Oberarmen, die ich nie dort vermutet hätte, und sah die Glut in seinen Augen.

Glut?

Hilfe!

Martin beobachtete uns. Sein Mienenspiel zeigte höchste Verwunderung.

»Was soll das denn?«, erkundigte er sich, während ich schon wieder gähnen musste. Zwei Wünsche in kurzer Zeit und kein Schläfchen dazwischen. Das zehrte.

»Wieso lässt du dich von dem Albi…Alexander küssen?«

»Das geht dich auch nichts an«, erwiderte ich fantasielos und rieb mir über das Gesicht, um wach zu bleiben.

Martin fing sich wieder und grinste. »Die Wirkung einer Schlaftablette, möchte ich mal sagen.«

Mir reichte es.

»Ich hab's ziemlich eilig«, sagte ich zu ihm und wunderte mich mächtig über mich selbst. Eben noch hatte ich Gewissheit haben wollen, jetzt konnte ich es nicht abwarten, dass er verschwand. »Ich wollte nur schnell ein paar Klamotten holen und muss jetzt zurück in die Kanzlei. Wir können uns ein andermal unterhalten. Ciao.«

»Aber…«, sagte er. »Aber…«, und kam wieder nicht weiter. Er machte erneut einen Schritt, diesmal seitlich in Richtung Flur.

Aha, dachte ich. Was immer du suchst, es könnte also in einem der anderen Räume sein. Okay, im leer geräumten Wohnzimmer hätte er auch kein Glück gehabt. Blieben noch die Küche, das Bad und das dritte Zimmer, dessen Nutzung unbestimmt geblieben war. Ein Büro für Martin, ein Raum für unsere Kinder, eine Abstellkammer für mich. Jedenfalls stand da auch noch ziemlich viel Zeug rum.

»Stehen bleiben!«, sagte ich scharf.

Gleichzeitig stellte sich ihm Alexander in den Weg. »Ich finde, Sie sollten Sveas Wunsch respektieren.«

Wunsch? Na ja, hatte eher nach einem gebellten Befehl geklungen.

Aber Martin war jetzt sowieso bedient.

»Dann eben nicht!«, bellte er zurück, machte zackig auf dem Absatz kehrt, lief aus der Wohnung und polterte die Treppe hinunter.

Ich war enttäuscht. Er hätte um mich kämpfen sollen.

Ich atmete auf. Er war endlich weg.

Moleküle!, schrie es in mir. Gerne. Die müssen sich nicht mit Herzensangelegenheiten herumschlagen. Glaube ich wenigstens.

Vor lauter Erschöpfung fing ich an, hin und her zu schwanken.

»Hast du genug zu essen?«, fragte Alexander, während ich noch ganz bei Martin war.

»Was?«

»Du wirkst so geschwächt. Nur gut, dass ich vorgesorgt habe. Ich dachte mir nämlich, du hast vielleicht Hunger. Deshalb habe ich ein paar Sachen aus dem Café besorgt, steht alles unten. Kommst du?«

Noch immer schaute er scharf an meinem Busen vorbei. Das wirkte jetzt ein bisschen zwanghaft.

»Alexander, was soll das?«

»Nun, deine Großmutter hat mir erzählt, dass du früher einen gesunden Appetit hattest …«

»Oh, scheiße!«

»Wie bitte?«

Ich stampfte wütend mit dem Fuß auf, was zu Erschütterungen in meinem Körper führte, die mir neu waren. Alexander schielte jetzt. Fast tat er mir leid. Aber nun gab er auf und starrte gebannt auf die wogende Weichheit.

»Aber ich weiß ja nicht, was du am liebsten isst«, fuhr er in einem Ton fort, der beinahe erotisch klang. Aber wirklich nur beinahe. »Deshalb habe ich alle Gerichte von der Speisekarte genommen.«

Ich riss die Augen auf. »Du hast praktisch das Café leer gekauft? Für mich?«

Dumm gelaufen, Oma. Alexander liebt mich immer noch, nur will er mich jetzt auch mästen. Na, obenrum ist das wenigstens nicht mehr nötig.

Er lächelte schüchtern. Oder verführerisch. Was weiß ich. Meine fünf Sinne hatten sich vorübergehend verabschiedet.

Der sechste, oder der siebte, meldete sich mit einem Tipp: Der fällt gleich über dich her. Sieh zu, dass du den loswirst.

Gute Idee.

Alexander war plötzlich bei mir und schlang seine Arme um mich. Dem hatte ein Kuss nicht gereicht. Meine Lippen vibrierten schon vor lauter Vorfreude.

Oh, oh.

»Ich liebe das Leben!«, rief ich.

»Svea, was hast du vor?«

Ich konzentrierte mich fest auf Alexander in seinem

Antiquariat. Ganz harmlos. Ehrlich. Er sollte mich jetzt bitte nur ganz schnell wieder loslassen und ein Stockwerk tiefer landen.

»Ich liebe das Leben!«

»Svea, nicht!«

Der Typ machte mich jetzt richtig wütend.

»Fahr zur Hölle! Ich liebe das Leben!«

Puff! Weg war er.

Nebel zog durch das Wohnzimmer.

Ich erstarrte.

## 16. Dantes Inferno

Sämtliche sechs oder sieben Sinne waren schlagartig wieder da und halfen mir, ganz laut »Zurück!« zu rufen, bevor ich das nächste Mal Luft holen musste.

Knappe Kiste.

Fast hätte ich die zweite Silbe nicht mehr geschafft. Ich gab alles.

Zum Glück hatte ich mich überhaupt daran erinnert, wie ich einen Wunsch innerhalb desselben Atemzuges wieder aufheben konnte. Und ich hoffte ganz dringend, es möge klappen.

Mochte ja sein, dass Alexander mir unsympathisch war, aber ich wollte nicht dafür verantwortlich sein, dass er mindestens vierundzwanzig Stunden in der Hölle schmoren musste. Dann wäre von ihm vermutlich nicht einmal eine Zahnfüllung übrig geblieben.

Ein vernünftiger Teil meines Gehirns teilte mir mit, dass das alles ausgemachter Blödsinn war. Solche Dinge passierten einfach nicht. Die gab es nur in Science-Fiction-Romanen. Und die Hölle existierte ebenso wenig wie der Himmel oder eine Geisterwelt. Alles pure Erfindung.

Und was ist mit dem Shampoo?, erkundigte sich der andere Teil. Mit dem Fahrrad, mit Klaas Amore in Indien, mit den *Möpsen*?

Mann! Können wir den Ausdruck mal lassen, bitte?

Während meine Gehirnhälften also fröhlich miteinander zankten und meine Urgroßeltern ihren Teil zum Thema Geisterwelt beitrugen, lichtete sich der Nebel.

Erschrocken wich ich zurück.

Vor mir materialisierte sich Alexander. Ein angekokelter, qualmender und stinkender Alexander, um genau zu sein. Er schwankte hin und her und griff nach meinem Arm, um sich festzuhalten.

Hitze stieg in mir auf, aber es war keine angenehme Hitze. Bestimmt bekam ich an der Stelle eine Brandblase.

»Dante hatte ja keine Ahnung«, sagte er, ließ mich endlich los und stieß eine beachtliche Rauchwolke aus. Er klopfte sich den linken Ärmel ab, wo ein paar Flämmchen züngelten.

»Hä?«, machte ich.

»Lasst, die ihr eintretet, alle Hoffnung fahren!«

Ich schaltete langsam, aber immerhin, ich schaltete. Dante Alighieri, die Göttliche Komödie, Dritter Gesang, Inschrift auf dem Tor zur Hölle.

Ja, ich schaue vielleicht nicht so viel Bildungsfernsehen wie Mama, aber doof bin ich nicht. Außerdem steht der Spruch auch über der Tür meiner Stammkneipe.

»Du warst wirklich da?«, fragte ich leise und hielt mir die Nase zu. Er roch wie ein Grillkotelett.

Alexander nickte. Aschestückchen fielen aus seinen dunklen Haaren.

Dunkle Haare? Moment mal! Die waren doch immer weißblond, nahezu unsichtbar gewesen. Wieso hatten die auf einmal diesen sattbraunen Ton? Ach, dachte ich, das lag bestimmt nur daran, dass er an einem heißen Ort gewesen war.

Ich fand übrigens, heißer Ort klang netter als Hölle. Half mir ein bisschen gegen meine Gewissensbisse.

»Und? Wie war es so?«

Ich meine, man kann doch mal fragen. Mir hatten schon genug Leute von ihren Reisen erzählt. Malediven, Australien, Südafrika. Inklusive stundenlanger Diavorträge. Eine hundertjährige Verwandte schwimmt mit Delfinen, ein kleiner, dicker Junge fällt aus dem Safaribus (wird aber nicht von Löwen gefressen), die bleistiftdünne Freundin eines Freundes verzehrt zur allgemeinen Erbauung ein XXL-Bananensplit. Dazu muss man labberige Salzstangen mümmeln, Bier von Aldi trinken und alle paar Minuten ein ehrfürchtiges »Oh« und »Ah« von sich geben.

Grauenvoll!

Aber in der – äh – Unterwelt war noch niemand gewesen, den ich kannte.

Alexander hatte endlich die letzte Flamme gelöscht und sah auf.

Ich fand, sein Blick hatte jetzt etwas Teuflisches. Mir war richtig heiß. Unangenehm heiß.

»Nun, es war recht warm und relativ voll. Es gab kaum einen freien Platz im Feuer.«

Aha! Mir fehlten die Vergleiche. Recht warm und relativ voll war für mich bloß ein Sommerschlussverkauf.

»Und Luzifer? Der Teufel? Der Leibhaftige? Beelzebub? Wie sieht er aus?« Ich ahnte, Oma würde das wissen wollen, wenn sie von Alexanders Ausflug erfuhr. Ich auch. Vielleicht war ich herzlos, weil der arme Mann ganz knapp dem sicheren Tod entronnen war, aber ich war vor allem neugierig.

»Tut mir leid«, erwiderte Alexander, und es schien ihn wirklich zu bekümmern, dass er mich enttäuschen musste. »Den habe ich nicht gesehen. Ich fürchte, er war sehr von seinen Anhängern umlagert.«

Der Teufel als Popstar. Große Klasse!

»Schade«, sagte ich.

Er überhörte es.

»Zum Glück«, fuhr er fort, »war ich ja nur sehr kurz dort. Du warst es doch auch, die mich schnell wieder zurückgeholt hat, richtig? Wie hast du das gemacht? Gibt es dafür auch eine Formel?«

Ich wollte ihm die Anweisung seines Urahnen erklären, aber da fielen mir schlagartig die Lider zu, und ich versank in tiefe Finsternis.

Irgendwann kam ich wieder zu mir. Ich blinzelte, rieb mir die Augen und stellte fest, dass ich auf Alexanders Klappbett im Antiquariat lag. Gar nicht so unbequem, wie es aussah, das Teil. Ein paar Lampen brannten, also nahm ich an, dass ich den kompletten Nachmittag durchgeschlafen hatte. Vorsichtig betastete ich meinen Kopf auf der Suche nach einer Beule. Ich musste ja heftig auf den Fußboden aufgeschlagen sein, als mich der Schlaf übermannt hatte. Komisch, ich konnte keine entdecken, und mir tat auch nichts weh.

»Es ist alles in Ordnung«, sagte Alexander leise. »Ich habe dich aufgefangen.«

Er saß auf einem Bücherstapel am Fußende des Bettes und wirkte um einiges frischer als am Mittag. Offenbar hatte er irgendwo geduscht und sich umgezogen. Er roch auch nicht mehr nach Grillfleisch, sondern nach Seife und Shampoo. Danach hatte er sich anscheinend zu mir gesetzt und abgewartet. Also beobachtete er mich seit Stunden beim Schlafen. Bestimmt hatte ich gesabbert und durch das linke Nasenloch gepfiffen. Meine Brüder behaupten jedenfalls, dass ich das tue.

»Und wie bin ich hierhergekommen?«, fragte ich.

»Oh, ich habe dich getragen.«

*»Du? Mich?«*

Der lange, dünne Schlaks, der eine große friesische Frau mit einigen Fettpölsterchen die Treppe hinunterschleppte? Von dem neuen Busen ganz zu schweigen. Der wog bestimmt auch einiges.

Ho, ho!

Ich lass mich doch nicht veräppeln.

Oder? Alexander stand auf und streckte sich. Hatte der schon wieder an Muskelmasse zugelegt?

Seine Stimme war kräftig, klang aber besorgt, als er mich jetzt fragte: »Passiert dir das jedes Mal, wenn du dir etwas wünschst? Dass du schlagartig müde wirst?«

Ich nickte, während ich mich nach einer Zahnbürste, einem Kamm und einer Dusche sehnte.

»Das ist ungesund«, erklärte mir Alexander. »Du hast jetzt fünf Stunden durchgeschlafen. Es sah aus, als lägest du im Koma. Du hast dich nicht ein einziges Mal geregt.«

Schön, dachte ich. Dann habe ich vielleicht doch nicht gesabbert und gepfiffen.

»Ein paar Mal hab ich geprüft, ob du überhaupt noch am Leben bist.«

Ach ja? Und wie? Mal kurz den Kopf auf meinen funkelnagelneuen Busen gebettet?

»Ich habe dir so lange den Puls gefühlt, bis ich mir sicher sein konnte, dass dein Herz schlägt.«

Okay, sorry. Falscher Verdacht.

»Wahrscheinlich war ich so müde, weil ich drei Wünsche kurz hintereinander ausgesprochen habe«, erwiderte ich leichthin. In Wahrheit machte ich mir auch Sorgen. »In den letzten Tagen war es jeweils nur ein Wunsch, und ich konnte gleich danach schlafen.«

»Interessant«, antwortete Alexander. »Es muss sehr anstrengend für dich sein.« Er griff neben sich und zauberte eine Thermoskanne und eine große Tüte vom Bäcker hervor. »Das Mittagessen aus dem Café habe ich weggeworfen. War ja alles kalt. Aber hier ist Kaffee für dich, und ich habe Kuchen geholt. Ein paar verschiedene Stücke, weil ich nicht weiß, was du am liebsten magst.«

Ehrlich, für eine Nanosekunde konnte ich mir vorstellen, diesen fürsorglichen Mann zu lieben. Kaffee, Butterkuchen und Mandelhörnchen weckten meine Lebensgeister. Alexander wollte keinen Krümel abhaben. Klar, dem war ich zu dünn. Ich kicherte ein bisschen vor mich hin, bis er mir erklärte, er habe in der Kanzlei angerufen und Bescheid gegeben, dass ich krank sei.

»Und was hast du gesagt? Dass mich die Tsetsefliege gestochen hat? Das könnte maximal meinem Vater passieren.«

Alexander, der von Oma offenbar auch über Papas unfreiwillige Reise aufgeklärt worden war, schüttelte den Kopf. »Deine Kollegin war sehr verständnisvoll, als ich ihr erklärte, du littest unter einem akuten Erschöpfungszustand. Sie meinte, das hättest du am Vormittag auch schon gehabt. Was hast du dir denn da gewünscht?«

Das verrate ich dir nicht, mein Bester. Brauchst gar nicht so neugierig zu sein. Außerdem ist mir gerade eingefallen, was ich bei Maikes Traumtyp vergessen habe.

Grundgütiger! Hoffentlich ging das gut.

Alexander wartete eine Weile ab, während ich so vor mich hin schwieg. Dann sagte er: »Ich nehme an, es war dir nicht möglich, über das Geheimnis meiner Familie Stillschweigen zu bewahren.«

Nett formuliert, wirklich. Er hätte mich auch einfach als Petze beschimpfen können.

Ich lächelte matt. »Sorry, echt. Aber es ging nicht anders. Ich hätte Mama sonst nicht erklären können, wie Papa in Indien gelandet ist, und Oma hat mir den Ruckzuck-Lieferservice für Fahrräder nicht abgenommen.«

Alexander hob leicht die Brauen, woraufhin ich abwinkte. »Egal. Aber es stimmt, es war mir einfach nicht möglich.«

Musste ich ihn jetzt noch um Verzeihung bitten?

»Mach dir keine Sorgen, Svea, ich verstehe das.«

Nein, gut. Wäre mir auch schwergefallen.

»Aber ich möchte, dass du mir etwas versprichst.«

»Was?«, fragte ich misstrauisch.

»Du musst vorsichtig sein. Diese Sache ist gefährlich. Denk nur an Zacharias Coenig.«

Vielleicht sollte ich mir wünschen zu erfahren, was aus dem geworden ist, dachte ich bei mir. Ja, vielleicht. Aber später. Wollte jetzt mal ein wenig wach bleiben.

»Ich werde besser aufpassen«, sagte ich.

»Was hast du dir sonst noch gewünscht? Ich weiß von deinem Vater, von einem Shampoo, einem Fahrrad und deinem … äh …«

Sein Blick lag dort, wo ich vor ein paar Stunden an Körperumfang zugelegt hatte. Dann zwang sich Alexander, wieder wegzuschauen. Schien ihn ziemlich viel Überwindung zu kosten. Ich entdeckte ein paar Schweißperlen auf seiner Stirn.

Stille trat ein, während ich mit mir rang. Sollte ich es ihm sagen? Und würde er mich dann aus dem Haus werfen? Ich meine, es war gut möglich, dass ich ihn niemals wiedersehen würde. *Ich* jedenfalls würde einen Menschen aus meinem Leben verbannen, der mich verhext hat. Der mich quasi gezwungen hat, ihn zu lieben.

Versteht sich von selbst.

Okay, ich beschloss, dass ich dieses Risiko eingehen musste. Gleichzeitig wunderte ich mich schon wieder über mich selbst. Ein Leben ohne Alexander wäre bis vor drei Tagen für mich noch das Höchste gewesen. Woher kamen auf einmal die leisen Zweifel?

Hm, und Oma hatte ihm über diesen einen Wunsch nichts verraten. Warum wohl? Hielt sie es für unwichtig oder wollte sie mich etwa mit Alexander verkuppeln? Zuzutrauen war es ihr, aber vielleicht hatte sie es einfach vergessen.

»Ich habe mir aus Versehen gewünscht, dass du mich liebst«, murmelte ich in meinen Kaffeebecher.

Wenn er mich jetzt nicht gehört hatte, war das sein Problem.

Hatte er doch.

»Tatsächlich?« Seine Stimme klang neutral.

»Wie gesagt, es war ein Versehen. Du bist mir sozusagen in Gedanken dazwischengekommen.«

»Verstehe.«

Wieso war der plötzlich so einsilbig? Dachte er darüber nach, wen ich in Wahrheit gemeint hatte, als ich mich mit ihm vertan hatte?

»Ich kann das wieder rückgängig machen«, bot ich an. »Aber ich muss mich vorher ein wenig regenerieren. Hältst du es noch ein paar Stunden aus? Ich will wenigstens vorher zu meinen Eltern fahren und sehen, ob Papa wieder heil nach Hause gekommen ist.«

Und duschen, mich umziehen, kämmen, schminken, Zähne putzen.

»Du kannst dir alle Zeit der Welt nehmen, liebste Svea. Es eilt nicht.«

»Okay, aber es muss schrecklich für dich sein.«

Und wenn du noch mal *liebste Svea* sagst, mache ich es gleich.

»Keineswegs.«

Ich hörte nicht richtig zu und fuhr fort: »Es tut mir jedenfalls echt leid.«

»Mir nicht. Nun ja, nur ein unbedeutender Teil davon, vielleicht. Es war mir ein wenig peinlich, vor deinem Elternhaus zu singen. Und mir fehlt der Nachtschlaf. Aber sonst …«

»Erzähl keinen Mist«, unterbrach ich ihn scharf. Auf keinen Fall sollte er etwas sagen, was er später bereuen würde. Ich hatte ihn schon zu Serenaden verurteilt, die nach Wolfsgeheul klangen, und ihn auf einen wahren Höllentrip geschickt. Das reichte. Schließlich wollte ich auf unbestimmte Zeit seine Nachbarin bleiben. Wenn ich ihn jetzt nicht bremste, hatte ich womöglich bald keine Wohnung mehr. Weder eine feuchte noch eine trockene. Alexander würde mit Hilfe seines Onkels schon einen

Weg finden, meinen Mietvertrag zu kündigen. Wer wollte schon täglich daran erinnert werden, dass er sich komplett zum Narren gemacht hatte?

Niemand! Nicht einmal ein blasser unscheinbarer Bücherwurm.

Hm, war eine Beschreibung, die nicht mehr passte, aber ich hielt mich daran fest.

Mit einem Satz sprang ich auf.

»Danke für alles. Ich muss gehen.«

Ich wartete auf einen kurzen Gruß mit seiner heiseren Flüsterstimme, aber auch die hatte sich ja auf beachtliche Weise geändert, und so sagte er nun fest und mit männlichem Timbre: »Du bist die interessanteste Frau, die ich jemals kennengelernt habe.«

Echt? Ich sah auf ihn hinunter, bis er ebenfalls aufstand und mich überragte. Also sah ich hoch und bemerkte, dass seine Kinnpartie irgendwie markanter geworden war.

Gruselig.

Aber anziehend.

Zwar begriff ich nicht, warum er plötzlich so etwas sagte, aber ich war dumm genug, mich über das Kompliment zu freuen.

Wer jemals als langweilig galt, wird mich verstehen.

»Du kennst ja sonst keine Frauen«, wiegelte ich dennoch ab und fragte mich gleichzeitig, woher ich das eigentlich wissen wollte. »Außerdem wird jeder Mensch interessant, der plötzlich Wünsche wahr werden lassen kann.«

»Quatsch«, erwiderte Alexander.

Mir fiel auf, dass seine Sprache ebenfalls moderner geworden war. Ich bemerkte auch, dass wir sehr nah beieinanderstanden. Also bewegte ich mich ein Stück von ihm weg.

»Du sagst das nur, weil ich dich verhext habe.«

Er schüttelte den Kopf. »Ich habe dich schon immer bewundert. Seit ich dich kenne. Es gehört viel Mut dazu, sein Leben zu meistern, so wie du es tust.«

»Wie … meinst du das?«

Er lächelte jetzt. »Du bist jemand, der niemals aufgibt, wenn er ein Ziel hat.«

Echt? War mir bisher gar nicht so bewusst gewesen.

»Du wolltest diese Wohnung haben, und du hast monatelang geschuftet, um sie herzurichten.«

Stimmt. Aber das ist nichts Besonderes.

»Und du hast auch dann nicht aufgegeben, als dich dein Freund verlassen hat.«

Stimmt auch. Und das war eine Leistung.

»Du lässt dich vom Leben nicht kleinkriegen, und du hältst deine Familie zusammen.«

Ich? Na ja …

»Doch«, sagte er, als er wohl sah, wie ich zweifelte. »Du bist der ruhende Pol.«

»Wie kommt du denn darauf? Das ist schon immer Papa gewesen.«

»Nein. Dein Vater hält sich aus allem raus. Aber du bist immer für alle da. Auch nachdem du dort nicht mehr wohnst. Wenn jemand Probleme hat, kommt er zu dir. Du schlichtest Streit, du bringst Verständnis für deine lustige Oma auf, und du bist eine wahre Stütze für deine Mutter. Sogar deine Brüder lieben und achten dich, sofern sie nicht irgendeinen Unsinn im Kopf haben.«

Ich staunte. Erstens über Alexanders Beobachtungsgabe, zweitens über mich selbst. Verständnis für die wilde Lina? Das war mir neu, aber womöglich stimmte es. Ich fand sie ein bisschen verrückt, aber ich verurteilte sie nicht. Was die Liebe meiner Brüder anging, hatte ich leichte Zweifel, aber auf Mama ließ ich nichts kommen.

Alexander war noch nicht fertig. »Für deine Freunde gilt dasselbe. Ich habe oft miterlebt, wie eine Frau weinend zu dir kam und getröstet das Haus wieder verließ.«

Ach, das war doch nur Maike gewesen, nach dem x-ten miesen Date. Na ja, und Kerstin, als sie ihren Job verloren hatte. Okay, auch Susi, die ungewollt schwanger geworden war. Inzwischen war ich übrigens Patentante. Und Margarethe …

Ich hörte mal besser auf, bevor ich mir noch sonst was einbildete.

»Und wenn ich das richtig mitbekommen habe, arbeitest du seit zehn Jahren in derselben Kanzlei. Deine Chefs müssen sehr zufrieden mit dir sein.«

Das waren sie. Sogar Martin konnte nichts an meiner Leistung aussetzen. Ich galt als pflichtbewusst und zuverlässig. Da kam ich ganz nach Papa. Und ich fehlte nur ab vierzig Grad Fieber aufwärts. Die letzten Tage waren die Ausnahme.

»Außerdem vermute ich, dass du bei deinen Wünschen als Erstes an die weniger glücklichen Menschen dieser Welt gedacht hast.«

Äh …

Herr im Himmel! Das hatte ich *nicht*! Wie furchtbar! Wie egoistisch von mir! Warum hatte ich mir nicht ein

Ende aller Hungersnöte und den Weltfrieden gewünscht? Das wäre doch das Mindeste gewesen!

Ich schämte mich ganz schrecklich. Meine einzige Entschuldigung war, dass ich im Traum nicht auf die Idee gekommen wäre, ich könnte eine solche Macht besitzen. Ich, Svea Amore, sollte den Lauf der Menschheitsgeschichte ändern?

Unvorstellbar!

»Aber du musstest lernen, dass es nicht gelingt.«

»Wieso?«

Alexander verzauberte mich mit einem Lächeln, das ich noch nie an ihm gesehen hatte. »Auch darüber hat mein Onkel mir etwas sagen können, als ich zum ersten Mal das Buch entdeckte. Offenbar funktionieren die Wünsche nur ganz persönlich. Also entweder für dich selbst oder für einen anderen Menschen. Du musst diesen Menschen zumindest persönlich kennen.«

»Verstehe«, sagte ich und atmete auf. Ich brauchte also nicht die Welt zu retten.

Danke, Gott!

»Du brauchst also gar nicht erst zu versuchen, einen Diktator oder einen Serienmörder, von dem du nur in der Zeitung gelesen hast, zu einem besseren Menschen zu machen.«

Mann! Darauf wäre ich gar nicht gekommen! Ich beschloss, demnächst an meinem sozialen Gewissen zu arbeiten.

»Aber für deine Familie und deine Freunde wirst du alles tun, was in deiner Macht steht.«

Na, mal sehen.

»Deshalb, liebste Svea …«

Ich streckte den Arm aus und legte meine Hand auf seinen Mund. Konnte ihn gerade noch so erreichen, nachdem ich eben ein Stück zur Seite gegangen war.

»Sag nichts«, bat ich und ignorierte das feine Kribbeln auf meiner Handfläche.

Bloß keine Liebeserklärung! Ich musste jetzt erst mal verdauen, dass da jemand ein ganz anderes Bild von mir hatte als zum Beispiel Martin. Ein schönes, lebensfrohes, buntes und äußerst liebenswertes Bild.

Er nickte, und ich gab seinen Mund frei.

Dann redete er doch wieder, aber zu meiner größten Erleichterung war es etwas Unverfängliches. »Du hast mir noch nicht erzählt, wie du mich aus der Hölle befreit hast.«

Immerhin, der Mann wusste, wann genug war. Rasch erzählte ich ihm von der Anweisung des alten Zacharias, die ich auf dem handgeschriebenen Zettel im Buch der Wünsche gefunden hatte.

Alexander hörte aufmerksam zu und zog seine Schlüsse.

»Du kannst also tatsächlich alles wieder rückgängig machen. Entweder sofort oder nach vierundzwanzig Stunden.«

»Ganz genau.«

»Es wird dir aber nicht bei allem gelingen«, behauptete er mit einem leisen Lächeln.

Fang bloß nicht wieder an! Er meinte seine Gefühle für mich, ganz klar. Gerade wollte ich ihm eine saftige Antwort geben, da klingelte etwas. Es hörte sich nach den silbernen Glöckchen über der Ladentür an.

»Hallo«, sagte im nächsten Moment eine Stimme in meinem Rücken. Eine junge weibliche Stimme. »Ich dachte, Sie hätten schon geschlossen. Aber die Eingangstür steht offen.«

Ich drehte mich um und sah sie. Die Frau von dem Foto auf Mamas Digitalkamera. Die Frau, die in gewissem Sinn verantwortlich war für Papas Trip nach Indien.

## 17. Mordsstimmung

Sie war wunderschön. Ihr langes braunes Haar umschmeichelte ein herzförmiges Gesicht. Große Rehaugen blickten freundlich von mir zu Alexander, ein voller Mund zeigte ein ehrliches Lächeln.

Unter anderen Umständen hätte ich sie richtig nett finden können. Mal abgesehen von einem leisen Neid auf ihre perfekte Figur, die sie zwangsläufig ganz ohne Wünsche so hinbekommen hatte. Gute Gene und mindestens fünf Besuche im Sportstudio pro Woche, schätzte ich mal. Wenn nicht sechs.

Ja, sie hätte sogar eine Kandidatin für eine schöne Freundschaft werden können. Sie war in meinem Alter und besaß eine ganz natürliche und sympathische Ausstrahlung. Aber jetzt funkelte ich sie zornig an. Nur schien sie nichts davon zu bemerken. Ihr Blick war fest auf Alexander gerichtet, ihre Augen leuchteten.

»Sind Sie hier zuständig? Ich bin auf der Suche nach einer Tischlampe von Tiffany.«

Eben war ich nur erschrocken und ein bisschen sauer gewesen. Aber jetzt wurde ich richtig wütend. Wie kam sie dazu, Alexander anzuhimmeln? Ich war kurz davor, mein Sprüchlein aufzusagen und die Tussi dahin zu schicken, wo er auch schon gewesen war.

Einzig seine Hand, die plötzlich fest und beruhigend auf meiner Schulter lag, hielt mich davon ab.

Die Besucherin bekam nichts von der Gefahr mit, in der sie schwebte. »Ich habe schon alle Geschäfte zwischen Cuxhaven und Hamburg abgeklappert. Im Internet gibt es sie auch nicht. Es ist wirklich zum Verzweifeln. Sie sind meine letzte Hoffnung.«

Rasch zog sie ein Foto aus ihrem Rucksack und reichte es Alexander. Ich erhaschte einen Blick auf einen farbenfrohen Lampenschirm aus Glas mit wunderbar ausgearbeiteten Vogelmotiven im Jugendstil, und mein Herz setzte einen Schlag aus.

»Diese hier ist das Zwillingsstück. Ich habe sie geerbt, aber ich weiß genau, dass es die zweite Lampe irgendwo geben muss.«

»Ich auch«, flüsterte ich, zu leise, um gehört zu werden.

In meinem Elternhaus.

Im Wohnzimmer.

Auf dem Beistelltisch aus Kirschholz direkt neben Papas altem Ohrensessel.

Sie stammt noch von Elses Vater, dem Fabrikbesitzer Hanken, und wird wie ein Schatz gehütet. Angeblich soll es einmal eine identische zweite Lampe dazu gegeben haben, aber Papa behauptet, er habe sie vor Jahren zerbrochen.

Nie hat jemand an seinen Worten gezweifelt.

Arnaldo und Else starrten auch auf das Foto. Dann auf die Besucherin, dann auf mich, dann verschwanden sie wieder. Die Sache war ihnen wohl zu hoch. Ging mir ähnlich.

Alexander schüttelte den Kopf. »Es tut mir leid, aber eine solche Lampe habe ich noch nie gesehen.«

Dabei schaute er nach links oben.

*Aha!* Der war schon mehrmals in unserem Wohnzimmer gewesen, und er besaß berufsbedingt einen Blick für wertvolle Einrichtungsstücke. Aber er verriet nichts, und ich war ihm dankbar dafür.

Dieses Rätsel würde ich lösen müssen, doch nicht heute. Die Frage war nur, wie ich es angehen sollte. Wenn die Besucherin jetzt verschwand, konnte ich sie nie befragen. Oder sie zwingen, mir die Wahrheit zu sagen. Ganz ohne Folter. Nur mit dem entsprechenden Wunsch.

Alexander schaltete schneller als ich. »Doch vielleicht kann ich Ihnen bei der Suche helfen. Lassen Sie mir am besten Ihre Handynummer da.«

Sie strahlte ihn an, als habe er ihr eine Forschungsreise zum Heiligen Gral angeboten. »Das ist ja wunderbar.«

Ich fragte mich, ob sie damit nur sein Angebot meinte, oder gar den Mann Alexander König.

Er schien unbeeindruckt, aber ich sah genau, wie sie ihn schnell scannte. So etwas kriegen nur Frauen fertig. Dauert keine fünf Sekunden. Haarfülle, Gesichtszüge und Brustkorb, dann Bauch, Beine und was so dazwischenliegt. Ich kannte das – und wurde noch wütender. Die Geliebte meines Vaters machte sich an meinen Bücherwurm ran?

Hallo? Jetzt ist aber mal gut.

Alexander reichte ihr Papier und Stift. Ich las mit, als sie »Samantha Nielsdatter« und ihre Handynummer aufschrieb.

Was für ein bescheuerter Name!

»Meine Freunde nennen mich einfach Sam«, erklärte sie dazu.

Das wurde ja immer schlimmer.

Sie schickte einen Augenaufschlag hinterher, den sie jahrelang vor dem Spiegel geübt haben musste.

Ich war jetzt bereit, sie zu töten.

»Ja, also …«, sagte sie leicht verunsichert, weil sie wohl die negative Spannung fühlte, die von mir ausging. »Ich gehe dann mal.«

Wenn dir dein Leben lieb ist!

»Vielen Dank auch.«

»Es ist mir ein Vergnügen«, erwiderte Alexander und erntete dafür Augenaufschlag Nummer zwei.

Als sie den Laden verlassen hatte, zählte ich im Stillen sehr langsam bis hundert. Es bestand die Gefahr, dass es einen Mord in der Mühlengasse geben würde, wenn ich sie draußen noch antraf.

»Möchtest du darüber reden, Svea?«, fragte mich Alexander ruhig.

»Nein, ich muss nach Hause.«

Siebenundneunzig, achtundneunzig, neunundneunzig, hundert.

»Ciao«, sagte ich knapp und machte mich auf den Weg. Papa konnte was erleben! Den würde ich gleich zurück in die Pfefferplantage schicken. Mindestens. Dank Alexander kannte ich ja auch eine Alternative.

Mamas Fahrrad war noch immer an der Straßenlaterne angekettet. Wie schon erwähnt, hält sich die Kriminalitätsrate in unserem Städtchen in Grenzen.

Noch immer wütend auf die junge Frau mit dem unmöglichen Namen schwang ich mich in den Sattel und strampelte los. Wenn ich so weitermachte, würde ich die paar überflüssigen Pfunde bald ganz ohne den entsprechenden Wunsch loswerden.

Ich hatte schon fast unser Viertel erreicht, als mein Smartphone klingelte.

»Du glaubst es nicht!«, rief Maike aufgebracht, kaum dass ich mich gemeldet hatte.

»Was denn?«, fragte ich, obwohl ich es längst ahnte.

»Der Typ von gestern, mein Date …« Sie verlor die Beherrschung, und ich hörte ein paar dumpfe Schläge. Faust gegen Wand, tippte ich. Aua!

»Er wäre perfekt gewesen!« Sie sagte es unter Tränen.

Ich habe mir ja auch echt Mühe gegeben, dachte ich beklommen.

»Groß, dunkles Haar, blaue Augen und ein tolles Gesicht. Außerdem hat er bestimmt einen freundlichen Charakter und besitzt viel Humor, aber das habe ich gar nicht mehr wissen wollen.«

»Warum denn nicht?«, fragte ich mit sehr leiser Stimme.

»Weil er zweiundsiebzig Jahre alt ist. Was sagst du dazu?«

»Äh …«

Etwas in der Art habe ich befürchtet. Ich habe bei meinem Wunsch für dich nämlich die Altersangabe vergessen. Aber das kann ich dir unmöglich verraten.

»Er hat das sogar gleich zugegeben und hat sich gewundert, warum es mich störte. Seine Haare sind übrigens gefärbt. Richtig gute Arbeit. Hätte ich nie für möglich gehalten. Sah total echt aus.«

»Hast du die Nummer von seinem Friseur?«

»Nein, habe ich vergessen. Zu dumm.«

Ich atmete auf. Wenn Maike schon über gefärbte Haare sprechen konnte, war sie nach einem weiteren schlimmen Date nicht selbstmordgefährdet.

»Zu schade«, sagte sie noch. »Der Mann hätte perfekt gepasst.«

»Hm«, machte ich nur.

»Den hätte ich gern als älteren Vater oder jüngeren Opa. Nur halt nicht als Partner.«

»Aha.« Ein Gedanke wollte sich in meinem Kopf formen, ich schob ihn schnell weg. Zu riskant. Wenn das schiefging, würde mir Oma nie wieder Tortellini kochen.

»Ich gebe die Hoffnung nicht auf. Der Nächste wird der Richtige sein.«

Aber *ich* schicke ihn dir bestimmt nicht. Ich mache dann nur wieder was falsch.

»Und du?«, fragte Maike. »Alles wieder gut? Oder bist du immer noch so müde?«

»Alles prima«, versicherte ich ihr. »Wir sehen uns morgen, ja?« Damit drückte ich das Gespräch weg, bevor sie mich fragen konnte, was es mit meiner Schlafkrankheit auf sich hatte.

Die letzten paar hundert Meter fuhr ich besonders schnell. Mein schlechtes Gewissen blieb allerdings an mir kleben. Unser Auto stand in der Einfahrt, also war Mama mit dem Weltreisenden aus Frankfurt zurückgekehrt. Sie hatte ja geschworen, so lange am Flughafen auszuharren, bis sie ihren Amore wiederhatte.

»Hallo?«, rief ich in der Diele. Keine Antwort. Alles wirkte wie ausgestorben.

Ich bekam einen Mordsschreck. Mama hatte auch geschworen, ihren Amore umzubringen. Und sie hatte sogar über eine mögliche Tatwaffe gesprochen. Ich lief in die Küche und zählte sämtliche Messer durch. Keines fehlte. Ich zählte gleich noch einmal. Alle noch da. Musste nicht viel heißen. Es gab hundert Arten, einen untreuen Ehemann umzubringen. Mindestens siebenundneunzig, die Mama am Telefon heute Morgen noch nicht erwähnt hatte. Ob ich mal im Keller nachschaute? Vielleicht lag Papa ja dort, mit einer Axt zerstückelt und sorgfältig in Plastiktüten abgepackt.

Hilfe!

»Ist keiner da?«, rief ich panisch. »Wo seid ihr denn alle? Warum antwortet niemand? Bin ich denn ganz allein?«

Ein leises Klackern antwortete mir.

Es hörte sich an wie Handschellen, die immer wieder geschlossen wurden.

Ich sah Papa gefesselt und geknebelt in einer Ecke hocken, mit den Augen um Gnade flehend, während aus seinem Mund nur undefinierbare Laute drangen.

Das Geräusch kam näher.

Ich wollte mir eine Ohnmacht herbeiwünschen, aber es blieb keine Zeit dafür. Und von selbst falle ich nie in Ohnmacht. Leider. Ich würde gern mal zu diesen zart besaiteten Frauen gehören, die in den Männern tief sitzende Beschützerinstinkte wecken. Wenigstens für einen Tag. Nur um zu sehen, wie das so ist. Ich dachte kurz an Alexander, der mich die Treppe runter ins Antiquariat geschleppt hatte, als ich im Tiefschlaf lag. Gut, damit war ich der Sache schon sehr nahe gekommen, hatte bloß nichts davon mitgekriegt. Außerdem zählte Alexander nicht!

Das Geräusch erstarb kurz in der Diele. Dann erschien

Oma Lina in der Küchentür und trat auf mich zu. Ihre Pfennigabsätze klackerten jetzt sehr laut. Ihr Blick war fest auf meine Augen gerichtet.

»Was schreist du hier rum? Ist Arnaldos Geist in dich gefahren? Würde mich ja nicht wundern.«

Arnaldo protestierte in meinem Innern. Er hasste es, für alles der Sündenbock zu sein, bloß weil er in der Nordsee gebadet und dabei zufällig sein Leben verloren hatte.

»Das wäre ja die gerechte Strafe, nachdem du deine arme alte Großmutter so gequält hast. Die besten Jahre meines Lebens habe ich dieser Familie geopfert, und das ist nun der Dank.«

Die arme alte Großmutter schürzte die knallroten Lippen und strich sich gleichzeitig ihr dunkelviolettes Seidenkleid glatt.

Was für eine Farbe! Kann nicht jeder tragen. Oma schon. Sie starrte mir immer noch direkt in die Augen, was ich angesichts meines veränderten Aussehens ganz okay fand. Hatte keine Lust, mir Weisheiten über Frauen als Sexobjekt anzuhören.

Ich schluckte. »Wo ist Papa?«

»Du meinst deinen armen treu sorgenden Vater, den du beinahe auf dem Gewissen gehabt hättest?«

Mann! Oma war ganz schön nachtragend.

»Und Mama?«

»Deine arme bedauernswerte Mutter, die sich für ihre Kinder aufopfert?«

Ich zog es vor, nicht nach den Zwillingen zu fragen.

Oma funkelte mich an und schwieg.

Ich schwieg auch. Mir fiel ein, dass ich auch gute Gründe hatte, sauer auf sie zu sein. Gewichtige Gründe sozusagen. Und ich musste ihr verbieten, jemals wieder Geschichten aus dicken Zeiten zu erzählen. Bloß nicht jetzt. Bloß keinen weiteren Streit.

So standen wir uns ein paar Minuten gegenüber. Ich ahnte, Oma wollte mir nur eins auswischen. Mit meiner Familie war alles in bester Ordnung. Ich musste nur fest daran glauben. Fast wie von selbst wanderten meine Gedanken wieder zu Alexander. Höchste Zeit, dass ich ihm seine Liebe zu mir austrieb. Warum nicht gleich? Dann hatte ich wenigstens dieses Problem gelöst. Genau! Ich musste eins nach dem anderen angehen, sonst geriet ich durcheinander und richtete nur noch Chaos an. All meine Konzentration richtete sich auf Alexander.

Die Küchenuhr schlug die volle Stunde.

»Schon acht«, sagte Oma. »Ich gehe mich noch einmal frisch machen.«

»Zurück!«, rief ich.

»Nanu? Ich bin doch noch gar nicht weg.«

Weder zog Nebel auf, noch fühlte ich mich müde. Entweder hatte da was nicht geklappt, oder diese Phänomene traten nur ein, wenn ich mir etwas wünschte, und nicht, wenn ich es rückgängig machte.

Interessant. Bei Alexanders Höllenfahrt war mir das noch nicht aufgefallen. Aber da hatte sich ja auch alles innerhalb von fünf Sekunden abgespielt.

»Kannst du etwa auf diese Weise etwas wiedergutmachen, was du angerichtet hast?«, fragte Oma.

Ha! Und die Frau sollte dement sein? Im Leben nicht! Die schaltete schneller als jedes andere Familienmitglied. Mich eingeschlossen.

»Deine Melonen sind aber noch da.« Mit langen spitzen Fingernägeln stach sie mir erst in die linke, dann in die rechte Brust. Das tat ziemlich weh. War ja kein Silikon dazwischen.

Ich glaube, ich wurde knallrot. Vielleicht nahm mein Gesicht auch die Farbe ihres Kleides an.

»Glaubst du, ich habe die nicht gesehen? Mir schenkst du eine Kinderpuppe, aber dir selbst gönnst du was Ordentliches.«

»Willst du auch welche?«

War mir so rausgerutscht.

Oma Lina überlegte erschreckend lange. »Nein, danke«, sagte sie endlich. »In meinem Alter will man sich nicht mehr so umstellen. Außerdem würden mir dann meine Kleider nicht passen. Also, was hast du zurückgewünscht? Erzähl endlich, ich bin verabredet. Er kann jeden Moment da sein.«

»Ich will, dass Alexander mich nicht mehr liebt«, gab ich zu.

Oma pikste noch ein bisschen an mir rum, dann fuhr sie endlich ihre Krallen ein.

»Zwecklos«, erklärte sie mir. »Habe ich auch schon versucht.«

»Weiß ich«, entgegnete ich und guckte böse.

Sie bemerkte es nicht einmal. »Aber vielleicht heult er nicht mehr nachts vor unserem Haus. Im Übrigen kannst du wahrscheinlich nichts zurücknehmen, was es vorher schon gegeben hat. Alexander wird dich immer lieben, so wie er dich schon immer geliebt hat.«

In meinem Innern kämpfte ein warmes weiches Gefühl gegen den blanken Horror.

Sprechen konnte ich jetzt nicht.

War auch überflüssig.

Oma Lina zwickte mich in die Wange und meinte: »Verdient hast du das nicht. Aber wenn er Glück hat, kann er sich vielleicht doch noch von dir frei machen.«

»Was soll das heißen?«

Sie hob die Schultern. »Der arme Mann ist ziemlich unglücklich. Er braucht eine andere Frau, um dich zu vergessen. So funktioniert das in der Liebe.«

Ich musste an Samantha Nielsdatter denken und knirschte mit den Zähnen.

Oma überhörte es. »Ich bin kurz im Bad. Falls jemand klingelt, sag ihm bitte, ich brauche nur fünf Minuten.«

Sie klackerte aus der Küche. Erschöpft von ihren Vorwürfen ließ ich mich auf einen Stuhl sinken.

Kurz war ich versucht, Alexander anzurufen, um zu erfahren, ob er wieder normal war.

Ich ließ es bleiben. Spätestens heute Nacht würde ich sowieso Gewissheit haben. Wenn draußen geheult wurde – oder eben nicht. Außerdem wollte ich nicht hören, dass sein Anschluss eventuell besetzt war. Dann müsste ich mir überlegen, mit *wem* er telefonierte, und meine erste Wahl fiel dabei auf eine bildhübsche Frau, die eine Tiffanylampe suchte. Stattdessen raffte ich mich auf, um nach oben zu gehen. Wenigstens Sönke und Nils mussten zu Hause sein. An einem normalen Donnerstagabend hatten sie Ausgehverbot, sofern sie nicht in Begleitung unserer Eltern waren. Darauf verzichteten sie seit ihrem neunten Lebensjahr. Wahrscheinlich saßen sie in ihrem Zimmer an einem Computerspiel.

Ich war erst in der Diele angekommen und hatte noch kein Licht eingeschaltet, als von draußen Gelächter hereinklang. Im nächsten Moment betraten meine Eltern und meine Brüder das Haus. Alle knabberten an Eiswaffeln, was ich mehr hören als sehen konnte. Ich war ehrlich verblüfft. Wie gesagt, Unternehmungen mit den ollen Eltern galten bei ihnen und ihren Altersgenossen schon lange als uncool.

Papa sagte gerade: »Ihr glaubt gar nicht, wie schön es ist, wieder in der Zivilisation zu sein.«

Ich fand, er übertrieb maßlos. Indien ist auch zivilisiert.

»Gib nicht so an«, sagte Mama, und ich hörte ihren mühsam unterdrückten Zorn. »Svea hat dich nicht in den Urwald von Papua-Neuguinea geschickt, sondern bloß in eine Pfefferplantage.«

Ich begriff zweierlei.

Erstens: Papa war über die Umstände seiner Reise informiert worden.

Zweitens: Mama hatte ihre Mordabsichten auf später verschoben. Vermutlich würde sie zur Tat schreiten, wenn alle Kinder im Bett waren.

So sind Mütter.

»Vielleicht können wir sie fragen, ob sie das mit uns macht?«, erkundigte sich Nils. Ich konnte meine Brüder nicht bloß am Scheitel unterscheiden, sondern auch an den Stimmen.

»Urwald ist geil«, ergänzte Sönke.

Okay, drittens: Die Zwillinge wussten auch Bescheid.

So langsam wünschte ich mir, ich hätte das blöde Buch nicht gefunden.

Jemand schaltete das Licht ein, alle sahen mich. Mir blieb keine Zeit, die Arme vor der Brust zu verschränken.

»Boah! Geil!«, stießen Sönke und Nils wie aus einem Mund aus.

»Svea?«, fragte Papa verwirrt.

Ja, hallo? Wer denn sonst? Ich habe vorn etwas mehr, aber sonst bin ich ganz die Alte. Aus unerfindlichen Gründen musste ich daran denken, dass diese Samantha Nielsdatter auch eine große Oberweite besaß.

Mama sagte nichts, schaute nur. Ich ahnte, was ihr durch den Kopf ging. Statt eines Fahrrads konnte sie sich ganz was anderes wünschen. Einen größeren Busen brauchte sie nicht, aber vielleicht konnten ja die Fältchen verschwinden. Mit den Fingerspitzen fuhr sie sich sacht um die Augen.

Vergiss es, Mama!

Schluss mit den Wünschen!

Zumindest für andere.

Bringt nur Unglück.

Andererseits hatte ich bei ihr noch was gutzumachen. Meinetwegen: Wenn du Papa am Leben lässt, können wir mal darüber reden.

Oma Lina kam klackernd aus dem Bad.

»Nun? Habt ihr die Familienzusammenführung mit einem leckeren Eis gefeiert? Ohne eure arme alte Mutter und Großmutter?«

Die war immer noch auf dem Märtyrertrip.

»Du wolltest doch nicht mit«, sagte Mama ungerührt. »Du hast gesagt, du hättest eine Verabredung. Oder hast du das etwa *vergessen*?«

Oma wand sich ein bisschen, dann lachte sie. Klang sehr gekünstelt.

»Unsinn. Aber ihr hättet das ja auf später verschieben können. Wenn ich wiederkomme.«

»*Falls* du heute noch wiederkommst.«

Mama war aber auch in ganz besonderer Stimmung, fand ich.

»Was soll das heißen?«, wollte Papa wissen.

»Ach, nichts«, sagte Oma schnell. Sie lebt ihr lustiges Leben, aber sie ist der Meinung, dass Söhne nicht alles wissen müssen.

Mir fiel auf, dass die Zwillinge ungewöhnlich still waren. Ah ja, die glotzten noch. Hatten regelrecht Glupschaugen bekommen.

»Wo ist eigentlich Colin Firth?«, fragte ich sie.

»Wer?« Papa wirkte jetzt wirklich überfordert.

»Den haben wir abfotografiert«, sagte Sönke stolz.

»Sah wie echt aus«, ergänzte Nils.

»Die Bilder können wir teuer verkaufen.« Wieder Sönke.

»Das werdet ihr nicht tun!«

»Ach nee? Dürfen wir uns was wünschen, wenn wir darauf verzichten?«

»Vielleicht«, sagte ich vorsichtig.

»Tu das nicht«, mahnte Oma Lina. »Die Jungs wollen sonst einen echten Rennwagen. Oder ein großes Flugzeug. Oder ein Spaceshuttle.«

Sie sagte »Speiseschüssel«, aber wir anderen verstanden sie trotzdem.

»Mir wird das alles zu viel«, meldete sich Papa zu Wort. »Sönke und Nils, ab auf euer Zimmer.«

Sie murrten ein bisschen, gehorchten aber. Ich nahm mir vor, nachher noch die Puppenbilder von ihren Smartphones und Kameras zu löschen.

Er wandte sich an Mama. »Ich lege mich ein wenig aufs Sofa.«

»In Ordnung«, sagte sie. »Und ich hole dir schnell etwas aus der Küche.«

Bitte kein Messer, flehte ich im Stillen.

Draußen schlug eine Autotür zu.

Da musste ein Verehrer von Oma angekommen sein, während wir uns alle in der Diele unterhalten hatten.

Unterhalten, na ja.

Lina nickte uns hoheitsvoll zu und verließ klackernd das Haus.

Die hatte es gut. Musste nicht mit einer mutmaßlichen Mörderin unter einem Dach bleiben.

Das Auto fuhr weg, Mama verschwand in der Küche, Papa und ich standen einander gegenüber.

Ich dachte an das, was Alexander über mich und meine Rolle in meiner Familie gesagt hatte, und traf eine Entscheidung.

»Wir müssen reden, Papa.«

»Später, Svea, oder morgen.«

»Nein, jetzt.« Es geht um Leben und Tod.

Er stierte mich entsetzt an. Hatte ich etwa laut gesprochen?

Egal. Ich konnte keine Rücksicht mehr nehmen.

»Wir machen einen Spaziergang«, sagte ich in einem Befehlston, der ihn so überraschte, dass er mir folgte, als ich an ihm vorbei der Haustür zustrebte.

Wir waren schon halb durch den Vorgarten, als Mama uns nachrief: »Wo wollt ihr denn hin?«

Sie trug etwas in der Hand, aber ich konnte nicht erkennen, was es war.

Ich krallte meine Finger in Papas Jackenärmel und zog ihn fort.

# 18. Papa wird aufgeklärt

Wir kamen nur zehn Meter weit, dann war auch schon Mama bei uns.

»Hiergeblieben. Dein Vater ist erschöpft, Svea. Er braucht Ruhe.«

Ich linste auf ihre rechte Hand, entdeckte ein langes Brotmesser und erstarrte.

Tue es nicht!, wollte ich rufen, brachte aber nur ein Krächzen heraus. Wenigstens konnte ich mich bewegen und stellte mich rasch vor Papa.

Ganz schön mutig von mir, fand ich. Bereit, mein Leben für meinen alten Herrn zu opfern.

Dann sagte eine vernünftige Stimme in meinem Innern, dass ein Brotmesser nicht unbedingt die beste Tatwaffe war. Eine lange glatte Schneidefläche, die an ihrem Ende spitz und scharf zulief, wäre da wesentlich besser geeignet.

Schätze, die Stimme kam von Else.

Mama blinzelte mich verwirrt an, dann schubste sie mich zur Seite und sagte zu Papa: »Komm wieder rein, Klaas. Du musst zu Kräften kommen. Ich mache dir ein Leberwurstbrot.«

Ähm, ja.

Klang jetzt nicht nach einem Mordplan.

Verwirrt ließ ich die beiden abziehen. War es möglich, dass meine Eltern sich auf der langen Fahrt von Frankfurt nach Hause ausgesprochen hatten?

Konnte es sein, dass Papa ein volles Geständnis abgelegt und Mama ihm bereits verziehen hatte?

Ich fand, das klang zu schön, um wahr zu sein.

Mir wurde kühl so allein auf der Straße, und ich kehrte ebenfalls ins Haus zurück.

Aus der Küche drang leises Geplauder in die Diele, aber ich meinte doch, aus Mamas Stimme eine gewisse unterdrückte Wut herauszuhören. Sie mochte von einer radikalen Lösung abgewichen sein, aber das Thema war noch lange nicht vom Tisch.

Nach einer Stippvisite bei meinen Brüdern, wo ich unter Protestgeheul sämtliche Bilder des falschen Colin Firth löschte und bei der Gelegenheit die Puppe gleich einkassierte, verzog ich mich in mein Zimmer. Ich hatte nur versprochen, dass ich morgen über einen Wunsch von ihnen nachdenken würde, sofern zwei Bedingungen erfüllt wurden: Sie durften niemandem außerhalb der Familie etwas darüber verraten, und ihr Wunsch musste maßvoll und vernünftig sein. Angesichts ihres Berufszieles war der erste Punkt wirklich hart, aber ich musste verhindern, dass bald die ganze Stadt Bescheid wusste. Ich würde mich vor Anfragen nicht mehr retten können. Ähnlich wie ein Lottogewinner, der plötzlich Tausende neue Freunde hat. Punkt zwei war für die Jungs auch nicht einfach. Maßvoll und vernünftig. Zwei Beschreibungen, die im Leben von Sönke und Nils sonst nicht vorkamen. Vermutlich würden sie die ganze Nacht wach bleiben und darüber brüten, wie sie mich austricksen konnten.

Ich hingegen schlief wunderbar und wurde auch von keiner Serenade geweckt.

Früh am Freitagmorgen stürmte wieder einmal Papa in mein Zimmer.

»Oma ist weg! Steh sofort auf, Svea! Wir müssen sie suchen!«

Gähnend setzte ich mich im Bett auf. Ich fühlte mich wunderbar erholt. Nur in einem versteckten Winkel meines Herzens verspürte ich ein winziges Gefühl des Verlustes und des Kummers.

Seltsam. Doch nicht etwa wegen Alexanders fehlendem Geheule in der Nacht?

»Komm mal wieder runter«, sagte ich und streckte mich, was Papa in einige Verwirrung stürzte.

Ach ja, meine Oberweite. Ich hatte nicht lange gebraucht, um mich an mein neues Körpergefühl zu gewöhnen. Andere hatten mit meiner Veränderung noch so ihre Schwierigkeiten. Rasch zog ich die Bettdecke über das alte T-Shirt, das ich zum Schlafen trug. So konnte er sich wieder auf seine Mutter konzentrieren.

»Aber sie ist nicht in ihrem Zimmer. Ich fürchte, sie irrt hilflos durch die Straßen.«

»Ach was. Oma hat bloß schon wieder die Nacht mit einem Mann verbracht.«

Papa klappte den Mund auf und wieder zu. Erst nach einer Weile gelang es ihm, zwei Worte zu sagen, die ihn offenbar besonders getroffen hatten. Ich hatte sie fast erwartet. »Schon wieder?«

»So ist es«, erwiderte ich fest und betonte: »Mit einem Mann.«

Ich fand, es war Zeit für schonungslose Offenheit. Über

mich wurde in meiner Familie ja auch gesprochen, als hätte ich keinerlei Anrecht auf ein Geheimnis. Dass ich Wünsche erfüllen kann, hätte ich ganz gern für mich behalten, zum Beispiel. Na gut, es wäre schwierig geworden, Papas Reise mit reiner Logik zu erklären. Trotzdem, wenigstens Mama und Oma hätten schweigen müssen. Okay, okay, Papa war zwangsläufig informiert worden, aber zumindest meine Brüder … ach, die waren viel zu clever und schauten viel zu viele Fantasyfilme, als dass sie nicht dahintergekommen wären.

Uff! Ich gab es auf. Und trotzdem dachte ich: Wenn schon, dann wollen wir mal über alles offen reden, was bei den Amores so abgeht.

Und das gilt auch für eine gewisse Samantha Nielsdatter, genannt Sam. Dazu kommen wir noch, Papa! Schön eines nach dem anderen.

Papa ließ sich schwer auf mein Bett fallen. »Willst du damit sagen, dass meine Mutter, deine Oma, sich mit diversen Liebhabern vergnügt?«

»Hm.«

»In ihrem Alter?«

»Hm.«

»Sie geht nicht bloß zum Tanztee? Oder zum Basteln in den Gemeindesaal?«

»Hm, hm.«

»Und während deine Mutter und ich glauben, sie hat sich verirrt, schmiegt sie sich in Wahrheit lustvoll an einen Kerl?«

Ich hätte es nicht unbedingt so formuliert, aber es traf die Sache ziemlich gut.

»Also ich weiß nicht genau, inwieweit Mama informiert

ist«, sagte ich vorsichtig. »Neulich schien sie aber nicht sonderlich überrascht, als Oma ankündigte, sie werde über Nacht wegbleiben. Du warst in Indien und hast es nicht mitbekommen.«

»So«, sagte Papa. »So. Nicht nur meine Mutter hintergeht mich, sondern auch meine eigene Frau, indem sie mir diese Schandtaten verheimlicht.«

»Es ist bloß Sex, Papa. Keine Schandtat.«

Er starrte mich an. »Svea!«

Ich erinnerte mich schnell daran, dass ich der ruhende Pol in der Familie war. »So hab ich das nicht gemeint, entschuldige. Aber Oma ist eine erwachsene Frau, und es ist *ihr* Leben. Du solltest lieber froh sein, weil du jetzt weißt, dass sie gar nicht krank ist.«

Ein bisschen staunte ich über mich selbst. Seit wann verteidigte ich so entschieden die wilde Lina? Etwa seit Alexander mich gestern auf meine wichtige Position im Kreise meiner Lieben aufmerksam gemacht hatte?

Nein, dachte ich. Im Herzen hatte ich ihren Lebensstil wohl schon immer akzeptiert, und nun, da mir so etwas Verrücktes wie die Wünscherei widerfuhr, war meine Toleranzschwelle platt wie eine Nordseescholle. Diese Einstellung mochte nicht zu der langweiligen Exfreundin von Martin Fischer passen und noch weniger zu der pflichtbewussten Rechtsanwalts- und Notarfachangestellten. Aber zu dieser Svea passte sowieso nichts von dem, was in dieser Woche passiert war.

Insofern war es okay, fand ich. Es fühlte sich an, als würde ich mich dank des Buches der Wünsche neu erfinden.

In diesem Moment begriff ich endgültig, wie wichtig

es ist, jeden Tag voll auszukosten. Im Fall von Lina eben auch jede Nacht. Schon morgen oder in einer Stunde oder in fünf Minuten kann etwas geschehen, das deinen ganzen schönen Lebensplan über den Haufen wirft. Du könntest deiner großen Liebe begegnen, von einem Fahrradkurier umgenagelt werden oder eine positive Antwort auf deine siebenundzwanzigste Bewerbung für eine Stelle als Assistentin oder Friseurin oder Schornsteinfegerin oder Kassiererin oder Bundeskanzlerin bekommen.

So ist das Leben.

Unvorhersehbar.

Ich erging mich noch in meinen philosophischen Betrachtungen, als Papa sich nach längerem Schweigen mit einem Räuspern wieder zu Wort meldete.

»Meine Mutter ist nicht erwachsen, sie ist *alt*!«, sagte er. Es klang, als müssten das zwei verschiedene Phasen im Leben eines Menschen sein. Es machte mir ein bisschen Angst vor der Zukunft.

»Und warum habe ich davon nie etwas mitbekommen?«, fügte er hinzu.

Gute Frage. Vielleicht, weil du fest beide Augen zugekniffen hast und nicht sehen wolltest, was es deiner Meinung nach nicht geben durfte. Dir reichte schon der Gedanke an eine lebenslustige Mutter. Eine lebenslustige *und* sexhungrige Mutter war vermutlich zu viel für dich. So hast du dir eingeredet, ihre diversen Verehrer würden sie zum Tanztee begleiten oder zu irgendeinem Bastelkurs für Senioren.

Von alldem sagte ich nichts. War überflüssig. Darauf würde er schon noch von selbst kommen, wenn sich der erste Schrecken gelegt hatte.

Papa stieß einen tiefen, leidvollen Seufzer aus. »Deiner Meinung nach ist es also ein Zeichen von geistiger Gesundheit, wenn eine achtzigjährige Frau ihren faltigen Körper darbietet?«

Mensch, Papa, was sind denn das für Ausdrücke?

Mir fiel keine rechte Erwiderung ein. War auch nicht nötig, denn er stürmte aus meinem Zimmer. Wahrscheinlich wollte er seine Frau zur Rede stellen und sie dann ihn. Da wollte ich eigentlich auch mitmachen. Zumindest bei dem Teil, der Samantha genannt Sam betraf. Die war gestern schließlich auch in mein Leben geplatzt. Aber im nächsten Moment überlegte ich es mir anders und beschloss, mit meinen Kräften hauszuhalten. Ich verspürte ein dringendes Bedürfnis nach Normalität, und ich hatte auf einmal genug davon, der ruhende Pol zu sein. Also stand ich auf und ging duschen.

Außerdem würden in spätestens zwanzig Minuten meine Brüder munter sein und mir ihre Wunschliste präsentieren.

Ich zog es vor, mich aus dem Staub zu machen. Diesmal nahm ich den Bus in die Innenstadt.

Zu meinem größten Erstaunen passierte an diesem Freitag nichts Besonderes. Maike und ich arbeiteten still vor uns hin, Maike vielleicht noch ein bisschen stiller als sonst. Klar, sie hatte ihr Date vom Mittwoch noch nicht verarbeitet. Ich merkte es daran, dass sie hin und wieder ihr Schweigen brach, um jeden Klienten, der knapp über vierzig war, als Tattergreis oder alten Knacker zu bezeichnen. Zum Glück erst, wenn derjenige aufgelegt oder unser Büro verlassen hatte. Gegen Mittag wurde die Versuchung beinahe übermächtig, meiner Freundin doch noch den perfekten Partner zu wünschen. Da hatte sie unseren Praktikanten Sven als Methusalem bezeichnet. Der Junge ist siebzehn!

Aber ich widerstand. Es war so unglaublich erholsam, mal einen ganz normalen Arbeitstag zu erleben. Ich ließ mir das nicht kaputt machen. Jedenfalls nicht bis zum frühen Nachmittag, als Martin mich in sein Büro beorderte.

»Svea«, begann er. Nicht »Liebe Svea«.

Nanu?

Sein Blick lag dort, wo er nichts zu suchen hatte, dabei hatte ich mir extra einen dicken Pulli angezogen, der alles einigermaßen kaschierte. Tatsächlich hatte Maike nichts bemerkt, was aber auch daran gelegen haben mochte, dass sie den ganzen Tag lang nur dumpf auf ihren Monitor geschaut hatte.

Martin aber wusste, was er gestern unter der beinahe platzenden Bluse gesehen hatte. Dem machte ein oller Pulli nichts vor.

Vielleicht war ich ja nicht mehr die »Liebe Svea«, weil ein Sexobjekt keine freundliche Anrede verdient.

»Wir treffen uns in einer Stunde in deiner Wohnung.«

Hä?

Was sollte denn dieser Kasernenhofton?

»Nö«, sagte ich.

»Es ist aber wichtig. Ich komme nicht dazu, das zu erledigen, was ich unbedingt erledigen muss.«

Ich bemerkte zwei Schweißperlen auf seiner Stirn. Interessant. So viel hatte er mir bisher noch nicht verraten.

Er musste also unbedingt etwas in meiner Wohnung erledigen. Gestern hatte es noch geheißen, er wolle mich beschützen und begleiten, eventuell noch etwas besorgen. Nun auf einmal *unbedingt* etwas erledigen?

Was mochte das wohl sein? Svea flachlegen schied aus, fand ich. Dafür wirkte er irgendwie zu genervt.

Ich suchte den Blick seiner Augen. Schwierig, dazu hätte ich in die Knie gehen müssen. Der Mann starrte immer noch auf meine Möpse … ähm … Melonen.

O Gott!

Jetzt ist doch mal gut! Ich drehte mich um.

»Wo willst du hin?«

»Zurück an die Arbeit.«

»Also, um sechs in deiner Wohnung.«

Hatte er eben nicht richtig zugehört?

»Nein.«

»Svea …«

Ich wartete darauf, dass er zu mir kommen würde. Er sollte mich sanft an den Schultern fassen, mich zu sich umdrehen, mir tief in die Augen schauen und flüstern: »Es soll doch eine Überraschung sein, liebste Svea. Ein ganz besonders romantischer Moment. Ich habe in deiner Wohnung einen Verlobungsring versteckt, und … nun ja … ich brauchte ein wenig Bedenkzeit. Aber jetzt bin ich mir ganz sicher. Ich möchte dich heiraten. Dich und deine Melonenmöpse.«

Okay, letzten Satz streichen. Aber sonst: perfekt. Nur passierte nichts dergleichen. Er ließ mich einfach gehen.

Düsternis legte sich über mein romantisches Herz.

Oder? Vielleicht war es auch nur die Holztäfelung seiner Bürotür, die alles dunkler erscheinen ließ. Ich stieß fast mit der Nase dagegen.

»Ich gebe dir einen guten Rat«, erklärte ich der feinen

Maserung. »Überlege dir übers Wochenende, was genau du von mir willst. Und dann entscheide ich, ob ich dich noch einmal in meine Wohnung lasse.«

Und dann weiß ich vielleicht selbst, ob ich überhaupt noch etwas von dir will.

Martin gab mir keine Antwort darauf, also verließ ich sein Büro, kehrte an meinen Schreibtisch zurück und arbeitete weiter, als sei nichts gewesen.

Maikes neugierige Blicke ignorierte ich.

Abgesehen von dieser Unterbrechung, blieb der Tag bis zum Abend wunderbar ruhig. Ich überredete Maike, nach der Arbeit in eine neue Brasserie zu gehen, wo wir bei einem Glas Rosé und einem gebackenen Camembert über das Leben im Allgemeinen und die Männer im Besonderen herzogen.

Es fühlte sich so herrlich normal an.

Nach dem dritten Glas wollte meine Freundin leider aufbrechen.

»Es ist Freitagabend«, protestierte ich. »Lass uns noch weiterziehen, die Stadt unsicher machen.«

Ich will nicht nach Hause, fügte ich in Gedanken hinzu. Da wartet nur meine Familie und will weiß Gott was von mir. Seit Martin sich von mir getrennt hatte, war ich gern mal um die Häuser gezogen. Nicht sofort, natürlich, ich hatte einige Wochen gebraucht, um mich von dem Tiefschlag in meinem Leben zu erholen.

Okay, vielleicht auch einige Monate. Aber seit dem Sommer gab ich mir alle Mühe, hin und wieder etwas mit Freundinnen zu unternehmen. Maike und die anderen waren auch fest entschlossen gewesen, mich neu zu verkuppeln. Denn nichts lässt einen den Verflossenen leichter vergessen als ein Neuer. Klappte bloß nie. Entweder hatte ich an dem Typen etwas auszusetzen, weil er nicht so attraktiv und so klug wie Martin war, oder ich wurde übersehen.

An diesem Abend hingegen spürte ich einige Blicke auf mir. Genauer gesagt auf dem vorderen Teil meines Pullis. Ich hatte Lust, meine – ähm – Möglichkeiten auszuschöpfen.

Maike gähnte ausgiebig. »Sorry, aber ich habe aus lauter Frust zwei Nächte nicht geschlafen.«

Ich hätte ihr gern erzählt, dass ich einige gute Gründe mehr hatte, müde zu sein, aber ich ließ es bleiben. Wie gesagt, ich wollte nicht zum Stadtgespräch werden. Mein Leben würde dann nie wieder normal sein. Maike war eine prima Freundin und eine super Kollegin, aber ein Geheimnis konnte sie nie länger als drei Sekunden für sich behalten.

Deshalb erklärte ich nur, ich werde ebenfalls nach Hause fahren.

Der letzte Bus war schon weg, also gönnte ich mir ein Taxi.

# 19. Pumps oder Pantoffeln?

Schon wieder fand ich zu Hause nur Oma vor. Ganz allein saß sie in der Küche und blickte dumpf auf eine halb leere Flasche Marsala.

Oma Lina sah anders aus als sonst, und das machte mir Sorgen.

»Die anderen sind alle zu Petersens zum Essen gegangen.«

Ich kannte das Lokal gut. Dort gab es kräftige deutsche Hausmannskost.

»Du sollst nachkommen, wenn du möchtest. Mein Sohn hat verkündet, er könne nach seiner Reise keine exotischen Speisen mehr vertragen«, fuhr Oma mit kaum unterdrückter Wut fort.

»Könnte doch stimmen«, warf ich vorsichtig ein.

»Pah! Was soll denn an meiner Piccata alla milanese exotisch sein? Ist doch nichts anderes als ein Wiener Schnitzel, nur kleiner und mit ein bisschen Parmesankäse. Hat ihm bisher immer gut geschmeckt.«

»Ich bin auch schon satt«, erklärte ich und musterte sie nachdenklich. Sie trug kein schickes Etuikleid, nicht mal ein Kostüm. Bloß eine Wickelschürze über einem von Papas alten Pyjamas. Rasch schaute ich unter den Tisch. Pantoffeln statt Pumps. Ganz schlechtes Zeichen. Meines

Wissen hatte Oma auf ihre hohen Schuhe nur ein einziges Mal verzichtet: vor drei Jahren, als sie sich beim Tanzen den Knöchel verstaucht hatte.

»Was ist los?«

Oma goss sich Likörwein in ein Glas und nippte daran mit spitzen Lippen.

Ich verzichtete. Mir hatte der Rosé gereicht.

»Klaas verlangt, dass ich mich ändere«, sagte sie halblaut.

»Und davon lässt du dich beeindrucken? Seit wann gibst du so schnell klein bei?«

»Seit er mir mit Entmündigung und Einweisung in ein Pflegeheim für Alzheimerpatienten droht«, sagte sie sehr leise.

»*Was?*«

Ich sprang auf, setzte mich wieder, sprang erneut auf. Die Bewegung tat mir gut. Endlich ließ ich mich zurück auf den Küchenstuhl sinken, holte tief Luft und erklärte meiner Oma: »Er wird nichts dergleichen tun. Dafür sorge ich. Kein Richter wird einem solchen Antrag zustimmen. Glaub mir, ich kenne mich aus.« Das stimmte zwar nicht, denn bei Strassberg, Fischer & Sonders hatten wir mit solchen Fällen nichts zu tun, aber ich würde mich eben informieren. Es fühlte sich gut an, die Heldin meiner Großmutter zu sein.

Ungefähr drei Sekunden lang.

»Ach, Dickerchen. Das ist lieb von dir. Aber was kann eine Schreibkraft schon ausrichten?«

Ich hatte für einen Augenblick vergessen, wie Oma über mich dachte.

»Eine ganze Menge«, gab ich verstimmt zurück. »Es ist mein Fachgebiet.« Im weitesten Sinne.

Plötzlich hellte sich ihr Gesicht auf. Es war ungeschminkt und wirkte auf seltsame Art älter als sonst, aber jetzt strahlte es.

»Ich weiß, was du machen kannst. Du kannst mir wünschen, dass Klaas zur Vernunft kommt.«

Na super. Eine intelligente Leistung traute sie mir nicht zu, aber Hokuspokus war für sie in Ordnung.

»Das werde ich nicht tun.«

Oma legte den Kopf schief. »Und warum nicht? Seit du Wunder vollbringen kannst, bis du nicht sehr nett zu mir gewesen.«

So langsam verlor ich die Geduld. »Dazu braucht es keine Wunder. Ich werde mit Papa reden, und ich besorge dir im Notfall rechtlichen Beistand. Damit musst du dich zufriedengeben.«

Statt mir zu antworten, nahm Oma den nächsten Schluck Marsala direkt aus der Flasche. Ein paar Tropfen verloren sich in den Falten um ihren Mund.

Großer Gott! Wenn Lina Amore schon jetzt die Fassung verlor, war es schlecht um sie bestellt. Nun gut, ich würde bei nächster Gelegenheit mit Papa sprechen.

Mir wollte kein passender Spruch einfallen, um ihr noch einmal Mut zu machen, also klopfte ich ihr nur unbeholfen auf die Schulter, ließ sie dann allein und ging auf mein Zimmer. Dort fand ich auf dem Bett einen großen braunen Briefumschlag vor.

»Für unsere liebe Schwester Svea«, stand in Großbuchstaben darauf.

Aha, die Wunschliste meiner Brüder. Offenbar hatte ich mich nicht klar ausgedrückt. Ich war bereit, ihnen *einen* Wunsch zu erfüllen. Maximal einen pro Nase. Keine unendliche Liste. Ich legte den Umschlag auf das Fensterbrett. Er wog ungefähr so viel wie der Katalog eines Versandhauses. Vor morgen wollte ich mich nicht damit auseinandersetzen. Auch mit Omas Problem mochte ich mich jetzt nicht befassen. Ich konnte mir sowieso nicht vorstellen, dass Papa es wirklich ernst meinte.

Morgen, morgen. Meine Familie musste einfach mal warten.

Kurz checkte ich mein Smartphone. Eine SMS von Sönke und Nils, die offenbar auf Nummer sicher gehen wollten, war in zehn Teilen geschickt worden. Sonst nichts Neues. Weder von Martin noch von Alexander. Komisch, dass sich keiner von beiden meldete. Gut, Martin hatte ich sehr deutlich gesagt, was ich von ihm erwartete, aber Alexander? Kein Anruf? Überhaupt gar kein Lebenszeichen?

Ein kalter Schauder lief über meinen Rücken. Das hieß also, es hatte funktioniert. Alexander König war nicht mehr in mich verliebt.

Aus und vorbei.

Und Oma hatte sich getäuscht. Mama auch, als sie behauptete, er sei schon früher verrückt nach mir gewesen. Von wegen, man könne nur Gefühle rückgängig machen, die es vorher noch nicht gegeben hatte! Am besten, ich sah die Dinge so, wie sie waren: Alexander hatte mich bisher genauso wenig ausstehen können wie ich ihn, und von seiner kurzfristigen Verliebtheit war er jetzt für alle Zeiten geheilt.

Ende der Geschichte.

Ich drehte die Worte eine Weile in meinem Kopf hin und her. Hie und da stießen sie gegen eine Kante, so als ob nicht alles zusammenpassen wollte, aber im Großen und Ganzen war das Ergebnis klar.

Okay.

Rasch rief ich noch mein Mailprogramm auf, obwohl ich ihm etwas so Modernes trotz aller Veränderung nicht wirklich zutraute – nichts, außer einer sehr langen Mail von Sönke und Nils, die ich ungelesen löschte.

Auf merkwürdige Art fühlte ich mich einsam.

Draußen erklang Hufgetrappel. Halb und halb erwartete ich einen Kurier vom Ponyexpress mit einem Eilbrief der Brüder Amore. Aber es waren bloß zwei Kinder aus der Nachbarschaft mit ihren Pferdchen.

Hellwach legte ich mich aufs Bett. Auf keinen Fall wollte ich jetzt über Alexander nachdenken. Aber zur Ruhe konnte ich nicht kommen. Ob Mama Tabletten hatte? Nein, eher nicht. Sie gehört zu den glücklichen Menschen, die nur die Augen schließen müssen, um sofort wegzudämmern. Dann fiel mir ein, dass ich ein probates Mittel kannte, um einzuschlafen.

Ich musste mir was wünschen. Dann klappte es von ganz allein.

Gute Idee. Aber was? Bloß keine weiteren Körperteile. Mir reichten die zwei, die ich hatte. Louboutin, Valentino, Dolce & Gabbana, Gucci, Marc Jacobs – nein, lieber nicht. Dazu musste ich zunächst eine gründliche Internetrecherche betreiben, damit ich mir auch das Richtige bestellte. War mir jetzt zu anstrengend.

Auf einmal wusste ich es. Seit ich am Montag das Buch der Wünsche entdeckt und die Geschichte von Zacharias Coenig gehört hatte, fragte ich mich, was aus dem Mann geworden war.

Dieses Rätsel wollte ich jetzt lösen. Vielleicht würde sich keine bessere Gelegenheit mehr bieten.

Ich drückte mir mein Kopfkissen aufs Gesicht und rief laut, dass ich das Leben liebte.

Oma sollte bloß nichts hören. Die kam sonst ins Zimmer geplatzt und forderte wieder einen Hasselhoff oder einen seiner Kollegen.

Als der Nebel sich lichtete, entfaltete sich ein klares Bild vor meinen Augen. Vor lauter Rührung kamen mir die Tränen. Darüber schlief ich ein.

Niemand stürmte am Samstagmorgen in mein Zimmer. Die Familie Amore ließ mich mal in Ruhe.

Wie angenehm.

Ich ahnte jedoch, dass dies nur eine kurze Pause war. Zu viele Wünsche warteten auf mich, zu viele Erwartungen wurden an mich gestellt.

Kurz fühlte ich mich niedergedrückt, dann spürte ich neue Energie durch meinen Körper und bis in meine Seele fließen. Das mochte mit dem Schicksal von Zacharias Coenig zusammenhängen, das ich nun kannte. Ich nahm mir vor, Alexander zu besuchen und ihm davon zu erzählen. Bestimmt würde ihn interessieren, wie es seinem Vorfahren ergangen war. Und bei der Gelegenheit konnte ich hoffentlich herausfinden, wie es um ihn stand.

Und um mich.

Um uns.

Ich beeilte mich, unter die Dusche zu kommen, bevor jemand anders das Bad besetzte. Im Flur entdeckte ich auf dem Fußboden große, aufgeklebte Pfeile in Neonfarben, die von meiner Tür zum Zimmer meiner Brüder wiesen.

Unwillkürlich unterdrückte ich ein Lachen. Sönke und Nils waren bekennende Langschläfer, aber sie hatten vorgesorgt. Die Botschaft war eindeutig: Wecken und Wünsche erfüllen.

Ich dachte gar nicht daran.

Zwanzig Minuten später setzte ich in der Küche Kaffee auf und bereitete Toast zu, als Mama und Papa hereinkamen. Sie wirkten verschlafen und – glücklich.

Glücklich?

Ich staunte. Die hatten doch nicht etwa ...

Doch. Mamas zufriedener und Papas stolzer Blick signalisierten, dass sie nach dem kräftigen Essen gestern Abend noch Versöhnung gefeiert hatten.

Einen Moment lang empfand ich Achtung für Mama. Einen Seitensprung zu verzeihen, das erforderte schon echte innere Größe. Vor allem in der kurzen Zeit.

Als Martin mich mit der Frau aus Hamburg betrog, hatte ich mir die besten Tötungsarten ausgemalt.

Hm, an dem Punkt war Mama gestern auch noch gewesen.

Was war nur passiert?

Ich blickte von einem zum anderen. Beide sahen aus, als wären sie gern allein. Ein gemütliches Frühstück zu zweit und danach vielleicht noch eine Runde Versöhnung im Bett.

Töchter störten da eher nur.

Aber ich ließ mich nicht so leicht abschieben. Es gab ein paar Dinge zu klären in dieser Familie, also konnten wir gleich mal mit Samantha genannt Sam anfangen.

Kurz wunderte ich mich. Wäre Oma jetzt nicht wichtiger gewesen? Möglich, gab ich mir selbst zur Antwort.

Aber Samantha hat es auch auf Alexander abgesehen. Da musste ich Prioritäten setzen.

»Fährst du nicht zur Arbeit?«, fragte Mama freundlich. Und ziemlich scheinheilig, wie ich fand.

»Nein, heute ist Samstag. Die Kanzlei ist zu.«

»Ach, ich dachte nur, du hättest vielleicht einiges aufzuholen, weil du in den letzten Tagen so viel gefehlt hast.«

»Habe ich nicht.«

Mama holte Eier und Frühstücksspeck aus dem Kühlschrank und machte sich am Herd zu schaffen.

Alles klar. Beide hatten sich wohl verausgabt und brauchten ein nahrhaftes Essen.

Ich beschloss, mich mit einem Toast zu begnügen, und ließ mich auf einen Stuhl fallen.

Papa setzte sich zu mir. »Wie steht's um deine Wohnung? Du musst sicher einiges neu anschaffen. Teppiche zum Beispiel oder Deckenlampen. Falls du gleich ins Möbelhaus fahren willst, kannst du das Auto nehmen. Und vielleicht brauchst du auch etwas Geld.«

»Nein, danke. Die Königs werden für alles aufkommen, was die Versicherung nicht abdeckt.«

Ich war entschlossen, es ihnen beiden richtig schwer zu machen. Die wurden mich jetzt nicht los, bevor sie mich aufgeklärt hatten.

»Und bis die Wohnung ganz trocken ist, dauert es ein paar Wochen«, fügte ich hinzu.

Papa rieb sich über das unrasierte Gesicht. »Trotzdem könntest du dich schon mal umschauen.«

»Keine Lust.«

Ich bemerkte den ratlosen Blick, den sie wechselten,

und grinste in mich hinein. Papas nächste Worte ließen mich jedoch aufmerken.

»Gut. Wenn du also nicht wegmusst, sollten wir einmal offen miteinander reden.«

»Klaas«, murmelte Mama. »Wir wollten doch noch etwas warten.«

»Ja, Liebling. Aber ich habe meine Meinung geändert. Wenigstens Svea muss es wissen.«

Auf einmal wollte ich doch lieber ins Möbelhaus fahren. Einen neuen Teppich für mein Wohnzimmer und ein paar Lampen aussuchen war eventuell entspannender als ein offenes Wort mit meinen Eltern.

Von dem Gedanken an Lampen geriet ich direkt zu Samantha und ihrer Tiffanylampe.

Also gut. Ich nickte Papa zu. Bringen wir es hinter uns.

»In dieser Familie wird es eine große Veränderung geben«, sagte er in einem Tonfall, der erschreckend dramatisch rüberkam.

Wat?

Der wollte mich gar nicht über seine Geliebte aufklären, der sprach von Oma! Wenn Lina ins Heim musste, würde sie von einem Tag auf den anderen ihre Lebensfreude verlieren. Dann war sie wirklich alt. Und der Rest von uns? Es würde kein leckeres italienisches Essen mehr geben und keine Aufregung um ihre Lover.

Wie öde!

Die Amores wären einfach nicht mehr dieselben. Erst jetzt begriff ich, dass sie ein ganz wichtiger Teil dieser Familie war. Auf ihre Art eben.

»Nur über meine Leiche!«, rief ich. »Du wirst das nicht tun! Das ist so gemein! Ich werde es verhindern! Gleich am Montag spreche ich mit meinem Chef. Doktor Olaf Strassberg höchstpersönlich. Der wird sie vertreten, und du wirst…«

»Svea!«, schrie Papa. »Schluss!«

Ich verstummte, aber meine Augen schossen Giftpfeile auf ihn ab.

»Wovon zum Teufel redest du?«, fragte er.

Den Teufel solltest du lieber nicht erwähnen, das bringt mich nur auf eine Idee.

Mama sah, wie ich Luft holte, sprang zu mir und presste mir ihre Hand auf den Mund. Der Geruch nach Rührei und Speck stieg mir in die Nase. Ich musste würgen.

»Kein Wunsch!«, zischte sie mir zu. »Oder ich muss dich knebeln.«

Mühsam nickte ich. Sie ließ mich los und kehrte an den Herd zurück, behielt mich aber im Auge. Ich röchelte eine Runde.

»Was ist los?«, erkundigte sich Papa verwirrt.

»Deine Tochter hätte es fertiggebracht, dich zum Teufel zu schicken«, sagte Mama.

»Schwachsinn«, flüsterte ich. Nach der Attacke eben hörte ich mich an wie früher Alexander.

»Himmelherrgott noch mal!«, polterte Papa los. Vermutlich erwähnte er den Lieben Gott unterbewusst als Gegengewicht zum Teufel. »Kannst du mir nicht erst mal zuhören? Du bist doch hier das vernünftigste Familienmitglied.«

Ich fühlte mich geehrt, war aber auf der Hut.

Mama murmelte etwas Unverständliches.

»Entschuldige, Rieke«, fügte er schnell hinzu. »Aber

ohne Svea hätte es in all den Jahren viel mehr Streit und Missverständnisse gegeben.«

Wunderbar, danke. Ich lasse es trotzdem nicht zu, dass du Oma ins Pflegeheim abschiebst. Arnaldo und Else waren sich in meinem Kopf uneinig. Während mein Urgroßvater sich für eine Unterbringung aussprach, weil ihm die lebenslustige Tochter vor seinen Geisterfreunden peinlich war, stimmte meine Urgroßmutter dagegen. So ganz in Ordnung fand sie Linas Betragen zwar auch nicht, aber als Frau schaute sie sich ganz genau die zahlreichen Verehrer an und hatte da so ihre Lieblinge. War besser als Fernsehen, das es sowieso nur in ihren späten Lebensjahren gegeben hatte.

Ich schob die beiden mit aller Kraft beiseite.

»Und deswegen wird sie es verstehen«, sagte Papa. »Ich möchte …«

»Oma bleibt da«, unterbrach ich ihn. »Sie gehört zu uns. Und ich werde mit allen Mitteln für sie kämpfen. Mit allen Mitteln, klar?«

Papa hob die Brauen, Mama vergaß, das Rührei zu wenden.

Ich stand auf, trat ruhig zu ihr und nahm die Pfanne vom Herd. »Du wirst mich nicht immer beaufsichtigen können. Wenn es gar nicht anders geht, werde ich einen entsprechenden Wunsch äußern. Ihr habt die Wahl. Ihr könnt gleich aufgeben und Oma bei uns lassen, oder ihr müsst gegen *mich* kämpfen.«

*Jetzt* war ich aber wirklich die Heldin von Lina Amore.

Ich kostete das Gefühl voll aus, stellte mich sehr gerade hin und hob das Kinn. Ich verzichtete bloß darauf, die Brust rauszustrecken. Hätte kontraproduktiv sein können.

Im nächsten Augenblick fiel ich buchstäblich in mich zusammen. Mein Kinn sackte herab, meine Schultern landeten ungefähr dort, wo eben noch die Ellenbogen gewesen waren.

»Svea«, sagte Papa, »du hast da etwas völlig falsch verstanden. Ich rede nicht von Oma.«

Nein? Was? Von wem denn? Etwa doch von deiner Geliebten Samantha-Sam? Wie, bitte schön, soll die denn Veränderungen in unsere Familie bringen? Die ist doch weg vom Fenster, und deine Frau hat dir verziehen. Alles wird wie früher. Oder etwa *nicht*?

Mama lächelte mir zu. Die war jetzt ganz ruhig. Hatte sie sich schon damit abgefunden, in Zukunft eine Beziehung zu dritt zu führen?

Bevor meine Fantasie ausrasten konnte, erklärte sie mir: »Dein Vater hat seiner Mutter nur mit dem Pflegeheim gedroht. Natürlich hat er das nicht ernst gemeint. Wir hoffen allerdings, dass sie dadurch ihren Lebenswandel ändert.«

»Das habe ich gehört«, sagte Lina von der Küchentür aus. »Und alles andere auch. Ich denke gar nicht daran, irgendetwas zu ändern, und jetzt will ich hören, worum es hier überhaupt geht.«

Wir drei zuckten zusammen. Oma kam herein und stellte sich neben Papa. Sie sah wieder schön und gepflegt aus. Ihr Kleid war der Tageszeit entsprechend nur taubengrau, aber an den Füßen trug sie hohe Lackpumps.

Für mich war die Welt ganz kurz wieder in Ordnung.

Papa wollte aufstehen, doch sie drückte ihn wieder hinunter. Ihre Hand blieb fest auf seiner Schulter.

»Rede!«

Er wechselte einen langen Blick mit Mama, sie nickte ihm aufmunternd zu.

Also holte er tief Luft und sagte: »Es geht um Samantha, meine Tochter.«

## 20. We Are Family

Ich starrte Papa an, dann Mama. Dann wieder Papa. Mein Blick hüpfte eine Weile hin und her, bis mir schwindelig wurde. Also konzentrierte ich mich auf Oma. Sie stand noch immer in der Küchentür und erlitt den größten Schock ihres Lebens.

Else meldete sich in meinem Kopf zu Wort und erinnerte mich an Arnaldos Bad in der Nordsee.

Okay, den zweitgrößten Schock.

War sie schon blass unter der Schminke? Zitterten ihre Beine? Sollte ich nicht aufspringen und sie halten?

Ja, unbedingt. Bloß war ich mir nicht sicher, ob meine eigenen Beine mich tragen würden.

Papa war Vater einer weiteren Tochter. Er hatte eine außereheliche Affäre gehabt. Zwar nicht in den vergangenen Tagen, sondern vor vielen Jahren, aber …

Moment mal. Wann genau, eigentlich?

Ich war zehn Monate nach der Hochzeit meiner Eltern zur Welt gekommen. Und wie alt war Samantha-Sam? Gestern hatte ich gedacht, sie wäre in meinem Alter. Andererseits schien sie Fitnessstudios zu lieben und pflegte sich bestimmt jeden Tag drei Stunden lang. Gut möglich also, dass sie schon Mitte dreißig war. Dann, ja, dann wäre es auch möglich, dass sie einer früheren Beziehung entstammte.

Gerade wollte ich Papa danach fragen, als Oma ein Geräusch ausstieß. Mama war jetzt bei ihr. Sie fürchtete wohl auch, Lina könnte in Ohnmacht fallen. Oder auf der Stelle tot sein.

Ältere Menschen soll man nicht so erschrecken, finde ich. Kann übel ausgehen.

Doch weder starb Oma, noch verlor sie das Bewusstsein. Sie stöhnte, sie gluckste, und dann brach sie in schallendes Gelächter aus. Sie hielt sich den Bauch vor Lachen, ließ sich auf einen Stuhl fallen und klopfte ihrem Sohn auf den Rücken. Tränen vermischten sich mit Wimperntusche und rannen schwarz über ihre Wangen, ihr Mund war weit aufgerissen, ihr Kopf wackelte bedenklich hin und her.

»Mutter«, sagte Papa pikiert. »Was soll das? Wieso findest du es lustig, dass ich eine weitere Tochter habe?«

Zur Antwort bekam er nur ein Kreischen. Irgendwie schaffte sie es dann aber doch, einen vollständigen Satz zu sagen: »Mit einem Pfund Butter auf dem Kopf sollte man nicht in die Sonne gehen.«

Unsere verwirrten Gesichtsausdrücke ließen sie erneut auflachen.

»Ich weiß, was Oma meint«, sagte Sönke.

»Ich auch«, erklärte Nils.

Die beiden standen in der Tür und freuten sich. So ein Trubel am Morgen war manchmal besser als lange schlafen.

»Was denn?«, fragte ich.

Sie kamen zu mir und stellten sich rechts und links von mir auf. Ihre Körpersprache erklärte mir: Du entkommst uns nicht, bevor du uns nicht mindestens fünf Wünsche erfüllt hast.

»Wer im Glashaus sitzt, sollte nicht mit Steinen werfen«, erklärte mir Sönke, und sein Bruder nickte dazu.

Okay, verstanden. Lina teilte ihrem Sohn mit, er dürfe sie nie wieder wegen ihres Lebenswandels tadeln, weil er es selbst mal ordentlich hatte krachen lassen.

Typisch Lina. Jede Krise gleich zu ihrem Vorteil nutzen. Wenigstens beruhigte sie sich jetzt wieder.

Papa rückte ein Stück von ihr ab, Mama stellte sich hinter ihm auf eine Einheit gegen den Rest der Familie.

»Was hat er denn angestellt?«, fragten mich meine Brüder gleichzeitig.

»Ihr habt eine Schwester«, gab ich zurück.

»Wissen wir.«

»Nein, ich meine, noch eine. Sie heißt Samantha und ist ungefähr so alt wie ich.«

»Echt?«, fragte Sönke.

»Geil«, meinte Nils.

Für sie war das Thema damit erledigt.

Fünfzehnjährige!

»Gutschein für zwei VW Golf, in drei Jahren einzulösen«, teilte Sönke mir mit gewichtiger Miene mit. »Die neuesten Modelle, versteht sich. Einer in Schwarz, der andere in Dunkelblau.«

Aha. Wunsch Nummer eins. Meine Brüder verstanden wirklich was von Prioritäten.

»Nicht jetzt, ihr Trottel!«, schimpfte ich. Woraufhin sie ihre Gesichter so heftig verzogen, als hätten sie gern die andere Schwester, sofern die auch über meine Fähigkeiten verfügte.

Ich ignorierte sie, konzentrierte mich ganz auf Papa und dachte geraume Zeit über eine kluge Frage nach.

»Warst du deshalb so erschrocken, als du meinen … ähm … leicht veränderten Körper gesehen hast? Weil Samantha auch … ähm … so viel hat? Weil ich ihr plötzlich ähnlich sehe?«

Kluge Frage, jep!

Aber so abwegig nun auch wieder nicht. Schließlich hatte ich sonst nichts mit einer Schönheit mit langem braunen Haar, einem herzförmigen Gesicht und großen Rehaugen gemein. Von ihrer super trainierten Figur mal ganz zu schweigen.

Die anderen waren in ihren Gedanken auch nicht besser als ich. Fröhlich redeten sie jetzt durcheinander.

Mama fing an: »Wie viel Holz hatte denn deine Freundin vor der Hütte, Klaas?«

Oma trompetete fast gleichzeitig: »Sag bloß, die Melonen als Folge deines schändlichen Fehltritts sind auch nicht echt!«

Wow! In dem einen Satz hatte sie aber gut was untergebracht. Aber sie wirkte unzufrieden. Bestimmt waren ihr auch noch Worte wie Bastard und Halbblut durch den Kopf gegangen.

Sönke und Nils stellten die Fragen von männlichen Jugendlichen: »Ist sie schön? Und ist sie ganz sicher unsere Schwester? Hast du einen Vaterschaftstest machen lassen? Könnte sie nicht einfach nur die Tochter einer alten Freundin sein?«

Papa schlug mit der Faust auf den Küchentisch, dass die Kaffeetassen nur so schepperten.

»Schluss! Alle halten den Mund!«

Stille.

Fast. Nur ein Flüstern von Sönke erreichte mein linkes Ohr: »Zwei Wochen Hollywood mit allem Drum und Dran in den Herbstferien.«

Träum weiter.

Papa hob die Stimme. »Samantha Nielsdatter ist meine Tochter. Das ist sicher. Sie entstammt meiner Beziehung mit Birgit Lüttjens. Das war meine Freundin, bevor ich eure Mutter kennengelernt habe.«

»Hättest du gern Klaas Lüttjens geheißen?«, fragte ich.

Mann! Mir kamen aber wirklich nur die dümmsten Sachen in den Sinn!

Papa strafte mich mit einem langen bösen Blick, dann fuhr er fort: »Ich habe bis vor zwei Monaten nichts von Samanthas Existenz gewusst. Ihre Mutter ist damals mit ihr nach Dänemark gezogen und hat dort geheiratet. Aber nun will Samantha ihre Wurzeln kennenlernen, und sie hat mich gesucht. Natürlich habe ich einen Test machen lassen. Es ist sicher.«

»Euer Vater hat es mir erst gestern erzählt«, ergänzte Mama. »Er fürchtete wohl, ich könnte böse werden.«

Ich dachte an ihre Mordpläne. »Hätte schlimmer kommen können.«

»Wir haben uns ausgesprochen«, sagte Mama zu mir. »Alles ist gut.«

Fand ich nicht. In dieser Geschichte gab es durchaus noch Klärungsbedarf.

»Die Lampe«, murmelte ich. »Wie ist sie zu der Tiffanylampe gekommen?«

Zum ersten Mal wirkte Papa wirklich verlegen, während Mama und Oma ihn verwirrt anschauten. Meine Brüder waren damit beschäftigt, über meinen Kopf hinweg miteinander zu flüstern. Die hatten Wichtigeres im Sinn, klar.

»Wovon redest du?«, fragte Papa misstrauisch.

Ich erzählte von Samantha und ihrem Besuch im Antiquariat König.

Oma sog scharf die Luft ein, Mama wirkte nach wie vor durcheinander.

»Ich … kann das erklären«, setzte Papa an. Dann stockte er. Schließlich holte er tief Luft und setzte noch einmal neu an. »Bevor Birgit damals wegzog, bat sie mich um ein Erinnerungsstück. Es sollte etwas wirklich Schönes sein und aus dem Besitz meiner Familie stammen. Ich hab das nicht verstanden und hätte ihr am liebsten eine Halskette oder ein Armband gekauft. Ich meine, unsere Beziehung war zu Ende, trotzdem hegte ich noch freundschaftliche Gefühle für sie. Aber sie wollte keinen Schmuck. Sie kam eines Tages zu mir nach Hause und suchte sich die eine Lampe aus. Sie meinte, dies werde uns auf gewisse Art für immer miteinander verbinden. Ich hatte ja keine Ahnung, dass sie da schon eine zweijährige Tochter hatte, die sie vor mir geheim hielt. Vielleicht hatte sie Angst, ich würde darauf bestehen, dass wir heirateten. Ich weiß es nicht. Auch sie liebte mich nicht mehr, und ich denke, in ihren Augen tat sie das Richtige. Was sich später bewahrheitet hat. In Dänemark hat sie ihre große Liebe gefunden. Und sie ist bis heute sehr glücklich verheiratet.«

Erschöpft verstummte er.

Für einen Mann aus Friesland war das eine ziemlich lange Rede gewesen.

Wieder trat Stille ein, bis Oma sagte: »Ich kann mich an keine Birgit Lüttjens erinnern.«

»Du warst damals nicht viel zu Hause«, gab Papa mit einem bitteren Unterton zurück. »Das war vor bald vierzig Jahren nicht anders als heute. Es hat dich nicht groß gekümmert, was ich gemacht habe.«

Lina überhörte den Vorwurf und lächelte erleichtert. »Gott sei Dank. Ich dachte schon, mein Gedächtnis lässt nach.« Sie setzte trotzdem eine sorgenvolle Miene auf, aber darauf fiel nun wirklich niemand rein. Oma und vergesslich? Daran glaubten nicht mal mehr meine Eltern.

»Das ist ja ein starkes Stück«, sagte ich zu Papa. »Du hast mehr als dreißig Jahre lang geglaubt, eine Tischlampe verbindet dich mit deiner Jugendliebe. Dabei ist es eine Tochter.«

So viel klüger als bisher klang ich immer noch nicht, aber ich fand, ich besserte mich. Der Rest der Familie war anderer Meinung.

»Was für ein ausgemachter Unsinn«, sagte Papa.

»Svea muss sich mal untersuchen lassen«, verkündete Oma, und Mama murmelte: »Wie kannst du nur eine Lampe mit einer Tochter vergleichen.«

»Habe ich doch gar nicht!«

Meine Brüder sagten wie aus einem Mund: »Eine Cessna 172S Skyhawk SP.«

Okay, die hatten nicht zugehört.

Und ich ließ mir von meiner Familie gar nichts sagen!

»Diese Samantha weiß von der Lampengeschichte aber nichts«, holte ich aus. »Die hat sie bloß von ihrer Mutter geschenkt bekommen und sucht jetzt nach dem Zwillingsstück, nachdem sie ihren leiblichen Vater ja gefunden hat. Wahrscheinlich hat sie nur erfahren, dass die Lampe aus dieser Gegend stammt. Aber den romantischen Zusammenhang kennt sie nicht.«

»So ist es wohl«, stimmte Papa mir unwillig zu. »Es gibt jedoch keinen romantischen Zusammenhang, wie du es nennst. Es war tatsächlich nur eine Freundschaftsgeste zum Abschied, und genau so werde ich es Samantha erzählen.«

Mama stemmte die Fäuste in die Hüften: »Können wir jetzt mal von der blöden Lampe wegkommen? Es gibt weiß Gott Wichtigeres zu besprechen.«

»Ganz genau«, sagte ich. »Du musst aufpassen, Papa, dass sie nicht plötzlich mit hohen Geldforderungen kommt.« Dabei dachte ich an den Fall des Geschäftsmannes, dessen Tochter erst bei ihm aufgetaucht war, als sie ein Studium bezahlt haben wollte.

Stolz lächelte ich in die Runde. Na, was sagt ihr jetzt? Doch nicht so doof, die Svea.

»Warum sollte sie?«, fragte Papa verwirrt. »Samantha ist reich. Ihr Stiefvater besitzt eine Werft und eine Reederei in Kopenhagen. Er hat sie adoptiert, als sie fünf war. Auf mein bescheidenes Vermögen ist sie ganz gewiss nicht angewiesen.«

Schön *und* reich. Das ist ungerecht!

»Hör jetzt auf mit dem Unsinn, Dickerchen«, befahl mir Oma. Dann wandte sie sich an Papa. »Wie soll es denn nun weitergehen? Will deine neue Tochter etwa hier einziehen? Also ich sage dir gleich, für noch ein hungriges Maul koche ich nicht. Selbst wenn sie mehr Geld hat als weiland Onassis und nur ein kuscheliges Nest braucht. Platz haben wir sowieso keinen, jetzt, wo Svea sich hier wieder breitmacht. Und ich habe nämlich erst gestern in der *Frau im Spiegel* gelesen, dass es Patschewurst-Familien sehr schwer haben.«

Ich dachte an süße kleine Kinder mit Patschehändchen, die vom Fleischer ein Wiener Würstchen geschenkt bekamen, bis ich auf Patchwork kam.

»Meine neue Tochter ist auch deine neue Enkelin«, gab Papa zu bedenken. Dann jedoch lächelte er. »Nur keine Sorge. Als ich sagte, es wird einige Veränderungen in unserer Familie geben, habe ich das nicht auf diese Weise gemeint. Samantha ist nach Cuxhaven gezogen, wo sie einen guten Job in einer Reederei hat. Sie will dort ein, zwei Jahre lang Erfahrungen sammeln und wird eines Tages die Firma in Kopenhagen übernehmen. Sie möchte uns einfach nur hin und wieder besuchen, ihre Oma und ihre Geschwister kennenlernen.«

Mama stieß einen Zischlaut aus.

»Und meine geliebte Frau natürlich auch«, fügte Papa schnell hinzu.

»Dann ist es ja gut.«

»Und wann?«, fragte Oma misstrauisch. »Wann soll der erste Besuch stattfinden?«

»Heute Abend. Ich habe ihr von deinen Kochkünsten vorgeschwärmt und sie zum Essen eingeladen. Rieke ist einverstanden.«

Mama nickte, Oma schüttelte heftig den Kopf.

»Wie du willst! Aber ohne mich! Ich habe heute schon etwas vor.«

»Bitte, Mutter. Du kannst doch an allen anderen Tagen ausgehen.«

Ich staunte insgeheim darüber, wie schnell Papa seinen Schock über Linas lustigen Lebenswandel weggesteckt hatte. Vielleicht hatten ihn ja die jüngsten Ereignisse in unserer Familie ein wenig lockerer gemacht. Seine neue

Tochter, die Reise nach Indien, das Wunder um meine Person. Was auch der Grund sein mochte, ich war froh darüber.

»Gestern war ich auch schon nicht weg«, protestierte Oma. »Und ich werde nicht jünger.«

»Ach was. Du siehst mit jedem Tag strahlender aus. Komm schon. Tortellini? Saltimbocca? Tiramisú? Mir zuliebe. Deine neue Enkelin liebt übrigens Italien und die italienische Küche. Stell dir vor, sie hat das halbe Land bereist und ist im Frühjahr sogar bis nach Taormina gekommen.«

Trotz der ganzen Aufregung lief mir beim Gedanken an Kalbsschnitzel mit Schinken und Salbei das Wasser im Mund zusammen.

»So, so«, murmelte Oma nachdenklich. »Wenigstens eine, die ihre sizilianische Herkunft zu würdigen weiß.« Ihr Blick fiel auf mich, und er war nicht freundlich.

Herzlichen Dank. Mein Appetit verflog schon wieder.

»Ich war sogar schon in Palermo«, verteidigte ich mich. »Das ist viel weiter westlich auf Sizilien.«

Alle konzentrierten sich auf mich.

Verdammt!

Fing ich etwa jetzt schon einen klassischen Schwesternstreit an?

Wie peinlich.

»Du warst bloß fünf Stunden da, dann bist du geflüchtet«, erinnerte mich Oma.

Ja, weil plötzlich sizilianische Männer aller Altersgruppen die Jagd auf die große junge blonde Frau eröffnet hatten. Das war unheimlich.

Oma wandte sich an Papa. »Wie sieht sie denn aus?

Hoffentlich nicht wie die da.« Ihr Zeigefinger wies auf Sönke und Nils, die kein Stück beleidigt waren. Sie grinsten bloß frech.

»Nein«, sagte Papa. »Aber sie ist brünett und wunderschön.«

Der Neid auf meine Neu-Schwester fraß sich jetzt durch meine Eingeweide.

Mama verschwand kurz und kam mit ihrer Kamera zurück. Sie wollte Oma die Fotos zeigen, doch die winkte ab. »Auf dem kleinen Ding kann ich nichts erkennen. Aber es sieht ja so aus, als würde ich die Deern heute Abend höchstpersönlich treffen.«

Papa atmete ein paar Mal lautstark aus und ein. »Vielen Dank, Mutter.«

Sie lächelte schmal. »Was tue ich nicht alles für meinen einzigen Sohn. Aber du fährst mit Rieke einkaufen.«

»Selbstverständlich. Schreib mir nur eine Liste.«

»Zwei Mofas«, sagten meine Brüder im Chor. »Scarabeo 50, eins in Schwarz, eins in Grau.«

Meine Eltern und Oma Lina wechselten alarmierte Blicke. Der Wahnsinn brach durch!

»Aus dem Supermarkt?«, hakte Papa nach.

»Äh …«, machte Sönke.

Nils grinste bloß. Beide amüsierten sich königlich. Sollten die Alten doch denken, sie wären irre – sie beide wussten, was sie wollten. Von mir.

Mir reichte es jetzt, und ich beschloss, dass die Jungs von nun an gut erzogene, bescheidene und fleißige Brüder sein würden.

»Ich liebe das Leben!«, rief ich drei Mal.

Die ältere Generation erschrak heftig.

Papa versteckte sich unter dem Tisch, die Frauen waren mutiger und boten mir die Stirn. Ich jedoch konzentrierte mich ganz auf Sönke und Nils, kaum, dass sich der Nebel verzogen hatte. Na? Trat da ein liebenswürdiges Lächeln auf ihre Gesichter? Wollten sie mir anbieten, ein Bad einzulassen und mein Zimmer zu putzen, während ich in der Wanne lag? Zwar hatte ich gerade erst geduscht, aber es wäre schon okay gewesen. Brauchte ich vielleicht noch Kaffee, einen Toast? Irgendwas?

Also wirklich verändert sahen sie nicht aus, aber ein neuer Charakter brauchte wahrscheinlich etwas Zeit, bis er sich in den Gesichtszügen niederschlug.

Ich wartete, meine Brüder warteten. Endlich verlor Sönke die Geduld.

»Mensch, Svea! Nun sag schon! Wo sind sie? Draußen? In der Garage?«

»Wir gehen gucken«, fügte Nils hinzu. »Wehe, du hast was falsch gemacht!«

Ich packte beide am Ärmel. »Wovon redet ihr, verdammt noch mal?«

»Von den Mofas natürlich.«

Mist!

Es hatte nicht funktioniert. Sönke und Nils waren kein bisschen anders als vorher.

Es war mir ein Rätsel.

»Wieso seid ihr jetzt nicht brav und bescheiden?«

Vielleicht, dachte ich, lässt meine Kraft nach. Etwas in der Art hatte ich ja schon einmal vermutet.

Aus den Augenwinkeln sah ich, wie Mama und Oma sich entspannten. Papa kam wieder unter dem Tisch hervor. Er wirkte beschämt.

»Du wolltest den Charakter deiner Brüder ändern?«, erkundigte sich Mama, während Sönke und Nils vor lauter Wut rot anliefen.

»Was erlaubst du dir, Svea? Ich lasse es nicht zu, dass du meine Söhne verhext. Sie sind in Ordnung, so wie sie sind.«

»Bitte entschuldige«, gab ich zurück. »Ich wollte dir nur das Leben erleichtern.«

»Aber nicht so, Svea. Nicht so.«

Ich wollte so richtig wütend werden, mindestens so wütend wie die Jungs, aber es gelang mir nicht. Erstens war ich dafür viel zu müde, zweitens hatte Mama ja recht, wie ich mit einiger Verspätung erkannte. So etwas durfte ich nicht tun.

»Wir können von Glück sagen«, fügte sie hinzu, »dass es nicht geklappt hat. Wahrscheinlich ist ihre gemeinsame Kraft als Zwillinge stärker als deine.«

»Hm«, machte ich.

Sönke sah aus, als würde er gleich platzen. »Wir haben keine Mofas?«

»Nein.«

Nils stapfte mit dem Fuß auf. »Du wolltest uns verwünschen.«

»Äh … nein.«

»Jungs, kommt mal wieder runter«, befahl Papa. »Svea hat es nicht böse gemeint. Und nun zu heute Abend.« Er wandte sich an Oma und überhörte, wie Sönke mir zuflüsterte.

»Dich wollen wir nicht mehr zur Schwester. Wir nehmen die andere.«

Es war albern, aber mir kamen die Tränen.

»Es sei denn«, ergänzte Nils, »du überlegst dir das noch mal mit der Cessna. Dann lassen wir vielleicht mit uns reden.«

## 21. Nimm diesen Ring

Ich brauchte dringend eine Pause von meiner Familie und sie vermutlich von mir. Also erklärte ich, dass ich in die Stadt fahren wolle, um in meiner Wohnung nach dem Rechten zu sehen.

»Können wir mit?«, fragten Sönke und Nils. Die wollten mich weiter bearbeiten.

»Nein!«

Sie zogen lange Gesichter.

»Ihr zwei bleibt hier und helft mir beim Hausputz«, bestimmte Oma Lina. »Es soll ja heute Abend ordentlich aussehen.«

Manchmal konnte sie sich tatsächlich ihrem Alter entsprechend verhalten. So nach dem Motto: Was sollen die Leute von uns denken, wenn da eine Staubflocke rumfliegt?

Die langen Gesichter meiner Brüder wurden jetzt auch noch blass, was bei dem dunklen Teint eine echte Leistung war. Mama hingegen verteidigte sich: »Ich bin seit ein paar Tagen nicht zum Putzen gekommen. Ihr wisst, warum.«

Alle Augen richteten sich auf mich.

Ja, danke.

»Tschüs!«

»Das Auto brauche ich aber selbst!«, rief Papa mir nach. »Wir müssen zum Supermarkt.«

Also nahm ich den Bus und schwor mir zum hundertsten Mal, dass ich mir endlich wieder ein Auto anschaffen würde. Ein gebrauchtes würde ja reichen. Arnaldo zeigte mir einen Vogel, Else rollte mit den Augen. Wenigstens meine Urgroßeltern stehen mir auf ihre Art noch bei, dachte ich geistesabwesend. Dann machte es Klick.

Natürlich! Mit der flachen Hand schlug ich mir gegen die Stirn. Es würde gar nicht nötig sein, meine wenigen Ersparnisse anzugreifen. Ich konnte mir ein Auto einfach wünschen! Warum war ich bloß vorher nicht auf die Idee gekommen? Okay, meine Oberweite hatte Vorrang gehabt. Aber die Designerklamotten? Waren die wirklich so dringend nötig? Nein. Aber wieder einen eigenen kleinen Wagen zu besitzen, das wäre wundervoll.

Ich schaute mich um. Der Bus war halb leer. Die wenigen Fahrgäste würde mich schätzungsweise nur für eine besonders lebensfrohe Frau halten, wenn ich mein Sprüchlein aufsagte. Trotzdem war das jetzt ein schlechter Moment. Zum einen musste ich mich erst mal im Autohaus schlaumachen, zum anderen kämpfte ich schon seit einer halben Stunde gegen die Müdigkeit an, die sich nach dem Wunsch für meine Brüder eingestellt hatte.

Ich schloss die Augen.

Jemand rüttelte mich unsanft an der Schulter.

»Endstation!«

Verwirrt sah ich hoch. Der Busfahrer grinste. Anzüglich, wie ich fand. »Lange Nacht gehabt, was?«

Ohne ihn einer Antwort zu würdigen, stieg ich aus.

Ich brauchte anderthalb Stunden, um in die Mühlengasse zu kommen, aber wenigstens war ich einigermaßen ausgeschlafen. Je näher ich dem geliebten alten Haus kam, desto langsamer wurden meine Schritte. In der Wohnung nach dem Rechten sehen?

Schwachsinn.

Ich wollte Alexander gegenüberstehen und … tja, was?

Endlich Klarheit haben!

Vielleicht.

Mit ihm per Handschlag eine Zukunft als gute Nachbarn besiegeln.

Gute Idee.

Meine Arme um ihn schlingen und ihm erklären, dass ich mich irgendwann in dieser verrückten Woche, in einem Moment, in dem ich wahrscheinlich nicht richtig aufgepasst hatte … also … dass ich mich in ihn verliebt hatte.

Ganz, ganz schlechte Idee.

Ich blieb mitten in der Mühlengasse stehen und focht einen harten Kampf mit mir selbst aus. Die normale, vernünftige Svea erklärte der offenbar durchgeknallten Svea, sie solle doch bitte nicht ihr Leben zerstören.

Die verliebte Svea forderte die langweilige Spießerin dazu auf, die Klappe zu halten, wenn sie nicht als vertrocknetes älteres Fräulein enden wollte.

Älteres Fräulein? Da hatte wohl Urgroßmutter Else souffliert.

Während ich noch so mit mir rang, ließ ich meinen Blick über die Fassade des Hauses gleiten. An den Fachwerkbalken entlang bis zu den Fenstern meiner Wohnung. Und dort entdeckte ich etwas, das mich schlagartig von mir selbst und meinen unangemessenen Gefühlen ablenkte.

Na ja, fast. Das Wort unangemessen stammte von der vernünftigen Svea.

Jemand hielt sich in meiner Wohnung auf. Im Mittagslicht sah ich ganz genau, wie eine hohe Gestalt an den Fenstern entlanghuschte. Alexander? Was tat er da bloß? Ich schaute schnell zum Antiquariat. Es war geöffnet, aber ich konnte niemanden entdecken.

Nun gab es kein Zögern mehr. Ich legte die wenigen Schritte bis zum Haus zurück und nahm schon im nächsten Moment zwei Stufen auf einmal die Treppe hoch in den ersten Stock. Meine Wohnungstür stand offen. Sie war nicht aufgebrochen worden.

Merkwürdig.

Außer mir besaß nur Mama einen Schlüssel für meine Wohnung. Für alle Fälle. Und die Gestalt, die ich eben gesehen hatte, war definitiv ein Mann gewesen.

Wie also war Alexander dort hineingekommen? Als ich eingezogen war, hatte ich die Schlösser austauschen lassen. Der Gedanke, mein seltsamer Nachbar könnte sich jederzeit Zutritt in mein Reich verschaffen, war mir unheimlich gewesen.

*Der Wasserschaden*, sagte Arnaldo ungeduldig in meinem Kopf.

Ach ja. Ich hatte für Alexander einen Schlüssel nachmachen lassen, damit er die Handwerker hineinlassen konnte. Und einen zweiten für die Feuerwehr, aber die hatte inzwischen mit Sicherheit Wichtigeres zu tun.

*Sag ich doch!*, rief Arnaldo.

Dem war in der Küche der Amores wohl langweilig geworden. Familiäre Verwicklungen waren nicht so seins. Der wollte Action. Typisch Mann.

Vorsichtig stieß ich die Tür auf.

Was, wenn die Gestalt da drin doch nicht Alexander war? Hätte ich mich vielleicht lieber bewaffnen sollen?

Arnaldo zögerte, Else machte ein erschrockenes Gesicht.

Nun war es schon zu spät. Ich stand im Flur und lauschte. Und es dauerte nur einen Moment, bis ich merkte, dass die Schritte aus dem bislang ungenutzten Raum kamen. Kinderzimmer, Büro, Rumpelkammer. Seine Bestimmung musste erst noch gefunden werden. Dummerweise dachte ich jetzt an Oma und ihre Beschreibung der vielen schönen blonden Sprösslinge, die ich mit Alexander König haben würde.

Kein guter Zeitpunkt. Ich fühlte, wie sich auf meinem Gesicht ein seliges Lächeln ausbreitete.

Else beobachtete mich fasziniert, Arnaldo stieß einen unverständlichen sizilianischen Fluch aus. Liebesgedöns interessierte ihn auch nicht mehr, seit ihm die fleischliche Lust versagt blieb.

Ich musste kichern, was mir zusätzlich zum seligen Lächeln vermutlich ein leicht debiles Aussehen verlieh.

Ganz egal. Alexander liebte mich trotzdem.

Oder?

Waren seine Gefühle erloschen?

Für immer?

Tränen tropften aus meinen Augenwinkeln, was dem Gesamteindruck wohl den Rest gab.

*Weiber!*, stieß Arnaldo aus.

Dann stand Martin vor mir.

Huch? Wo kam der denn her?

*»Du?«*

*»Svea?«*

Er sah mindestens genauso erschrocken aus wie ich, aber er fing sich schneller. Anwälte können so etwas. Innerhalb von zehn Sekunden die Fassung wiedergewinnen. Kleinigkeit.

Ich wollte fragen, wie er hereingekommen war, aber dann erinnerte ich mich an seinen Freund bei der Feuerwehr. Rainer Soundso. Der hatte seinem Kumpel Martin mal kurz den Ersatzschlüssel überlassen. Jede Wette. Ich merkte mir, bei Gelegenheit mal rechtliche Schritte einzuleiten. Oder dem Mann die Ohren lang zu ziehen.

»Was machst du denn hier?«

Else meldete sich zu Wort. *Es ist so weit.*

Ich verstand sie erst, als ich sah, dass Martins linke Hand um einen kleinen Gegenstand geschlossen war, der zwischen Mittel- und Ringfinger herauslugte.

Etwa ein Schmuckkästchen? War wie von selbst gekommen, der Gedanke.

Mein Herz hüpfte auf und ab, während sich meine Urgroßeltern in Luft auflösten. Arnaldo langweilte sich jetzt wirklich, Else konnte mir nicht mehr helfen. Sie hatte mich ja gewarnt. Schon am Montag. Ich würde mich nicht richtig erinnern, hatte sie behauptet. Damals, als sich so ein Kästchen in Martins Jackentasche abzeichnete, da hätte er nicht glücklich ausgesehen, sondern wie ein Mann, der seine Pflicht erfüllen musste.

Ach, Quatsch!

Da war er nun, der Moment, auf den ich so lange gewartet hatte. Doktor Martin Fischer schickte sich an, mir einen Heiratsantrag zu machen. Offenbar hatte er den Ring damals versteckt, um eine bessere Gelegenheit abzuwarten.

Hm. Etwas störte mich.

Eine bessere Gelegenheit als damals? Als wir nach einem guten Essen und einem Glas Rotwein auf dem Sofa gekuschelt hatten?

Vielleicht konnte ich mich wirklich nicht richtig erinnern. Ich bat Else um Hilfe, aber die war weg.

Okay, es ging auch ohne sie. Jetzt wusste ich wieder, dass ich mehr als ein Glas Wein getrunken hatte. Circa eine Flasche.

Und warum? Weil ich spürte, dass etwas nicht stimmte! Weil es nicht zu übersehen war, dass Martin sich von mir entfernte. Zumindest innerlich. Äußerlich fiel ihm das schwer, da ich an ihm hing wie eine Efeuranke.

Hm. Peinlich.

Und dabei hatte ich die Form dieses Kästchens gespürt und auch gesehen.

»Möchtest du mir etwas sagen?«, hatte ich gesäuselt. Möglicherweise ohne die Worte korrekt auszusprechen. Der Wein, der Wein!

Da war Martin aufgesprungen, hatte sich hektisch umgesehen, wollte wohl zur Wohnungstür.

Schwierig – mit einer Svea, die jetzt den harmlosen nordischen Efeu vergaß und zur tropischen Schlingpflanze wurde.

Da war die Rumpelkammer noch näher gewesen. Und der … der … Genau!

Der Sekretär!

Das edle Möbelstück aus Walnussholz, das noch von Ururgroßvater Hanken stammte. Oma Lina hatte mir den überlassen als sie noch glaubte, aus mir würde mal eine Anwältin. Nicht bloß eine Schreibkraft.

Ja, und Martin hatte diesen Sekretär immer bewundert. Ob der wohl ein Geheimfach habe, hatte er mich ein paar Mal gefragt und sich immer wieder daran zu schaffen gemacht. Mir war schon mal der Gedanke gekommen, er bleibe vielleicht nur wegen des schönen Möbelstücks bei mir. Aber den vergaß ich dann schnell wieder.

Okay, meine Erinnerung war jetzt ganz klar. Er hatte sich damals zur Rumpelkammer durchgeschlagen, zum Glück ohne Machete.

Ich war an ihm hängen geblieben und hatte mich gewundert, was er da wollte. Aber plötzlich waren wir dann wieder im Wohnzimmer gewesen. Ein paar Minuten fehlten in meiner Erinnerung. Das Kästchen hatte ich nicht mehr gefühlt, geschweige denn gesehen.

Mehr wusste ich nicht, und ich brauchte keine Else, um daraus zu schließen, dass ich auf dem Sofa hackedicht eingeschlafen war.

Meine Überlegungen dauerten in etwa eine halbe Minute. Martin und ich standen uns noch immer gegenüber.

»Du wolltest mir mal einen Heiratsantrag machen.«

Er hüstelte, dann nickte er.

»Aber aus irgendwelchen Gründen hast du es dir an dem Abend anders überlegt.« Den Wein ließ ich jetzt mal außen vor.

»Mir kamen Zweifel«, erklärte er mit beneidenswert ruhiger Stimme. Meine klang wie die von Martina Hill, wenn sie Heidi Klum kopiert. »Ich hatte gedacht, es sei das Richtige«, fuhr er fort. »Du wärst die perfekte Ehefrau geworden. Ruhig, zurückhaltend und mit Verständnis für meinen Beruf.«

Super! Leidenschaftlicher ging es kaum.

»Aber ich hatte auch schon Verena getroffen und …«

»*Was?*«, schrie ich kieksend. »Du warst da schon mit der Tussi aus Hamburg zusammen?«

»Nein«, kam es sonor zurück. »Aber ich kannte sie, und so wuchsen meine Bedenken. An besagtem Abend wog ich noch einmal das Pro und Contra ab und traf eine Entscheidung.«

Das Contra war bestimmt die Schlingpflanze gewesen.

»Ich kam bloß nicht aus der Wohnung heraus. Daher habe ich das Kästchen im Sekretär versteckt. Er verfügt tatsächlich über ein Geheimfach. Du hast es nie entdeckt, nicht wahr?«

Nee, dann wäre der Klunker bestimmt nicht mehr da.

»Warum hast du eigentlich dieses kostbare Möbelstück nicht rausschaffen lassen?«

»Bis zu dem Raum ist das Wasser nicht durchgesickert«, antwortete ich. Die Auskunft hatte ich irgendwann in diesen hektischen Tagen von Alexander bekommen. »Trotzdem soll er am Montag auch ausgeräumt werden.«

Die Erleichterung in Martins Gesicht war beinahe mit Händen greifbar.

Gerade noch geschafft, sagten seine Augen.

Ich dachte scharf nach, was angesichts meiner Verwirrung ziemlich schwierig war.

»Warum hast du so lange gewartet?«, fragte ich schließlich. »Du hättest doch längst mal vorbeikommen können und …«

Ich brach ab, versuchte, mich in seine Lage zu versetzen. Da ist der Verlobungsring, gut versteckt in Sveas Wohnung. Die Möglichkeit, dass sie ihn findet, ist eher gering. Ich bin ein cleverer Mann und habe das Geheimfach gefunden. Sie wird es nie und nimmer entdecken. Dazu fehlt es ihr an technischem Verständnis. Es ist auch klüger, wenn ich ihr vorerst aus dem Weg gehe. Ist ja peinlich, wie sie noch an mir hängt. Sie wird nur wieder klammern, wenn ich mich bei ihr sehen lasse. Unerträglich. Ja, und derzeit brauche ich den Ring sowieso nicht.

An diesem Punkt wurde ich unsicher. Klar, der Wasserschaden hatte ihn endlich zum Handeln gezwungen. Weil er das gute Stück in Sicherheit bringen wollte und weil er …

Sich entschieden hatte?

Erkannt hatte, wie viel ich ihm bedeutete, nachdem ich fast in meinen eigenen vier Wänden ertrunken wäre?

Weil seine Liebe im Angesicht der Gefahr neu aufgeblüht war?

Echt?

Mein Herz hüpfte nicht mehr. Es war jetzt ganz starr. Vor Freude. Oder vor Schreck.

Woher zum Teufel sollte ich das wissen?

»Martin«, begann ich und stellte aufatmend fest, dass meine Stimme einigermaßen normal klang. »Das ist so lieb von dir. Aber …«

Er hob die Hand, ich verstummte.

Er sprach, und meine Welt zerbrach.

Oder sie fügte sich endlich wieder zusammen.

Arnaldo, du hast recht. Liebesgedöns ist furchtbar.

»Verena und ich sind seit Ostern ein festes Paar. Ich habe gewartet, weil ich mir ganz sicher sein wollte. Immerhin habe ich mich ja schon einmal sehr geirrt. Aber nun möchte ich sie bitten, meine Frau zu werden.«

Sie? Nicht mich?

Und was sollte diese ganze Schleimerei von wegen *Liebe Svea* und so weiter?

Mittel zum Zweck. Aha. Du wolltest nur irgendwie in die Wohnung kommen und den Klunker retten.

So, jetzt mal gut in mich reinhorchen. Was fühlte ich? Okay, ich war verletzt, und es war mir überaus peinlich, dass ich mich so zum Narren gemacht hatte.

Aber traurig war ich nicht. Kein Stück!

Rasch durchlebte ich noch einmal die vergangenen Monate, in denen ich mich nach Martin verzehrt hatte, und ich erkannte, dass ich meine Liebe zu ihm künstlich aufrechterhalten hatte. Es war einfacher gewesen, traurig zu sein, als das Leben neu anzupacken.

Selbst schuld.

Es musste erst ein Alexander König seine Dusche anlassen, damit ich zu dieser Erkenntnis kam.

Der Gedanke an Alexander belebte mein Herz.

Nein!

Ruhe da drin!

Ich würde jetzt nicht von einem Irrweg zum nächsten stolpern. Ich war Svea Amore, die trotz ihres Nachnamens ab sofort mal eine erwachsene pragmatische Frau sein würde und die mit ihrem Leben als Single wunderbar zurechtkam. Die sich von niemandem einwickeln ließ und stolz auf sich selbst sein konnte.

Stark!

Selbstbewusst!

Diese neue Svea hatte es weder nötig, sich per Wunsch aufzuhübschen, noch die Männer zu verhexen.

Und sie würde, ja genau, sie würde mit der Wünscherei

aufhören. So etwas hatte sie nämlich gar nicht mehr nötig. Dann hatte auch dieser Spuk ein Ende, und der Weg war frei für ein Leben im Einklang mit der Welt. Oder so ähnlich. Die Frage war nur, wie ich diese Fähigkeit wieder abstellen sollte.

Ich merkte, dass Arnaldo und Else zurückgekehrt waren und mich fassungslos anschauten.

Ja, da staunt ihr, was? Ich werde mit der Wünscherei aufhören. Also … sofort, nachdem ich das Auto habe. Und vielleicht die Louboutins. Ach, Gucci, Dolce & Gabbana, Marc Jacobs …

Beide rollten mit den Augen und verschwanden wieder.

»Geht es dir gut?«, fragte Martin.

Keine Ahnung, was er jetzt erwartete. Vielleicht einen Tränenausbruch?

»Bestens. Du kannst jetzt gehen. Ich brauche ein Auto.«

Wow!

Das ging jetzt mal schnell.

Eben noch stand er vor mir, und bevor ich zweimal gezwinkert hatte, war er weg, polterte die Treppe hinunter und rannte durch die Mühlengasse. Den Schlüssel hatte er mir einfach vor die Füße geworfen.

Da war aber jemand froh, dass er die durchgeknallte Urenkelin von Arnaldo Amore verlassen hatte.

Ich nahm mir vor, gleich am Montag als die neue, starke, selbstbewusste Svea in der Kanzlei aufzutreten. Mein Job war mir nämlich wichtig, und Martin sollte bloß nicht auf die Idee kommen, ich wäre den Anforderungen nicht mehr gewachsen, weil ich mir zum falschen Zeitpunkt ein Auto wünschte.

So schwer konnte das ja nicht sein.

Ich straffte die Schultern, verließ die Wohnung und schloss ab. Gemessenen Schrittes ging ich nach unten, so wie es sich für die neue Svea gehörte.

Aus alter Gewohnheit betrat ich das Antiquariat König durch die Hintertür. Jetzt musste ich nur noch Alexander vom Schicksal seines Urahnen Zacharias erzählen. Das war ich ihm schuldig. Und bei der Gelegenheit konnte ich ihm hocherhobenen Hauptes auch erklären, es sei in Ordnung, wenn er mich nicht liebte. Wirklich. Vollkommen okay. Ich begänne jetzt nämlich ein neues Leben.

Danach würde ich nach Hause fahren, meiner Familie bei den Vorbereitungen für den Abend helfen und später Samantha ganz ohne Neid als neue Schwester willkommen heißen.

Guter Plan.

Er geriet bloß ins Wanken, als ich Alexander sah.

# 22. Liebe mich!

Er lag auf seinem Klappbett und schlief fest. Nachdem ich durch das leere Antiquariat gelaufen war, hatte ich ihn hier gefunden.

So viel Vertrauen in seine Mitmenschen musste ein Mann erst mal haben. Ließ die Ladentür offen und kam gar nicht auf die Idee, jemand könnte bei ihm etwas stehlen. Ich setzte mich auf den Bücherstapel, auf dem er vor zwei Tagen auch schon gehockt hatte, um über meinen Schlaf zu wachen, und musterte ihn.

Wovon war er denn so müde? Was trieb er neuerdings in der Nacht? Vor meinem Elternhaus sang er nicht mehr, es musste einen anderen Grund geben.

Ich suchte nach einer Antwort, aber meine Gedanken entglitten mir. Mein Kopf, den ich noch vor fünf Minuten mit so wunderbar klugen Vorsätzen gefüllt hatte, wollte nicht mehr funktionieren.

Ich hatte in meinem ganzen Leben noch nicht meditiert, und auch Hypnose war mir fremd. Aber jetzt geriet ich in einen Zustand, der mich von allem Grübeln befreite und mich einfach nur *da* sein ließ. Dicht bei Alexander, mit meinem Blick auf seinen gut geschnittenen Zügen, dem vollen Haar, dem langen kräftigen Körper, der vollkommen entspannt wirkte.

Kurz wollte ich mich fragen, warum ich diesen Mann bloß je für unscheinbar gehalten hatte. War ich blind gewesen? Oder hatte er sich tatsächlich verwandelt? Doch ich fühlte, es war nicht wichtig, dieses Rätsel zu lösen. Alles, was zählte, war dieser Moment, gemeinsam mit ihm in dieser hintersten Ecke des Ladens. Die Zeit blieb stehen.

Ich war zufrieden.

Es dauerte eine Weile, bis ich merkte, dass er wach war. Wie lange schauten wir einander schon so tief in die Augen?

Mindestens eine Ewigkeit.

Losgelöst von allem fand uns die Liebe und hielt uns für würdig.

Bis die Ewigkeit auf sieben Sekunden zusammenschrumpfte. Die Zeitspanne nämlich, die Alexander brauchte, um etwas zu sagen. Prompt huschte die Liebe wieder davon. Vielleicht wollte sie sich in der Mühlengasse nach geeigneteren Kandidaten für ihr Geschenk umschauen.

»Dein Freund ist oben in deiner Wohnung und wartet auf dich.«

Ich fühlte mich plötzlich hohl.

»Was?«

Alexander setzte sich auf und blickte finster auf das Bücherregal hinter mir. »Dein Freund. Martin Fischer. Ich wollte ihn aufhalten, aber er hat mir seinen Schlüssel unter die Nase gehalten und gesagt, ich solle mich nicht in deine Privatangelegenheiten mischen.«

Martin, du Mistkerl! Dir ziehe ich auch die Ohren lang. Nicht bloß deinem Kumpel von der Feuerwehr. Oder ich wünsche mir, dass ihr in Zukunft als zwei olle Esel ein Leben an der frischen Luft führt. Die langen Ohren haben mich da auf eine Idee gebracht …

Für einen Moment vergaß ich, dass ich mit dem Wünschen ja aufhören wollte. Dann riss ich mich heftig zusammen und erinnerte mich daran, wie ich in Zukunft sein wollte. Stark und selbstbewusst. Da stand man über solchen Dingen.

»Martin hat sich bereits wieder verabschiedet«, erklärte ich freundlich. Mehr brauchte Alexander nicht zu wissen. »Aber seinetwegen bin ich gar nicht hier.«

Oh, oh, das hätte ich mir vielleicht verkneifen sollen. Konnte falsch verstanden werden, vor allem, falls ich hinzufügen sollte, was mir noch auf der Zunge lag: Küss mich, drück mich, liebe mich!

Hallo? Liebe? Kommst du noch mal zurück und sammelst den Rest ein? Bei mir ist da noch was übrig, aber das geht gar nicht. Ein Typ, der sich von einem anderen so leicht veräppeln lässt, hat mich nicht verdient. Mir schien, als streife kurz ein Luftzug durch den Laden, hätte es aber nicht beschwören können.

Oder gab es andere Gründe dafür, dass Alexander jetzt so abweisend wirkte? Vielleicht nahm er mir irgendwas übel. Aber ich kam nicht drauf, was das sein sollte.

»Nur damit du es weißt«, sagte ich mit fester Stimme. »Ich lasse mich von niemandem mehr durcheinanderbringen. Ich werde von heute an eine starke und selbstbewusste Frau sein.«

Alexander hob die Augenbrauen und sah mich direkt an. »Das verstehe ich nicht ganz. Bist du hier, um mir das zu sagen?«

»Ähm, nein.«

»Gut. Denn diese Charakterzüge wären mir nichts Neues. Du bist schon immer so gewesen.«

Echt? Und wieso habe ich nichts davon gemerkt? Aber danke. Hast dir ein Geschenk verdient.

»Ich bin hier, um dir von Zacharias zu erzählen.«

Alexander versteifte sich. »Du hast dir gewünscht, sein Schicksal zu erfahren.« Es klang vorwurfsvoll.

»Ja.«

»Und was noch?«

»Bitte?«

»Was hast du dir noch gewünscht? Vielleicht, dass ich dich nicht mehr lieben soll?«

Ganz genau, und es hat ja geklappt. Der Moment eben, der war nicht real. Pure Einbildung. Wahrscheinlich warst du heilfroh, als Martin dich glauben ließ, er und ich wären wieder ein Paar. Da hast du geglaubt, so kommst du am einfachsten aus der Nummer raus.

»Es geht dich nichts an«, sagte ich.

Sein Gesicht verschloss sich noch mehr. »Nun, ich habe dich gewarnt. Es ist ungesund, was du da tust.«

Trotzdem hörte er mir zu, als ich ihm von seinem Urahnen erzählte. Ich schilderte ihm Jamaika vor zweihundert Jahren; palmengesäumte leere Strände, hoher Himmel, warmer Sonnenschein. Ich erzählte ihm vom Duft nach Rum und Zuckerrohr, von einfachen Hütten, von glücklichen Menschen, die das fremde weiße Paar in ihrer Mitte aufnahmen: den großen schweigsamen Mann und seine zierliche hübsche Begleiterin. Sie kamen aus einem fernen Land im Norden und brauchten fast ein ganzes Jahr, um sich den neuen Lebensbedingungen anzupassen. Aber schließlich gehörten sie dazu. Der Mann fuhr mit den Fischern aufs Meer, die Frau kochte einfache Mahlzeiten über dem offenen Feuer. Sie wohnten in einer Hütte, die nicht größer war als jene der Einheimischen, und sie lebten viele Jahre lang glücklich und zufrieden. Vier Kinder wurden geboren, drei Jungen und ein Mädchen. Alle waren hellblond wie ihre Mutter und blauäugig wie beide Eltern. Erst bei den Enkelkindern mischte sich ein schwarzer Schopf oder ein dunkleres Paar Augen unter die hellen Nachkommen, bei den Urenkeln gab es bereits mehr dunkle als helle Typen. Doch im Laufe der Generationen wurde immer mal wieder ein Kind geboren, das hell und blauäugig war und für großes Staunen sorgte.

Da waren Zacharias Coenig und seine geliebte Frau Gretchen schon längst gestorben, und nur ein verwitterter Grabstein in Montego Bay erinnerte noch daran, dass sie dort gelebt hatten. Kaum zu entziffern waren die Worte darauf. »Licht meiner Augen, Glück meines Lebens.«

Während ich so erzählte, kamen mir vor Rührung wieder die Tränen, und auch Alexander wirkte sichtlich bewegt.

Als ich geendet hatte, sagte er leise: »Zacharias' Frau hieß Bertha, nicht Gretchen.«

»Aber Gretchen war seine große Liebe«, flüsterte ich zurück.

Er nickte. »Danke. Ich bin froh, dass ich jetzt sein Schicksal kenne.« Er überlegte einen Moment und sagte dann: »Demnach habe ich Verwandte auf Jamaika, und der eine oder andere könnte mir sogar ähnlich sein.«

»Sehr entfernte Verwandte«, erwiderte ich. »Aber

wenn du sie mal besuchen fährst, sag Bescheid. Ich war noch nie in der Karibik.«

Wieder verdunkelte sich sein Gesicht, und ich hätte mir selbst eine knallen können. Da gab er mir mit seiner ganzen Haltung zu verstehen, dass er von mir nichts mehr wissen wollte, und ich schlug ihm ein gemeinsames Sommer-Sonnen-Feeling vor.

Wie erbärmlich!

Schnell von was anderem reden, bevor er eine Abfuhr herausstotterte.

»Was ist eigentlich aus seiner legitimen Frau geworden? Bertha, nicht wahr? Weißt du etwas darüber?«

Alexander räusperte sich.

Es klang sexy.

Oh Mann! Ich war ja wirklich hinüber. Vielleicht musste ich doch noch einmal die Wünsche heranziehen, um mich von allen peinlichen Gefühlen zu befreien und als neue Svea ins Leben zurückzukehren.

»Bertha war ja meine Ururur…«

»Ja, ja. Ur-irgendwas-Großmutter. Und?«

Er ließ sich von mir nicht aus dem Konzept bringen und hängte noch ein paar Urs an, bevor er weitererzählte. »Sie hatte damals schon zwei erwachsene Söhne, die den Tee- und Kaffeehandel übernahmen. Zacharias hatte ein erfolgreiches Geschäft hinterlassen, und der Familie ging es gut. Bertha kam sogar irgendwann über sein rätselhaftes Verschwinden hinweg. Es heißt, sie blühte in ihren späteren Jahren auf und führte einen Salon, der zum gesellschaftlichen Mittelpunkt der Stadt wurde. Einer ihrer Söhne war mein Ururur…«

»Gnade!«, rief ich. »Noch ein Ur und ich ticke aus.«

Seine Mundwinkel zuckten, und ich dachte schon, er würde lachen.

Dann wird alles gut, sagte ich mir. Wie im Film. Er lacht, ich lache, wir fallen uns in die Arme. Er küsst mich, ich küsse ihn, wir landen auf dem Klappbett, und ich habe den Sex meines Lebens. Plus innigster Gefühle, versteht sich.

HAPPY END.

SCHNITT.

*Raus hier!*

Wer war das?

Alexander nicht, der schaute mich todernst und stumm an. Auf seinem Mund war nicht die Spur eines Lächelns zu sehen.

Else vielleicht oder ich selbst.

Egal. Guter Rat. Der einzig richtige, wenn ich noch eine Weile bei Verstand bleiben wollte. Von meiner geplanten Metamorphose konnte vorerst keine Rede sein. Ich brauchte all meine Energie, um mich von diesem humorlosen Bücherwurm zu lösen. Also von diesem Mann, der mich schon auf seinen Armen getragen hatte; von diesem attraktiven, gut riechenden sexy Mann, der …

»Ich muss gehen.«

Der Bücherstapel brach unter mir zusammen, so schnell war ich aufgesprungen.

»Gut, dann schlaf ich noch ein wenig.«

»Wovon bist du eigentlich so müde?«

Ich stellte die Frage, bevor ich mir die Zunge abbeißen konnte.

Alexander legte sich lang hin. »Ach, ich war die halbe Nacht in einem Internetcafé und habe recherchiert.«

Der? An einem Computer? Ziemlich ulkige Vorstellung. Alexander besaß bloß ein uraltes Handy, auf dem er für eine kurze SMS vermutlich eine halbe Stunde brauchte, und vorn auf dem Tresen stand eine Registrierkasse, die vor circa hundert Jahren modern gewesen ist.

»Traust du mir so etwas nicht zu?«

»Äh, doch, klar. Wonach hast du denn gesucht?«

Verdammte Neugier.

Es gibt Momente im Leben, da ist es besser, nicht nachzufragen. Ich erlebte genau jetzt einen solchen Moment.

»Nach einer Tiffanylampe für Sam.«

Sam? Sam? Er nannte sie schon bei ihrem Kosenamen?

All meine guten Vorsätze verkrochen sich unter dem Klappbett. Ich ließ sie da und hieß an ihrer Stelle die brennende Eifersucht willkommen.

»Ich dachte«, fuhr Alexander fort, »ich finde noch ein drittes Stück, das mit ihrer Lampe und der bei euch zu Hause identisch ist. Es würde vielleicht Komplikationen verhindern.«

Theoretisch nett gemeint, mein Lieber, aber wirklich nur theoretisch. Praktisch wird es aber erst richtig kompliziert, wenn du was mit Samantha genannt Sam anfängst.

»Ich hatte den Eindruck«, fuhr er fort, »du kennst sie und magst sie nicht. Möglicherweise hat deine Familie ein Problem mit ihr. Aber leider war meine Suche erfolglos. Es gibt keine dritte Lampe dieser Art. Sam wird wohl enttäuscht sein, weil ich ihr nicht weiterhelfen kann.«

Dir wird schon was einfallen, damit sie dir wieder einen Augenaufschlag schenkt. Oder einen Kuss. Oder mit dir auf das Scheißklappbett sinkt und genau das tut, was ich eben auch noch tun wollte.

In meinen Ohren rauschte es. Entweder sackte mein Kreislauf ab, oder ich bildete mir Samanthas und Alexanders heißes Liebesstöhnen ein.

»Du sagst ja gar nichts, Svea.«

»Ich … ähm … ja … Also, dann …«

Etwas wackelig stieg ich über den umgekippten Bücherstapel und ging zur Vordertür. Dort fiel mir noch etwas ein, und ich sagte über die Schulter: »Mein Vater hat ihr ja bestimmt schon Bescheid gegeben, aber falls Samantha hier auftaucht, erinnere sie doch bitte daran, heute Abend pünktlich bei uns zu sein. Ich freue mich schon auf sie. Man bekommt ja nicht alle Tage eine neue Schwester.«

Hoffentlich war er jetzt ratlos. Und dann durfte er beschließen, dass schöne Augenaufschläge eigentlich uninteressant waren. Denn mit Sveas Schwester wollte er sich auf keinen Fall einlassen. Würde nur heikel werden, die Sache.

Wenig stolz und kein bisschen selbstbewusst lief ich zur Bushaltestelle.

Maike rief mich an, als ich gerade den Fahrplan studierte. Um zu meinen Eltern zu kommen, musste ich noch eine Viertelstunde warten, aber der Bus, der am größten Autohaus vorbeifuhr, kam schon in fünf Minuten.

*Was vollkommen unwichtig ist!*, erklärte mir Else. Ich war anderer Meinung. Brauchte dringend eine Ablenkung, einen Trost. Warum nicht in Form eines Autos?

Else wollte mit mir über Egoismus diskutieren, kam aber nicht weit, weil es zu ihrer Zeit solche Themen nicht so gegeben hatte. Arnaldo war definitiv für das Autohaus. Männer eben.

»Störe ich? Was machst du? Mit wem redest du?«

»Hallo Maike.« Bloß mit meinen Urgroßeltern, aber das erzähle ich dir lieber nicht.

»Ich warte auf den Bus«, sagte ich schnell. »Heute Abend gibt es bei uns zu Hause eine Party. Du errätst nie, was passiert ist.«

»Ja, ja«, sagte sie, was eindeutig uninteressiert klang.

Ich staunte. Normalerweise liebte Maike Geschichten über meine Familie. Und eine neue Schwester, die kurzfristig im Verdacht gestanden hatte, Papas Geliebte zu sein, war definitiv eine Riesenstory.

Hm, anscheinend musste Maike selbst dringend etwas loswerden.

»Aber erzähl du zuerst«, forderte ich sie auf. Ich bin nämlich *keine* Egoistin!

»Ich habe ihn angerufen!«

»Wen denn?«

»Und mich mit ihm getroffen.«

»Hallo? Wen?«

»Er ist toll!«

»*Maike!* Von wem redest du?«

Sie lachte. Ein bisschen schrill, wie ich fand.

»Rudolf Krone.«

»Hä? Wer ist das?«

»Mensch, Svea. Hast du jetzt Alzheimer wie deine Oma?«

»Nein, und die hat auch keinen.«

»Egal. Wir haben erst vorgestern über ihn gesprochen. Weißt du nicht mehr? Mein kleiner Lapsus. Russell Crowe.«

»Oh, ja, klar.«

Der Anwalt, der die Kanzlei verstärken sollte.

»Und wieso hast du den angerufen?«

Maike druckste ein bisschen herum. Endlich sagte sie: »Ich habe gedacht, es ist ein Zeichen, dass mir so ein Versprecher passiert. Und dann hab ich ihn gegoogelt. War ja auch dein Vorschlag.«

»Und? Sieht er aus wie der Gladiator?«

»Nee, aber gut, sehr gut. Nicht besonders groß, aber das bin ich ja auch nicht. Noch ziemlich viele blonde Haare und nur ein ganz klein bisschen Bauch. Braune Augen, ein wunderbar weiches Gesicht und eine Brille mit gar nicht so dicken Gläsern …«

»Moment mal.« Ich mochte zwar derzeit von meinem eigenen Leben abgelenkt sein, aber wie Maikes Traumtyp aussah, wusste ich noch genau. Groß und sportlich, dunkles Haar, helle Augen, markante Züge. Alles, was sie eben beschrieben hatte, waren bisher Ausschlusskriterien gewesen. Vor allem, wenn man diese Merkmale nicht so nett formulierte wie sie. Ich sage nur: Halbglatze, Bierbauch, Sehschärfe eines Maulwurfs, schwabbelige Wangenpartie.

»Und du hast ihn also angerufen und dich kurz mit ihm getroffen, um eine … ähm … gute Zusammenarbeit vorzuschlagen? Ist es denn überhaupt sicher, dass er bei uns anfängt?«

»Nein«, gab sie zurück. »Das muss noch alles beschlossen werden, und wahrscheinlich wäre es auch besser, wenn er sich für eine andere Kanzlei entscheidet. Er hat noch zwei weitere Optionen, und du weißt ja, wie das ist.«

»Was?«, fragte ich alarmiert.

»Na, Liebe im Büro und so.«

Ach du Schande!

»Rudi und ich wollen keine unnötigen Komplikationen schaffen.«

»Rudi? Rudi und du? Das klingt, als wärt ihr seit zehn Jahren ein Paar.«

Ich hielt das für höchst bedenklich. Maike auf den ersten Blick verliebt? In einen Mann, der so ziemlich das Gegenteil von dem verkörperte, was sie zeit ihres Erwachsenenlebens suchte?

Sie kicherte. »Du wirst es nicht glauben, Svea. Aber genauso fühlt es sich an.«

Nein, das glaube ich auch nicht, dachte ich, verkniff mir jedoch, es laut auszusprechen. Es ist grundsätzlich empfehlenswert, sich mit der eigenen Meinung zurückzuhalten, wenn die Freundin einen neuen Lover hat. Außer Lobeshymnen ist alles verkehrt und wird einem irgendwann vorgeworfen.

»Ich freue mich für dich.« Ein perfekter kleiner Satz, der die Freundschaft erhielt und null Komma nix über den Typen aussagte.

Hm, mir fiel ein, dass Maike etwas ganz Ähnliches gesagt hatte, als ich mit Martin zusammengekommen war. Klar, sie kannte sich auch aus.

Ihr Kichern verwandelte sich in ein leises Lachen. »Rudi ist freundlich, und er hat Humor. Außerdem ist er sehr klug, und wenn ich in seine Augen schaue, dann weiß ich, dass er mich lieben wird. Für immer.«

Wow!

»Du hast mich überzeugt.«

Rudolf Krone mochte nicht so dolle aussehen, aber sein Charakter und seine Gefühle entsprachen genau dem, was ich Maike gewünscht hatte.

»Ich freue mich wirklich für dich!«, setzte ich hinzu.

»Danke. Weißt du was, ich komme mit ihm heute mit zu eurer Party. Ich bin doch eingeladen, oder? Und den Herbert bringe ich auch mit. Der ist so nett.«

Bevor ich etwas erwidern konnte, hatte sie das Gespräch unterbrochen. Sofort rief ich sie zurück.

Mailbox.

Na toll. Ich kannte das. Ans Telefon geht man als frisch Verliebte nur, wenn der neue Schatz anruft. Alles andere ist unwichtig, nachdem man die beste Freundin informiert hat.

Dann zuckte ich mit den Schultern. Was soll's?, dachte ich. War vielleicht eine ganz gute Idee, dass meine Familie nicht allein aufeinanderhocken würde. So eine Stunde der Wahrheit kann schnell ausarten, wenn keine neutralen Personen anwesend sind. Und niemand hatte mir verboten, noch einen Gast einzuladen.

Oder zwei.

Oder drei.

Wer zum Teufel war Herbert?

Ich ahnte was, aber ich hoffte, dass ich mich täuschte.

## 23. Bescheidenheit ist eine Zier

In einem knallroten Golf GTI fuhr ich bei meinem Elternhaus vor. Es war weder das teuerste noch das allerneueste Modell, aber ich war zufrieden mit mir. Der Wagen war mir vom Verkäufer als neuwertig und wirklich günstig angeboten worden. *Wie* günstig hatte sich der Mann allerdings nicht vorstellen können. Er war äußerst hilfsbereit gewesen und hatte mir einen Computerausdruck mit sämtlichen technischen Daten mitgegeben, damit ich, wie er glaubte, noch einmal in Ruhe über den Kauf nachdenken konnte. Natürlich war ich bloß zweihundert Meter weiter auf ein leeres Fabrikgelände gelaufen und hatte meinen Wunsch geäußert.

Prompt war ich stolze Besitzerin eines VW Golf!

Genial!

Nur müde war ich, furchtbar müde. An eine Probefahrt durfte ich nicht denken. Also fuhr ich nur hinter die Fabrikhalle, stellte die Rückenlehne tief und schlief ein paar Stunden.

Als ich wieder zu mir kam, war es früher Abend. Von der ungewohnten Schlafposition tat mir der Rücken weh, aber die Freude darüber, endlich wieder ein Auto zu besitzen, glich das wieder aus.

Und so kam ich zu meinem großen Auftritt.

Als ich ausstieg, kamen Sönke und Nils aus dem Haus gestürmt. Die ältere Generation folgte langsamer.

»Der ist nicht schwarz!«, rief Sönke.

»Und auch nicht dunkelblau!«, ergänzte Nils. »Und wir wollen die Autos erst in drei Jahren. Die neuesten Modelle! Hast du nicht zugehört? Bis dahin reichen uns die Mofas. Und vielleicht die Cessna.«

»Der Wagen ist für mich«, erklärte ich. »Das Flugzeug könnt ihr euch abschminken. Und die Mofas auch. Die sind viel zu gefährlich. Zwei nagelneue Autos bekommt ihr auch in drei Jahren nicht. Von einem Trip nach Hollywood ganz zu schweigen. Solche Wünsche sind einfach unverschämt.«

»Sag bloß«, maulte Sönke und ließ seinen Blick von meiner neuen Oberweite zum roten Golf und wieder zurück gleiten.

»Was ich tue, geht euch nichts an«, sagte ich scharf. »Und nur damit ihr's wisst: Noch heute höre ich mit dem Wünschen auf.«

»*Was?*«, schrien sie im Chor. »Das kannst du uns nicht antun!«

»Und was wird aus meinem Hasselhoff?«, mischte sich Oma ein.

Mama strich sich über das Gesicht und murmelte etwas von einem Facelift.

Papa schaute zum Dach seines Hauses hinauf. »Müsste mal dringend neu gedeckt werden.«

Dann sprachen alle durcheinander. Ich unterschied bloß noch Worte wie »Mondflug«, »Collie Führt«, »Botox« und »Mercedes S-Klasse, silbergrau.«

Na, na, wer wollte denn den Angeberschlitten haben?

Papa wahrscheinlich. Dem ging wohl gerade auf, dass ein neues Dach nicht der größte Wunsch seines Lebens war.

Ich war bloß froh, dass keine Nachbarn in der Nähe waren. Vor allem nicht Schneider senior oder gar seine Frau zwei Häuser weiter. Der Ruf unserer Familie wäre jetzt endgültig im Eimer gewesen. Nicht nur in unserer Straße, sondern auch in der Laubenkolonie. Ach was, vermutlich in ganz Norddeutschland.

»Genau deshalb höre ich auf!«, rief ich. »Ihr denkt bloß an Spaß und Besitz!«

*Du auch, Svea,* erklärte mir Else.

Alle blickten kurz beschämt, dann meinte Mama: »Hast ja recht. Wir wünschen uns erst den Weltfrieden und ein Ende aller Hungersnöte. Und dann den Rest. Wieso hast du das eigentlich noch nicht erledigt?«

»Weil das nicht geht«, erklärte ich erschöpft. »Wünsche funktionieren nur ganz persönlich.«

Niemand wirkte sonderlich betroffen.

»Es bleibt dabei. Ich höre auf. Diese Aktionen rauben mir zu viel Kraft. Ich muss danach jedes Mal stundenlang schlafen, und ich fühle mich einfach nicht mehr gut damit.«

In den Gesichtern meiner Eltern entdeckte ich widersprüchliche Gefühle. Eine gewisse Sorge um die Tochter kollidierte da mit ihren speziellen Sehnsüchten.

Oma schaute betont neutral, die Zwillinge hüpften panisch auf und ab. Gleich würden sie anfangen, sich wie Derwische im Kreis zu drehen.

Papa war am schnellsten mit sich im Reinen. »Für mich ist es in Ordnung, Svea. Wie willst du das anstellen?«

Gute Frage.

»Darüber muss ich noch nachdenken«, erklärte ich und drängte mich an ihnen vorbei ins Haus.

Sönke und Nils kamen hinterher.

»Das kannst du uns nicht antun, Svea!«

»Doch, und wie!«

»Aber es ist nicht fair. Die anderen haben alle schon was gekriegt. Papa seine Reise, Mama das Fahrrad und Oma den Minischauspieler.«

Ich fand ja, nur Mama kam ganz gut dabei weg, aber es stimmte schon. Die Jungs sollten auch etwas bekommen. Sie liefen mir nach bis in mein Zimmer und warteten gespannt ab.

»Also gut«, sagte ich endlich. »Wenn ihr mir schwört, niemals außerhalb dieser Familie über die Dinge zu reden, die hier passiert sind.«

»Wir schwören!«, riefen sie im Chor.

»Oder habt ihr etwa schon euren Freunden davon erzählt?«

»Nein«, sagte Sönke. »Wir sind doch nicht behämmert. Keiner soll denken, wir haben eine verrückte Schwester. Das färbt auf uns ab.«

Klang einleuchtend.

»Den Teil mit der verrückten Schwester will ich mal überhört haben.«

»*Wir* denken das doch nicht«, erklärte mir Nils ungeduldig. »Das sind die anderen. Also ich will sagen, die würden das denken, wenn wir es verraten würden.«

»Halt einfach die Klappe«, befahl Sönke seinem Bruder.

»Bloß weil du zwei Minuten älter bist, hast du mir gar nichts zu befehlen.«

Ich hob eine Hand. »Ruhe, alle beide! Ich weiß jetzt, was ihr bekommt!«

Eine fallende Stecknadel hätte plötzlich einen Höllenlärm gemacht.

Zwei Paar Lava-Augen glühten, zwei Münder standen offen.

»Ein Auto. Einen Golf.«

Stille. Dann kreischten sie los.

»Geil! Mann! Svea!« Und so weiter.

Bis Sönke ins Grübeln geriet. »Und wieso sagst du dein Sprüchlein nicht auf? Von wegen das Leben lieben und so?«

»Das ist nicht nötig.«

Nils schaltete jetzt schnell. »Nee, ne?«

»Doch.«

»Hä?«, machte Sönke.

Sein Bruder klärte ihn auf. »Unsere Schwester will uns ihre rote Karre vermachen, wenn wir achtzehn sind. Falls die dann überhaupt noch läuft. Ist ja jetzt schon gebraucht.«

»Wieso denn *den*?«

»Weil ich keine neuen Wünsche mehr aussprechen möchte«, erklärte ich. »Und ich finde, ihr seid ganz schön unverschämt. Noch vor ein paar Tagen hättet ihr euch bei der Aussicht auf einen gut erhaltenen Golf wie verrückt gefreut.«

»Da waren wir ja auch noch nicht mit der Hexe von Friesland verwandt«, sagte Sönke.

Klang auch nicht besser als verrückte Schwester und bestärkte mich nur noch mehr in meinem Entschluss.

»Und es wäre nur ein Auto für beide«, ergänzte Nils.

Auch damit konnte er mich nicht erweichen.

»Überlegt euch einfach, ob ihr ihn haben möchtet«, erklärte ich fröhlich. »Und jetzt lasst mich allein. Ich will duschen. Oder möchtet ihr mir vielleicht ein Bad einlassen und mein Zimmer aufräumen?«

Die waren schneller weg, als ich gucken konnte.

Grinsend ging ich zu meinem Kleiderschrank. Was sollte ich bloß anziehen? Viel Auswahl gab es nicht. Schließlich entschied ich mich für ein dunkelblaues Kleid. Es war vielleicht einen Tick zu kurz, brachte aber meine langen Beine zur Geltung. Topmodisch war es auch nicht mehr, aber mir gefiel es. Rasch probierte ich es an. Obenrum ein bisschen eng, aber wenn ich zwei Knöpfe öffnete, ging das schon. Zufrieden zog ich es erst mal wieder aus. Ich war vielleicht keine Schönheit wie Samantha, aber hässlich war ich auch nicht. Von meinem Nachmittagsschlaf im Auto war ich verschwitzt aufgewacht, also eilte ich unter die Dusche. Anschließend föhnte ich meine Haare nur kurz und ließ sie dann an der Luft trocknen. Eine geschlagene halbe Stunde befasste ich mich mit meinem Make-up. Dreimal musste ich einen Lidstrich wieder abreiben, bevor er mir einigermaßen gelang. Ich hatte einfach keine Übung darin.

Hinzu kam, dass ich die ganze Zeit an Alexander denken musste. Wie er im Schlaf ausgesehen hatte, wie die Liebe auf Stippvisite vorbeigekommen war, wie …

Okay, ich musste den Lidstrich zum vierten Mal erneuern. Und die Wimperntusche. War beides nicht wasserfest.

Mit aller Kraft verscheuchte ich Alexander aus meinen Gedanken.

Am Ende war ich mit dem Ergebnis zufrieden.

Samantha konnte kommen.

Als ich wieder hinunterging, entdeckte ich meine Familie im Esszimmer. Ein seltener Anblick. Normalerweise wurde am Ecktisch in der Küche gegessen, wo es zehnmal gemütlicher ist. Mama hat den einen oder anderen bürgerlichen Tick von ihren Eltern übernommen. Dazu gehört ein Esszimmer mit edlem Mobiliar. Ein eleganter Tisch aus Kirschbaumholz, unbequeme hochlehnige Stühle, ein Sideboard und zwei Beistelltischchen. Benutzt wurde es nur sonntags und an hohen Feiertagen.

Langsam schaute ich von einem zum anderen. Papa trug einen dunklen Geschäftsanzug, Mama einen grauen Zweiteiler. Die Jungs waren offenbar gezwungen worden, weiße Hemden zu schwarzen Jeans anzuziehen. Mit mir in meinem nachtblauen Outfit hätten wir in dieser Aufmachung auch zu einer Beerdigung gehen können. Zum Glück hatten wir Lina. Sie trug ein zitronengelbes Kleid mit orangefarbenen Streifen.

»Wow, Oma«, sagte ich halb bewundernd, halb entsetzt. »Du siehst aus wie …« Mir fiel kein angemessener Vergleich ein.

»Wie ein Zebra auf Ecstasy«, half Sönke aus und bekam dafür eine Kopfnuss von Mama.

»Wenn ihr euch nicht benehmt, wandert ihr ohne Essen auf euer Zimmer.«

»Ich hab doch gar nichts gemacht«, murrte Nils.

Dann boten mir beide einen Platz an, genau in ihrer Mitte.

Aha! Die hatten noch lange nicht aufgegeben.

»Ich sitze lieber neben Papa«, erklärte ich.

»Nein, Dickerchen«, bestimmte Oma. »Da sitzt Samantha.«

Die Aussicht auf meine Neuschwester verdarb mir mehr und mehr die Laune.

»Und für wen ist der Platz zwischen dir und Mama?«, erkundigte ich mich.

»Für meinen Gast«, gab Lina zurück und weigerte sich, weitere Auskunft zu geben.

Schön, dachte ich. Ein neuer Verehrer von Oma würde mich hoffentlich ein wenig von meinen Neidgefühlen ablenken.

Mir fiel ein, dass ja eventuell Maike mit zwei Männern vorbeischauen wollte, aber ich erzählte es nicht. Bestimmt hatte sie es sich inzwischen anders überlegt und kuschelte lieber allein mit ihrem Rudolf. Frisch Verliebte benehmen sich gern etwas sprunghaft.

Als es an der Tür klingelte, befahl Papa uns allen, sitzen zu bleiben. »Ich öffne.«

Es dauerte und dauerte, bis er wiederkam.

Ich hörte ihn reden, erkannte Samanthas Stimme, als sie antwortete, und fragte mich, warum sie bloß so lange brauchten, um hereinzukommen. Mein Blick fiel auf die Platte mit Antipasti, die Oma gezaubert hatte. In Öl eingelegte Artischockenherzen, Röllchen von Parmaschinken, geröstetes Brot mit Tomatenstückchen und Olivenöl, winzige salzige Sardellen, gegrillte Auberginenscheiben.

Prompt knurrte mein Magen laut und vernehmlich. Oma guckte mich böse an, Mama schien bereit, mir auch eine Kopfnuss zu verpassen. Bevor ihn jemand aufhalten konnte, schlich Sönke zur Tür und lugte hinaus.

Dann kam er zurück. »Sie sind im Wohnzimmer.«

»So«, sagte Mama. »So. Vielleicht denkt Klaas ja, wir sind nicht gut genug für seine Erstgeborene.«

Das Wort Erstgeborene störte mich gewaltig. Das bin doch immer ich gewesen! Und ich war stolz darauf!

Nils schielte zu Oma. »Oder Papa denkt, Samantha könnte von dem Kleid geblendet werden.«

Geschickt wich er Mamas Fingerknöcheln aus.

Mir kam eine ganz andere Idee, aber bevor ich was sagen konnte, brachte Papa unser neues Familienmitglied zu uns.

»Das ist Samantha«, stellte er sie unnötigerweise vor. In seinen Augen leuchtete es stolz, als wolle er in Wahrheit sagen: »Das ist die schönste Frau der Welt, und sie ist meine Tochter. Ist das nicht grandios?«

Ich muss zugeben, sie sah umwerfend aus. Hautenge weiße Designerjeans und dazu eine locker fallende schwarze Leinenbluse. Beides von Saint Laurent, tippte ich. Das Haar war in weiche Wellen gelegt, die Bambiaugen wirkten riesig.

Sönke und Nils starrten sie stumm an, Oma hob das Kinn, als müsse sie sich gegen diese jugendliche Schönheit behaupten, Mama zupfte nervös an ihrem Rock. Ich hatte mich im Leben noch nicht so minderwertig gefühlt wie jetzt. Nicht einmal, als Martin mich zweimal auf Partys vergessen hatte.

Das Problem war nur, dass Samantha nicht bloß wunderschön war, sondern auch nett. Also richtig nett. So, wie ich mir eine beste Freundin wünschte. Oder eben eine Schwester.

So wie Oma sich ihre neue Enkelin wünschte und die Zwillinge sich eine ältere Schwester, mit der sie mal so richtig angeben konnten. Und Mama sich … na ja, Mama wünschte sich das alles vielleicht nicht. Aber sie lächelte, als Samantha nun als Erstes auf sie zutrat und ihr einen Strauß aus pinkfarbenen Rosen überreichte.

»Vielen herzlichen Dank für die Einladung, Frau Amore. Es ist bestimmt nicht einfach für Sie, mich hier zu empfangen, und ich hoffe, Sie verzeihen mir, dass ich so in Ihr Leben geplatzt bin.«

Es hätte einstudiert klingen können, aber es kam von Herzen.

Mama schmolz dahin. »Da gibt es nichts zu verzeihen, und mit der Siezerei fangen wir gar nicht an. Ich bin Rieke. Hallo, Samantha, willkommen in unserer Familie.«

Lina war hin und weg, als sie ein ehrlich gemeintes Kompliment für ihr Kleid bekam, und den Jungs brauchte sie nur zuzuzwinkern. Schon fragten die, ob sie Sam einmal fotografieren dürften.

»Mal schauen«, meinte sie lachend und kam zu mir.

»Svea.«

»Samantha.«

»Nenn mich doch Sam.«

Ich erwiderte ihr Lächeln, konnte einfach nicht anders.

»Ist es nicht ein unglaublicher Zufall, dass wir uns schon kennen?«, fragte sie. »Erst treffen wir uns vorgestern bei Alex, und jetzt sind wir eine Familie.«

Alex? Mein Lächeln wurde ein wenig schmaler. Meine Brüder sprangen mir bei – auf ihre Art.

»Du meinst Alexander?«, fragte Sönke.

»Kürzt du gerne Namen ab?«, wollte Nils wissen. »Bei uns wird das aber schwierig. Sö und Ni, Ri und Kla, Sve und Li.«

»Klingt chinesisch«, befand Sönke.

Beide wurden mit einem strengen Blick von Papa zum Schweigen gebracht, aber Samantha brach in ein lautes, ansteckendes Gelächter aus. Keine Ahnung, wie sie das schaffte, aber wir mochten sie alle. Ich vielleicht einen Tick weniger, weil ich mich fragte, wieso sie Alexander abkürzen durfte.

Oma forderte uns auf, Platz zu nehmen, und reichte die Vorspeisen herum. Samantha erzählte, Papa habe ihr im Wohnzimmer die Tiffanylampe gezeigt und endlich das Rätsel preisgegeben. Genau das hatte ich vorhin gedacht. Gerade, als es so schön gemütlich wurde, klingelte es wieder.

Maike mit zwei Männern. Rudolf sah kein bisschen besser aus als erwartet, aber der Blick, mit dem er meine Freundin anschaute, sprach von echter Zuneigung, und deshalb war er okay für mich.

Der zweite Begleiter, Herbert, sah genauso aus, wie ich mir den Traumtypen für Maike gewünscht hatte, nur halt vierzig Jahre zu alt.

Aber sehr gut erhalten. Und bevor Oma nur daran denken konnte, die nicht eingeladenen Gäste wieder wegzuschicken, hatte er ihr bereits die Hand geküsst, sich neben sie gesetzt und den Parmaschinken gelobt, als hätte sie eigenhändig das Schwein geschlachtet.

Oma war vor Staunen ganz still, was einem Wunder gleichkam.

Maike und Rudolf begnügten sich mit einem zusätzlichen Stuhl neben Mama, Samantha verdrängte Nils und setzte sich neben mich.

»Du hast eine tolle Familie.«

»Das stimmt.«

»Bist du sehr böse auf mich?«

»Ach, was.«

»Immerhin musst du jetzt manchmal deinen Vater mit mir teilen.«

Ich trank einen Schluck von meinem Weißwein. »Das geht schon in Ordnung. Du hast da einiges nachzuholen, und ich kenne Papa schon mein Leben lang.«

»Danke.«

Wir stießen an und tranken beide.

Doch, ich mochte sie.

»Und es macht dir auch nichts aus, wenn ich mich mal mit Alex treffe?«

Ich spuckte meinen Wein quer über den Tisch.

## 24. Nächstenliebe mal anders

»Pfui Teufel!«, rief Oma, die mir direkt gegenübersaß. Dann überließ sie es Herbert, an dem Flecken direkt unter ihrem Ausschnitt herumzutupfen. Er tat es sanft, aber ich sah ein gewisses Glitzern in seinen Augen.

Oma sah es auch. »Dickerchen, den Hasselhoff brauche ich nicht mehr.«

Herbert verstand sie nicht so recht und schaute verwirrt.

»Dürfen wir Ihnen leider nicht erklären«, sagte Sönke. »Ist ein Familiengeheimnis.«

Maike lachte. »Keine Sorge, Herbertchen. Die Amores sind nicht verrückt. Nur manchmal ein bisschen anders.«

Herbertchen! Samantha würde ihn wahrscheinlich Herb nennen.

Herbert hob die Schultern. »Ein bisschen anders ist wunderbar.« Seine Hand blieb an Omas Ausschnitt kleben, bis sie von ihr weggeschubst wurde.

Ich goss mir Wein nach, trank auf ex und ignorierte die mahnenden Blicke meiner Eltern.

Samantha stupste mich an. »Was ist denn?«

»Alles in bester Ordnung.« Zu meinem Bedauern fühlte ich mich kein bisschen betrunken. »Triff dich ruhig mit Alex und lass dich von ihm durch die Gegend tragen. Macht mir nichts aus, ehrlich.«

Samantha hob ihre perfekt gezupften Augenbrauen. »Durch die Gegend tragen?«

»Das … ähm … meine ich im übertragenen Sinn.«

»Ach ja?«

»Also, er ist sehr stark, musst du wissen.«

»Oh, das sieht man. Gut trainiert, der Mann.«

»Und gar nicht durchscheinend.«

»Wie bitte?«

Bevor ich mich noch mehr verheddern konnte, sprang ich auf und rief meinen Brüdern zu: »Wie war das mit dem Mondflug? Kommt ihr mal mit raus?« Was anderes war mir auf die Schnelle nicht eingefallen.

Samantha fuhr sich verwirrt durch ihr welliges Haar, Herbert beschloss wohl, lieber nicht genau zuzuhören. Maike und Rudolf bekamen sowieso nichts außerhalb ihrer eigenen Welt mit. Aber Mama wurde kreidebleich, Papa verschluckte sich an einem Artischockenherzen und musste furchtbar husten, Oma erklärte fest: »Lass das nach, Dickerchen. Du schickst meine Enkel nicht zum Mond. Mir hat schon der Sohn in Indien gereicht.«

Herbert summte jetzt ein flottes Lied, das schien ihm zu helfen.

Ach, und meine Brüder hatten sich in zwei Wachsfiguren verwandelt. Nichts an ihnen bewegte sich.

Super. In dem Chaos hatte ich offenbar eine Methode gefunden, sie von ihren Forderungen zu kurieren.

»Habt ihr etwa Angst?«

Sie nickten ganz leicht und vollkommen synchron.

»Na, dann nicht. Ich muss mal an die frische Luft.«

Ich lief aus dem Esszimmer, durch die Diele, raus aus der Haustür, rein in Alexanders Arme.

Was? Moment, zurückspulen.

Die Diele, die Haustür, die ich aufriss, noch zwei, drei Laufschritte, und da war er. Alexander König. Mitten auf dem Plattenweg in unserem Vorgarten. Groß, breitschultrig, bereit, mich aufzufangen.

Mir blieb die Luft weg. Nicht nur von dem Aufprall.

»Was machst du denn hier?«, fragte ich keuchend.

»Lina hat mich eingeladen.«

Er hielt mich ein Stück von sich weg, was ich bedauerte, und sah mir in die Augen. »Aber ich verstehe nicht ganz, warum. Sie meinte, es sei eine Familienfeier. Ich gehöre nicht dazu.«

»Vielleicht doch«, gab ich dumpf zurück. »Und zwar schneller, als du denkst.«

Alexanders Gesicht verriet nicht, was er dachte.

»Kannst du das etwas besser erklären?«

»Samantha ist auch da. Sie ist meine Schwester.«

Alexander seufzte. »Das sagtest du schon, aber es ist keine Erklärung, sondern ein weiteres Rätsel.«

»Papa hat sie gezeugt, bevor er Mama geheiratet hat.«

»Interessant. Und heute Abend wird sie in die Familie aufgenommen?«

Ich nickte.

»Aber was hat das mit mir zu tun?«

Mir blutete das Herz, aber ich musste es aussprechen.

»Samantha mag dich.«

»Fein. Ich sie auch.«

Ich wollte sterben. Auf der Stelle. Zum Glück kam ich nicht dazu, einen Wunsch zu äußern, denn Alexander fuhr fort: »Sie ist ein netter Kumpeltyp.«

Ich wollte leben! Nur erst noch rückversichern.

»Samantha? Ein Kumpeltyp? Reden wir von derselben Frau?«

»Samantha Nielsdatter, genannt Sam«, sagte Alexander sehr ernst, und trotzdem sah ich, wie er ein Lächeln unterdrücken musste.

»Und du liebst sie nicht?« Manchmal muss eine Frau einfach auf Nummer sicher gehen.

»Nein, warum sollte ich?«

»Nur so. Sie ist sehr hübsch. Also liebst du niemanden?«

»Doch. Aber ich würde es lieber nicht tun. Leider habe ich keine Macht über mein Herz.«

Wen, wen, wen?, wollte ich fragen. Mich, mich, mich? Selten so viel Schiss gehabt.

»Ach so«, murmelte ich bloß.

Seine Hände umfassten immer noch meine Oberarme, mein ganzer Körper prickelte davon.

»Ich liebe eine Frau, die mich hasst«, erklärte Alexander. Er war wieder furchtbar ernst.

»Das … das kann ich nicht glauben.«

»Es ist so. Erst hat sie sich *aus Versehen* gewünscht, ich möge sie lieben, dann hat sie es wieder rückgängig gemacht. Dabei hat sie nicht begriffen, dass ich sie schon liebe, seit ich sie das erste Mal gesehen habe. Am Arm so eines eingebildeten Schnösels.«

Oh.

»Oh.«

»Sie hat noch nie etwas für mich übriggehabt.«

Eine weiteres Oh schien mir unangebracht.

»Und sie hat mir sogar gesagt, ich solle zur Hölle fahren.«

»Aber das war ein *Versehen*!«, rief ich. »Das habe ich nicht mit *Absicht* gemacht!«

»Und die Sache mit der Liebe?«

Ich fand, seine Stimme klang jetzt irgendwie gefährlich.

»Das war auch ein Irrtum«, gestand ich.

Er nickte, als wäre damit alles gesagt, und wandte sich ab.

»Wo willst du hin?«

»Heim«, sagte er knapp.

»Aber du kannst jetzt nicht weg. Ich … *Ich liebe dich*!«

Ganz langsam drehte er sich wieder zu mir um.

»Svea«, sagte er leise. »Überlege dir gut, was du sagst. Ein weiteres Versehen könnte ich nicht verkraften.«

Ich ließ mich gegen seine Brust fallen. Er blieb stehen, wankte nicht einmal. »Es stimmt, liebster Alexander. Ich liebe dich bestimmt noch nicht so lange wie du mich, aber ich bin mir ganz sicher. Küss mich!«

Er tat, wie ihm geheißen, und der Kuss dauerte sehr, sehr lange. Länger als eine Ewigkeit.

Endlich machten wir eine Pause, um Luft zu holen.

»Darf ich mir etwas wünschen?«, fragte Alexander.

Ich versteifte mich. »Ich wollte eigentlich damit aufhören.«

»Wunderbar. Genau das wollte ich mir wünschen.«

»Aber ich weiß noch nicht, wie ich das anstellen soll.«

»Das ist ganz einfach, denke ich. Du wünschst dir, dass du dir nie mehr auf diese Weise etwas wünschen kannst.«

Ich schaute ihn an. »Du bist genial.«

»Das ist mir bekannt«, erwiderte er lächelnd. »Am besten, du erledigst es gleich.«

»Ja, aber … Omas Essen? Du weißt doch, ich muss danach gleich schlafen.«

»Ich werde sie bitten, dir etwas aufzuheben.«

»Okay, aber …«

»Svea.«

»Ja, ich mach ja schon. Ich muss nur noch etwas erledigen.«

Ich ließ Alexander stehen und lief auf die Straße. Eines wollte mir nämlich nicht aus dem Sinn gehen. Bei all den schönen und missglückten Wünschen war es mir bisher noch nicht gelungen, etwas wirklich Gutes zu tun. Und mein Gewissen nagte an mir. Ich kann nicht die Welt retten? In Ordnung, aber es gibt doch so etwas wie eine Kettenreaktion. Wenn ich nur einen Menschen fand, dem ich etwas Passendes wünschen konnte, dann würde es damit weiter und weiter gehen.

Ich fand Schneider senior.

Ausgerechnet.

Egal.

Er machte eine Spätrunde mit seinem Schäferhund und schaute mich an. »Svea. Wird bei dir eine Party gefeiert?«

Der hatte nie aufgehört, mich zu duzen, aber ich musste »Herr Schneider« sagen.

»Ja«, sagte ich.

»Gibt es einen besonderen Anlass?«

»Oh ja. Ich liebe das Leben! Ich liebe das Leben! Ich liebe das Leben!«

Und dabei wünschte ich ihm, dass er dem nächsten Menschen, den er traf, etwas Gutes tat und dass dieser Mensch es mit dem nächsten Menschen tat und dass diese Kette niemals abreißen möge.

Dann ging ich müde, aber zufrieden zu Alexander zurück, der mich misstrauisch betrachtete. »Was hast du getan?«

»Darf ich dir das morgen erzählen? Ich muss gleich schlafen.«

Laut sagte ich noch einmal mein Sprüchlein auf und machte der Wünscherei ein Ende. Und während der Nebel aufzog, verabschiedete ich mich tapfer von Monsieur Louboutin und seinen Kollegen.

Wie ich ins Bett gekommen war, wusste ich am nächsten Morgen nicht mehr. Vermutlich hatte mich mein starker Alexander die Treppe nach oben getragen. Jedenfalls – als ich zu mir kam, saß er auf der Bettkante und wischte über einen Tablet-PC.

Alle Achtung. Technisch ging es mit ihm aber auch voran.

Ich setzte mich auf und umarmte ihn.

Er strich mir übers Haar und küsste mich zärtlich auf die Stirn.

»Es passieren seltsame Dinge in der Stadt«, erzählte er dann. »Du hast nicht zufällig etwas damit zu tun?«

Er drehte das Tablet so, dass ich die Lokalnachrichten lesen konnte: Der Vorsitzende des Kleingartenvereins hatte einer Katzenliebhaberin seinen Schäferhund geschenkt. Ein Straßenmusikant übergab einem Banker seine Tageseinnahmen, eine Hausfrau erhörte ihren Nachbarn, ein Kind half einer alten Dame über die Straße, obwohl diese gar nicht hinüberwollte, ein Tierpfleger im Zoo schenkte einem Besucher einen Flamingo …

Na ja, hoffte ich, das würde sich schon noch normalisieren.

Alexander wartete auf eine Antwort, aber ich zog es vor, ihn zu küssen. Für den Rest meines Lebens konnte ich mir sowieso kaum etwas Besseres vorstellen. Ich war jetzt mal glücklich, und es konnte mir egal sein, ob ich eines Tages selbst in die Familienlegende eingehen würde. Wie Arnaldo, nur schlimmer. Die irre Svea, würde es dann heißen, diese Ururururgroßmutter, die mal behauptet hatte, sie könne Wünsche erfüllen. Ist uns echt peinlich, so eine Verwandtschaft, und wir haben eigentlich gar nichts mit der zu tun.

Else und Arnaldo nickten heftig. Dann schien es, als lösten sie sich plötzlich auf. Ich hatte das sichere Gefühl, sie würden mich nicht mehr besuchen kommen. Wahrscheinlich waren sie jetzt zufrieden. Sollte doch ihre Nachfahrin künftig die Verrückte in der Familie sein.

»Warum lachst du?«, fragte mich Alexander.

»Ach, ein bisschen übergeschnappt sein ist doch besser als langweilig sein.«

»Hm«, machte er, ging aber nicht näher darauf ein. Er hatte Besseres zu tun. Küssen, umarmen, lieben!

## Nachwort

Super! Ich habe die Arbeit an diesem Buch beendet. War alles reine Fantasie, versteht sich. Aber irgendwie bin ich auf den Geschmack gekommen. Deswegen wünsche ich mir jetzt mal eine Million Leser. Zu unbescheiden? Okay, okay, nur eine halbe Million.

Ich liebe das Leben! Ich liebe das Leben! Ich liebe das Leben!